U0056940

 瑞蘭國際

瑞蘭國際

新韓檢中高級

TOPIK II
4 週完全征服

聽力・寫作・閱讀高效拆解！

玄柄勳　著

본 교재의 특징

한국어능력시험(토픽)이 시작된 이후 수많은 교재가 쏟아져 나와서 시험을 준비하는 수험생들은 무슨 책을 골라야 할지 고민이 많습니다. 게다가 2014년 7월 20일(35회)부터 한국어능력시험의 체제가 대대적으로 바뀜으로써 그 전에 출판되었던 책은 새로운 체제에서 큰 도움이 되지 못하게 되었습니다.

다양한 종류의 교재가 시중에 나와 시험을 준비하는 수험생들의 선택을 받고 있지만 원하는 성적을 얻을 수 있도록 실질적 도움을 주는 교재는 드물다고 할 수 있습니다. 이는 교재의 내용이 부실하여 실제 시험과 동떨어지거나, 저자가 시험의 핵심을 제대로 파악하지 못해 분석 능력이 떨어지기 때문입니다.

이 책은 처음부터 끝까지 새로운 체제의 토픽II에 맞추어서 설계된 교재입니다. 이전 교재에서 볼 수 없었던 구성을 가지고, 예상문제를 철저히 분석하여 처음 토픽II를 준비하는 수험생도 쉽게 접근할 수 있도록 만들었습니다.

이 책이 다른 교재와 다른 네 가지 특징은 다음과 같습니다 :

첫째, 저자는 토픽II의 모든 문제를 완벽하게 파악하고 있으므로 철저한 예상문제 분석을 통하여 수험생이 단지 이 한 권의 책만 보아도 토II를 쉽게 준비할 수 있도록 하였습니다.

둘째, 예상문제는 유형 분석과 문제 분석 두 부분으로 나누어서 정리한 바, 이는 전문성 강화와 함께 모든 문제를 일목요연하게 보여줌으로써 수험생들을 돕고자 하였습니다.

셋째, 듣기 영역 · 쓰기 영역 · 읽기 영역별로 출제 목적과 문제 유형을 분석하여 수험생들로 하여금 모든 문제에 대해서 충분히 이해할 수 있도록 하였습니다.

넷째, 부록에서는 이 책에 나오는 중급, 고급 어휘와 문법을 제공하여 수험생들이 사전을 찾는 시간과 수고를 덜어주었고, 어휘나 문법에 관련된 다른 책을 구입 비용을 절감할 수 있게 하였습니다.

처음 토픽II를 접하는 수험생들은 토픽I과는 다른 체계에 당혹감을 느낄 수도 있습니다. 저자는 이런 수험생들을 위하여 책 전체 내용을 실제 토픽II 체계와 똑같이 구성함으로써 시험 문제에 적응성을 높이는 것을 가장 큰 목표로 삼았습니다. 따라서 이 책을 처음부터 끝까지 완독한 후 모의고사로 자신의 실력을 검증하게 되면 실제 토픽II 시험을 볼 때 듣기 · 쓰기 · 읽기 각 영역에 대해 부담 없이 대응할 수 있을 것입니다.

현 병 훈
2019년 11월

本教材的特色

　　自從臺灣也開始舉辦韓國語文能力測驗（TOPIK）後，備考教材如雨後春筍般出現在書店，讓不知如何挑選備考書籍的考生感到極度苦悶，因為從2014年7月20日（35回）起，韓國語文能力測驗的制度大幅改變，過去所出版的備考教材對新制測驗皆無法有所幫助。

　　雖然市面上有各式各樣的備考教材可以讓考生選擇，但對考生在成績上真正有幫助的教材實是罕見，這是因為教材內容不充實，而且和實際考試有差距，或是因為作者無法掌握考試的核心因而缺乏分析能力所造成。

　　本書是專為新制TOPIK II而設計的教材。書中具備了有別於以往備考教材中絕對看不到的結構，且徹底解析由筆者精心撰寫的模擬考古題，相信就連初次準備TOPIK II的考生也能夠輕易上手。

　　本書與其他教材不同的四大特色：

第一、因為作者完整掌握TOPIK II的所有題目，為讀者徹底分析模擬試題，所以只要這一本，就能輕鬆準備TOPIK II！

第二、本書將模擬試題整理為「實戰演練」和「題型分析」兩個部分，讓讀者在加強實力的同時，也能一目了然迅速熟悉考試題目。

第三、本書在聽力・寫作・閱讀各領域的題型，皆完整整理出「出題目的」和「題目類型」，目的是讓考生們能夠充分了解所有題目。

第四、附錄更提供應考時常常遇到的詞彙及文法，讓考生節省查找辭典的時間，且減輕另外購書的費用。

　　考生們在初次接觸與TOPIK I系統截然不同的TOPIK II時，可能會不知所措，因此作者為了這些考生，特別將本書的結構與實際的TOPIK II系統做了相同的安排，目的就是要讓考生們在準備考試的同時，能夠提高對考題的適應能力。因此，將前三週的分科題型解析讀完後，第四週再透過模擬考試測試自己的實力，讓考生面對TOPIK II時，不管是聽力・寫作・閱讀哪一個領域，相信都會更加得心應手！

玄柄勳

2019年11月

《TOPIK II 新韓檢中高級：4週完全征服》依照「韓國語文能力測驗」TOPIK II公布內容，完全模擬「聽力」、「寫作」、「閱讀」3個領域的題型與題數，除了高效拆解，讓讀者完全掌握考題趨勢外，並附上「模擬考試＋綜合診斷」，就是要您一次過關，高分取得資格！

第一週：聽力

新韓檢TOPIK II的「聽力」測驗，共分為10個題型，總共有50題。針對每個題型，均有詳細解說。

作戰策略

仔細聆聽題目，掌握核心單字。

實戰練習

掌握題目關鍵，自我實力測試。

題型分析

精闢詳盡題型解析，充實備考實力。

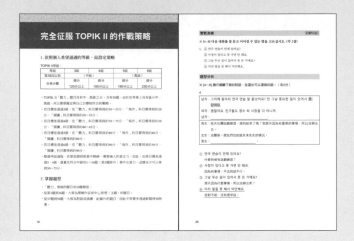

第二週：寫作

新韓檢TOPIK II的「寫作」測驗，共分為3個題型，總共有4題。先依照題目及提示作答，再看看範例解答，就能了解自己的寫作實力。

作戰策略

理解文章脈絡，掌握核心單字。

實戰練習

使用適切詞彙，確實表達想法。

題型分析

細讀問題提示，正確闡述主題。

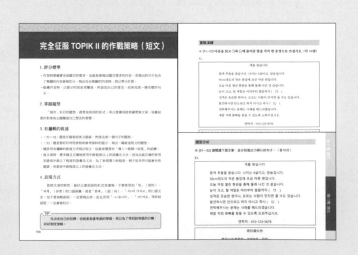

第三週：閱讀

新韓檢TOPIK II的「閱讀」測驗，共分為13個題型，總共有50題。所有試題面面俱到的說明，讓閱讀絕不再是難題。

作戰策略

了解文章目的，充實詞彙字庫。

實戰練習

讀懂單字句型，掌握中心思想。

題型分析

經常閱讀文章，理解其中核心。

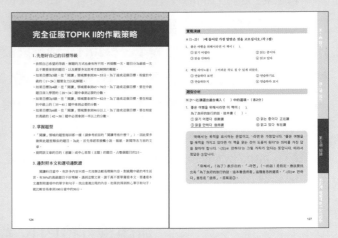

第四週：模擬考試＋綜合診斷

「模擬考試」完全模擬實際考試時的題型、題數，讓考生檢測實力。之後的「綜合診斷」，針對所有的試題內容、選項，均有中譯與解析，提升韓檢備考能力！

模擬考試

模擬實際考試，做好試前熱身。

實戰練習

再次測試實力，驗收備考成果。

題型分析

重複掌握要點，加強備考信心。

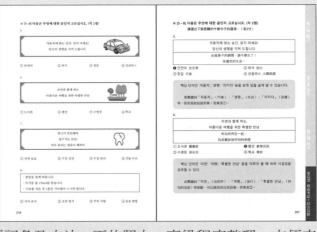

附錄

分別整理出本書內文中出現的重要詞彙及文法，更依照中、高級程度整理，方便查找。

詞彙

彙整全書詞彙，充實字彙實力。

文法

統整內文文法，增加理解能力。

戰勝新韓檢，掌握韓語關鍵能力

　　韓國語文能力測驗（한국어능력시험，Test of Proficiency in Korean, TOPIK）是由「韓國國立國際教育院」在韓國及世界各地為韓語學習者測試其韓語能力而舉辦的測驗。自1997年起開辦，中間幾經變革，於2011年由韓國教育部國立國際教育院接手辦理，歷經實行長達3年多的初、中、高級3種考試分類後，於2014年7月20日（第35回測驗開始）考試體制再次改革，新韓檢正式上路。新的考試分類由原來的3種改為2種，分別是TOPIK I（初級）及TOPIK II（中、高級）。以下資料整理自韓國語文能力測驗-TOPIK臺灣官方網站（http://www.topik.com.tw/），期盼讀者看完此篇介紹，對新韓檢有更進一步的認識，勇敢跨出應試TOPIK的第一步。

新韓檢 TOPIK 考試介紹

考試目的

◎為母語非韓國語之韓國僑民、外國人提供學習方向；並祈達到普及韓語之效

◎測驗和評價韓國語使用能力，並以此為留學韓國或就業的依據

考試實施對象

◎母語非韓國語之韓國僑民、外國人（無年齡限制）

◎計劃到韓國留學之人士

◎欲就業於韓國企業或公共機構之人士

◎就讀／畢業於海外學校之駐外韓國公民

考試成績效期

◎ 本測驗成績之有效期限為2年（自結果發佈日起計）

※ 除作弊、缺考人員外，所有考生均獲派發成績證明書（成績單）。

台灣地區新韓檢相關考試訊息

測驗日期：每年4月及10月

測驗級數及時間：TOPIK I在上午舉行；TOPIK II在下午舉行

測驗地點：台北、高雄

報名時間：第1回約1月底，第2回約8月初

主管單位：韓國國立國際教育院、駐台北韓國代表部

承辦單位：財團法人語言訓練測驗中心（LTTC）

新韓檢 TOPIK 考試內容

◎ 測驗等級：TOPIK I、TOPIK II

◎ 依據測驗成績又可分為6級（1～6級）

◎ TOPIK I為舊制初級、TOPIK II為舊制中、高級

分類	TOPIK I		TOPIK II			
	1級	2級	3級	4級	5級	6級
等級判定	80分以上	140分以上	120分以上	150分以上	190分以上	230分以上
難易度	易 —————————————————————→ 難					

考試題型及配分

TOPIK I

◎選擇題：為4選1（無寫作題）

考試等級	節數	領域（時間）	題型	題數	配分	總分
TOPIK I（1～2級）	只有一節（100分鐘）	聽力（40分鐘）	選擇	30	100	200
		閱讀（60分鐘）	選擇	40	100	

TOPIK II

◎選擇題：為4選1

◎寫作題：造句2題、寫作2題（200～300字的說明文1篇，600～700字論說文1篇）

考試等級	節數	領域（時間）	題型	題數	配分	總分
TOPIK II（3～6級）	第一節（110分鐘）	聽力（60分鐘）	選擇	50	100	300
		寫作（50分鐘）	作文	4	100	
	第二節（70分鐘）	閱讀（70分鐘）	選擇	50	100	

考試出題基本方針

◎足以測驗考生現代韓語運用能力之試題內容

◎切合各領域（聽力、寫作、閱讀）特性之評分目標與評分內容

◎在各領域及內容上均衡選題

◎促進考生理解韓國傳統與現代之社會、文化

◎廣泛參考韓國國內外韓語教育機構之韓語課程

◎避免偏重或不利於特定語言圈考生之試題

◎避免與過去試題重覆之內容

各等級程度標準

等級		程度標準
TOPIK I	1級	・可以完成「自我介紹、購物、點菜」等日常生活上必須的基礎會話，並且可以理解和表達「個人、家庭、興趣、天氣」等一般私人話題。 ・掌握約800個常用單字，認識基本語法並能造出簡單句子。 ・能製造和理解簡單的生活文章和實用文章。
	2級	・能在「打電話、求助」等日常生活機能與利用「郵局、銀行」等公共設施上使用韓語。 ・掌握約1,500～2,000個單字，能理解個人熟知的話題，並以段落表達。 ・可區分使用正式或非正式場合的語言。
TOPIK II	3級	・在日常生活溝通上沒有困難，並具有能使用各種公共設施及進行社交活動之基礎語言能力。 ・明白自己熟識的話題和社會上熱門的話題，並能以段落表達出來。 ・能區分及使用口語和書面語。
	4級	・能使用公共設施，並進行社交活動。還能執行某部分的一般職場業務。 ・能 解電視新聞和報紙中較淺顯的內容，並能流暢表達一般社會性和抽象的話題。 ・能 解常用的慣用語和韓國代表文化，並藉此了解和表達社會和文化方面的內容。
	5級	・具備在專業領域上進行研究或擔任業務的語言能力。 ・可理解並談論不熟識的主題，如政治、經濟、社會、文化等。 ・可正確使用正式、非正式和口語、書面語。
	6級	・具備正確和流暢地在專業領域上進行研究或擔任業務的語言能力。 ・可理解並談論不熟悉的主題，如政治、經濟、社會、文化等。 ・雖未能達到母語使用者的水平，但在執行任務和表達能力上沒有困難。

續紛外語編輯小組

目次

第一週　聽力

第二週　寫作

第三週　閱讀

第四週　模擬考試＋綜合診斷

◎模擬考試

附錄：相關的詞彙和文法

TOPIK II 整體題型分析

從2014年7月20日（35回）起改制的TOPIK II，在這裡將其特點整理如下：

第一、在TOPIK II中，聽力領域的重要性變高了。到34回為止，中級和高級分別有30道題，但在新制的TOPIK II一口氣增加了20道題，總共有50道題，配分不管難易度一律各2分。

第二、在TOPIK II，寫作領域題型有極大的改變。考試的場次也從第二場移到第一場，與聽力一起。關於題數，以往中、高級各有10道選擇題，以及3～4道作答題；而在TOPIK II中，取消選擇題，僅保留作答題，共有2道題，分別是第51、52題。過往中、高級的第46題作文題，在TOPIK II則是第53題短文寫作題，因此字數與分數都減少，字數從400～600字減為200～300字，分數則從50分降為30分，不過卻新增了第54題長文寫題，因此寫作共有4道題。

第三、TOPIK II跟舊制相比，詞彙的重要性更高了，但文法的占比明顯地變低。到34回為止，第一場考試中，表現領域上詞彙和文法部分是被獨立出來的，在中級和高級各自出有15道題。而在TOPIK II中，詞彙與文法領域的考試場次除了從第一場移到第二場閱讀當中，已經不是獨立的領域，而是綜合在閱讀領域裡，而且分析整個閱讀的題目，會發現難以找到難度高的文法。但是詞彙不同，如果沒有詞彙的基礎，恐怕難以理解閱讀題一半以上的題目。這表示出題的方式不再採用理論出題，而是改以生活上常用且實用的文章為主。

第四、TOPIK II的3個領域的題目各有50題。選擇題選項有①②③④，總共4個，正確答案從選項①～④中挑選，都平均分配。因此每個選項的機率就是50 / 4＝12.5，約12～13個中間。選好答案後仍無法解決，也就是完全放棄的題目就不得不依靠機率來碰運氣。譬如應考時選的答案中①有10個、②有12個、③有13個、④有10個，剩下的①和④就以2:3或3:2的機率來選答案，答對的機率確實會提高。

大概的內容可以參考如下的表格，如果想知道更仔細的內容，由各週的「題型分析」中可以比較舊制和TOPIK II題目類型做了什麼改變。

第一場：聽力

題數	題號	配分	出題目的	題目類型
1-3	1	2	聽對話內容並理解狀況	請聽下面內容，並選出符合的圖畫。
	2	2		
	3	2	理解表格（圖表）	
4-8	4	2	理解對話的場面、狀況	請仔細聽下面對話，並選出可以銜接的話。
	5	2		
	6	2		
	7	2		
	8	2		
9-12	9	2	聽對話並選出該應對的行動	請仔細聽下面對話，並選出女生接下來會做出行動的正確選項。
	10	2		
	11	2		
	12	2		
13-16	13	2	聽對話並掌握狀況	請聽下面內容，並選出與內容一致的選項。
	14	2	廣播	
	15	2	新聞	
	16	2	對談（採訪）	
17-20	17	2	中心內容 → 掌握主題	請聽下面內容，並選出男生的中心思想。
	18	2	掌握主題＋所主張的事	
	19	2	中心內容 → 掌握主題	
	20	2	掌握主題＋所主張的事	
21-36	21	2	中心思想 → 主題	請聽下面內容，並回答問題。
	22	2	聆聽並理解內容	
	23	2	男生所做的行動	
	24	2	聆聽並理解內容	
	25	2	中心思想	
	26	2	聆聽並理解內容	
	27	2	女生的意圖	
	28	2	聆聽並理解內容	
	29	2	男生的身分	
	30	2	聆聽並理解內容	
	31	2	提出主張者的想法	
	32	2	提出主張者的態度	

	33	2	掌握主題	
21-36	34	2	理解整理內容	請聽下面內容，並回答問題。
	35	2	想表達的事情 → 主張	
	36	2	理解整體內容	
37-38	37	2	中心思想 → 主題	下面是教養節目。請仔細聽並回答問題。
	38	2	聆聽並理解內容	
39-40	39	2	掌握前後文脈絡	下面是對談內容。請仔細聽並回答問題。
	40	2	聆聽並理解內容	
41-42	41	2	中心思想 → 主題	下面是演講內容。請仔細聽並回答問題。
	42	2	聆聽並理解內容	
43-44	43	2	中心思想 → 主題	下面是紀錄片內容。請仔細聽並回答問題。
	44	2	理解整體內容	
45-46	45	2	聆聽並理解內容	下面是演講內容。請仔細聽並回答問題。
	46	2	關於自己主張的態度	
47-48	47	2	聆聽並理解內容	下面是對談內容。請仔細聽並回答問題。
	48	2	關於對方所主張的表現方式	
49-50	49	2	聆聽並理解內容	下面是演講內容。請仔細聽並回答問題。
	50	2	關於對方所主張的表現方式	

寫作

題數	題號	配分	出題目的	題目類型
51-52	51	10	看前後文內容，並掌握文章脈絡	請閱讀下面文章，並分別寫出㉠與㉡內的句子。
	52	10		
53	53	30	使用表格（圖表）與參考資料完成一個完整的文章	請參考下面文章，並用200～300字寫出與之相關文章。
54	54	50	使用三段論法做有邏輯的寫作	請以下面為主題，並用600～700字文章寫出自己的想法。

第二場：閱讀

題數	題號	配分	出題目的	題目類型
1-2	1	2	使用正確的文法	請選出適合填入（　　）中的選項。
	2	2		
3-4	3	2	中級文法	請選出與標示下線部分意思相近的選項。
	4	2	高級文法	
5-8	5	2	選擇物品	請選出下面內容是關於什麼的文句。
	6	2	場所	
	7	2	標語	
	8	2	指南	
9-12	9	2	活動	請選出與下面文章或圖表內容一樣的選項。
	10	2	理解圖表	
	11	2	理解內容	
	12	2		
13-15	13	2	邏輯性 → 掌握文章脈絡	請選出符合下面內容排序的選項。
	14	2		
	15	2		
16-18	16	2	掌握文章脈絡 因果關係	請閱讀下面文章，並選出最適合填入（　　）內容。
	17	2		
	18	2		
19-24	19	2	接續複詞	請閱讀下面文章，並回答問題。
	20	2	掌握內容	
	21	2	慣用語	
	22	2	中心思想	
	23	2	感情表現	
	24	2	理解內容	
25-27	25	2	理解被濃縮的詞彙	下面是新聞報導的標題。請選出說明最好的選項。
	26	2		
	27	2		
28-31	28	2	掌握前後文脈絡	請閱讀下面文章，並選出最適合填入（　　）的內容。
	29	2		
	30	2		
	31	2		
32-34	32	2	理解整理內容	請閱讀下面文章，請選出與內容相同的選項。
	33	2		
	34	2		

	35	2		
35-38	36	2	掌握主題	請選出最符合下列文章主題的選項。
	37	2		
	38	2		
39-41	39	2	掌握前後文脈絡	請從下面文章中選出最適合填入〈範例〉的選項。
	40	2		
	41	2		
42-43	42	2	與23～24同	請閱讀下面文章，並回答問題。
	43	2		
44-45	44	2	掌握主題	請閱讀下面文章，並回答問題。
	45	2	掌握前後文脈絡	
46-47	46	2	與39～41同	請閱讀下面文章，並回答問題。
	47	2	掌握內容	
48-50	48	2	文章的目的	請閱讀下面文章，並回答問題。
	49	2	掌握前後文脈絡	
	50	2	筆者對文章核心的態度	

※標灰底之題號為高級考題。

聽力

◎TOPIK II 「聽力」考些什麼？

新韓檢 TOPIK II 的「聽力」測驗，共分為 10 個題型，總共有 50 題，主要考試「內容」以及「題問方式」，整理如下。

題型	題號	考試內容	提問方式
（一）	1～3	選擇圖畫	請聽下面內容，並選出符合的圖畫。
（二）	4～8	想像下面狀況	請仔細聽下面對話，並選出可以銜接的話。
（三）	9～12	深化學習前一問題	請仔細聽下面對話，並選出<u>女生</u>接下來會做出行動的正確選項。
（四）	13～16	理解整體內容	請聽下面內容，並選出與內容一致的選項。
（五）	17～20	中心思想（掌握主題）	請聽下面內容，並選出<u>男生</u>的中心思想。
（六）	21～36	掌握主題並理解內容	請聽下面內容，並回答問題。
（七）	37～38	理解關於社會問題內容	下面是教養節目內容。請仔細聆聽並回答問題。
（八）	39～40 47～48	掌握脈絡並理解內容	下面是對談內容。請仔細聆聽並回答問題。
（九）	41～42 45～46 49～50	文化、時事	下面是演講內容。請仔細聆聽並回答問題。
（十）	43～44	科學、文化	下面是紀錄片內容。請仔細聆聽並回答問題。

完全征服 TOPIK II 的作戰策略

1.依照個人希望通過的等級，而設定策略

TOPIK II等級：

等級	3級	4級	5級	6級
第35回以前	（中級）		（高級）	
合格分數	總分 120分以上	總分 150分以上	總分 190分以上	總分 230分以上

- TOPIK II「聽力」題目沒有中、高級之分，共有50題。由於在考卷上沒有區分中、高級，所以需要擬定與自己目標相符合的戰略。
- 若目標是通過3級，在「聽力」科目需得到約50～55分、「寫作」科目需得到約20分、「閱讀」科目需得到約50～55分。
- 若目標是通過4級，在「聽力」科目需得到約70～75分、「寫作」科目需得到約30分、「閱讀」科目需得到約60～65分。
- 若目標是通過5級，在「聽力」科目需得到約80分、「寫作」科目需得到約40分、「閱讀」科目需得到約80分。
- 若目標是通過6級，在「聽力」科目需得到約90分、「寫作」科目需得到約50分、「閱讀」科目需得到約90分。
- 整個考試過程，若要從頭到尾集中精神，需要強大的意志力。因此，如果目標是通過3、4級，盡量在符合中級的1～36題（第3題除外）集中注意力，這樣至少可以拿到50～75分。

2.掌握題型

- 「聽力」領域的題目有10種類型。
- 從第1題到36題，大致為理解內容或中心思想（主題）的題目。
- 從37題到50題，大致為對談或演講、紀錄片的題目，因此平常需多透過新聞得知時事。

3.邊聽題目，邊掌握選項

- 選擇選項當中最長的句子，因為句子越長的選項，是答案的可能性越高。

- 在選項當中尋找本文中出現過的單字和句子。

- 選項當中若有陌生或不熟悉的單字，那些選項就不是正確的答案。

4.拿到高分的祕訣

- 一定要注意核心單字，尤其要注意動詞。

- 韓語的結構上，敘述語（動詞或形容詞）一定位於句子的最後面，所以即使聽不太清楚前面的名詞或助詞，但只要聽清楚敘述語，對於解題將有很大的幫助。

TIP

　　1～20題，1個題目只有1個答案，且播放1次而已；21～50題，1個題目有2個答案，會播放2次。

TOPIK II 聽力完全解析

題型（一）選擇圖畫 ［題號1～3］

［1～2］聽對話內容並理解狀況

- 與35回以前的中級相比，對話的長度增加了一行。
- 內容主要以日常生活中發生的事情所構成。
- 這種對話形式的題目，以把握關鍵詞為優先。由於只播放一次，因此可以將對話中出現的名詞或動詞（形容詞）寫在考卷空白處，並仔細聆聽。
- 對照自己聽到的單字，確認有沒有出現在圖案中。

> **TIP**
>
> 　　如果沒有聽清楚題目，只好看選項中的插圖選出答案。這時候，建議選擇當中看起來最簡單的圖畫。記住，錯誤選項的插圖會故意畫得很複雜，讓考生混淆。

［3］理解圖表內容

- 相當於**高級**的題目，這是35回以前，不管是中級或高級，都沒有出現過的新題型。
- 不需要因為是圖表就害怕，重點在於圖表上面的小標題。
- 邊聆聽題目，邊在題目卷上寫下關鍵詞，或者看選項中有沒有該單字，將其標示出來。

> **TIP**
>
> 　　此題的重點在數字，平常對數字不熟悉的同學，得多練習聽數字，熟悉其說法。

實戰演練　▶MP3-01

※ [1~3] 다음을 듣고 알맞은 그림을 고르십시오. (각 2점)

3. ①

②

③

④

題型分析

※ [1～3] 請聽下面內容，並選出符合的圖畫。（各2分）

1.

| 남자 : 이곳에는 담배를 피울 수 있는 곳이 없나요? |
| 여자 : 저쪽 모퉁이를 돌아가면 흡연구역이 있습니다. |
| 남자 : 오른쪽으로 가는 거 맞죠? 고맙습니다. |
| 男生：這裡沒有可以抽菸的地方嗎？ |
| 女生：那裡角落轉過去的話有吸菸區。 |
| 男生：是往右邊對嗎？謝謝您。 |

　　남자가 말하는 '담배 피울 수 있는 곳'과 여자가 말하는 '흡연구역'은 같은 장소입니다. 그 곳은 모퉁이의 오른쪽에 있습니다. 따라서 정답은 ③입니다.

　　男生說的「담배 피울 수 있는 곳」（可以抽菸的地方）和女生說的「흡연구역」（吸菸區）是一樣的場所。那個地方在角落的右邊。答案是③。

實戰演練　　　　　　　　　　　　　　　　　　　▶MP3-02

3. ①

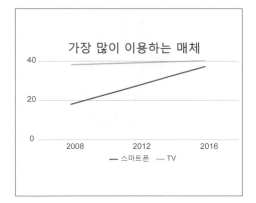

②

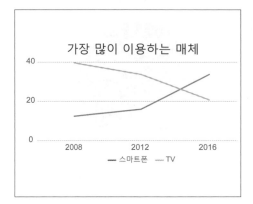

③

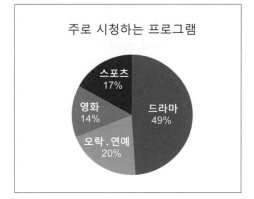

④

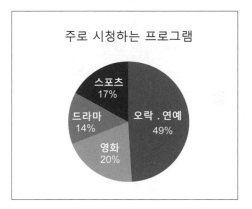

題型分析

3. ①

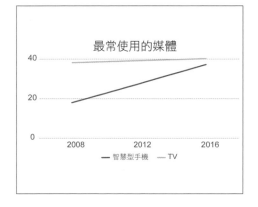

②

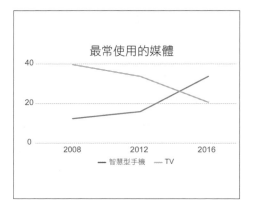

③

主要收看的節目

運動
17%

電影
14%

電視劇
49%

娛樂・演藝
20%

④

主要收看的節目

運動
17%

電視劇
14%

演藝・娛樂
49%

電影
20%

남자 : 우리나라 국민이 이용하는 매체는 지난 8년간 큰 변화가 없었습니다. 2008년에도 1위를 차지했던 TV가 2016년에도 여전히 1위였습니다. 그러나 하루 평균 이용 시간에서 TV와 스마트폰은 이제 그 차이가 별로 없어졌습니다. 주로 시청하는 프로그램 유형을 보면 오락・연예가 가장 높았고, 드라마, 영화, 스포츠가 그 뒤를 이었습니다.

男生 : 我國國民所使用的媒體，在過去8年間沒有太大的變化。在2008年占第1名的是電視，在2016年依然是第1名。但從一天平均使用的時間來看，電視與智慧型手機現在已經沒有差別。主要觀賞的節目類型以綜藝娛樂最高，接下來是電視劇、電影、體育。

　　2008년 한국 사람들이 가장 많이 이용한 매체는 TV이고, 2016년에도 여전히 1위입니다. 다만 2016년 하루 평균 이용 시간을 보면 스마트폰과 별 차이가 없습니다. 주로 시청하는 프로그램 순서는 오락・연예, 드라마, 영화, 스포츠입니다. 정답은 ①입니다.

　　2008年韓國人最常使用的媒體是電視，2016年依然是第1名。但以2016年一天平均使用的時間來看，與智慧型手機已經沒有差別。主要收看的節目，依序是綜藝娛樂、連續劇、電影、運動。答案是①。

題型（二）想像下面狀況 ［題號4～8］

［4～8］理解對話狀況

·都是比較簡單的對話，所以只要注意聆聽，便能輕鬆選出正確答案。

·最需要注意聆聽的地方，是第一個說話的人所使用的動詞。

·第二個要注意聆聽的地方，是第二個說話的人的第一次回答。依照肯定時回答「是」，或否定時回答「不是」，就可以決定答案。

> **TIP**
>
> 大部分的答案是平敘型的句子。在不確定答案的情況下，可先排除疑問句。

※ [4~8] 다음 대화를 잘 듣고 이어질 수 있는 말을 고르십시오. (각 2점)

4. ① 연극 연습이 언제 있어요?

② 사정이 있다고 못 가면 안 돼요.

③ 그날 무슨 일이 있어서 못 온 거예요?

④ 미리 말을 못 해서 미안해요.

題型分析

※ [4~8] 請仔細聽下面的對話，並選出可以銜接的話。（各2分）

4.

남자 : 그저께 동아리 연극 연습 잘 끝났어요? 전 그날 중요한 일이 있어서 못 갔어요.
여자 : 괜찮아요. 친구들도 영수 씨 사정을 다 아니까.
남자 : _____.
男生：前天社團話劇練習，順利結束了嗎？我那天因為有重要的事情，所以沒辦法去。
女生：沒關係。朋友們也知道永洙先生的情況。
男生：_____。

① 연극 연습이 언제 있어요?

什麼時候有話劇練習？

② 사정이 있다고 못 가면 안 돼요.

因為有事情，不去的話不行。

③ 그날 무슨 일이 있어서 못 온 거예요?

那天因為什麼事情，所以沒辦法來？

④ 미리 말을 못 해서 미안해요.

很對不起，沒有提早說。

동아리 연극 연습이 있던 날 남자는 중요한 일이 있어서 참석을 못 했습니다. 여자와 다른 친구들은 남자의 사정을 잘 이해하고 있습니다. 따라서 남자는 미안함을 표시합니다. 답은 ④입니다.

　　社團戲劇練習的日子，男生因為有重要的事情而不能參加。女生和其他朋友們都了解男生的立場，因此男生表示抱歉。答案是④。

題型（三）深化學習前一問題 [題號9〜12]

[9〜12] 聽完對話後需要做的行動

· 可以說是〔4〜8〕題的深入學習。

· 要注意問題的回答。

　　例如：「네」（是）、「그래」（是的）、「물론이죠」（當然）

　　　　　　→應該在前面句子中有答案。

　　　　　「아니」（不是）

　　　　　　→在前面句子以外的地方有答案。

· 對話內容比較長，所以要了解整體內容的脈絡。

· 這題同樣要掌握關鍵詞。邊聆聽、邊標示出選項中出現的名詞、動詞（形容詞）。

TIP

　　大部分的正確答案，可以在女生第二次對話中出現的名詞相呼應的動詞（形容詞）裡找到。

實戰演練　▶MP3-04

※ [9~12] 다음 대화를 잘 듣고 여자가 이어서 할 행동으로 알맞은 것을 고르십시오.
（각 2점）

9. ① 계단을 올라간다.　　② 시계를 본다.
　　③ 땀을 닦는다.　　　④ 화장실에 간다.

題型分析

※ [9~12] 請仔細聽下面的對話，並選出女生接下來會做出行動的正確選項。（各2
分）

9.

여자 : 어, 와 있었네. 내가 늦은 건 아니지?
남자 : 응. 아직 시간이 좀 있어.
여자 : 늦을까 봐 뛰어 왔더니 좀 덥네. 여기 화장실이 어디지?
남자 : 올 때 보니까 저쪽 계단 옆에 있더라고.
女生：喔，（你）已經來了啊？我沒有遲到吧？
男生：嗯。還有一點時間。
女生：怕遲到，所以用跑的過來，有點熱呢。這裡洗手間在哪？
男生：來的時候發現在那裡樓梯的旁邊。

① 계단을 올라간다. 上樓梯。　　　② 시계를 본다. 看時鐘。
③ 땀을 닦는다. 擦汗。　　　　　④ 화장실에 간다. 去洗手間。

> 　여자는 뛰어 와서 덥다고 화장실을 찾습니다. 그러므로 다음 동작은
> 화장실로 가는 것입니다. 정답은 ④입니다.
>
> 　女生因為跑來說有點熱，所以在找洗手間。因此下一個動作是去洗手間。
> 答案是④。

題型（四）理解整體內容 [題號13～16]

・此題型需注意以下三個重點：

1. 是直接說的，還是轉告的？
2. 是確定的，還是猜測的？
3. 是誰說會親自行動的？

[13] 聽對話並掌握內容

・對話中的第一行當然重要，但更要注意聽第二行。
・這一題依然應該先找關鍵詞。
・邊聆聽對話，邊觀察選項，將重複出現的單字標示出來。

[14] 聽對話並掌握內容

・這一題大部分是廣播。
・關鍵在於是哪一種廣播？仔細聆聽是「비행기」（飛機）、「버스」（巴士）、「지하철」（捷運）、「기차」（火車）、還是「배」（船）。

[15] 聽對話並掌握內容

・屬於高級的題目。
・這題大部分是新聞（新的消息）。
・關鍵在於傳達哪一種新聞。仔細聆聽是「생활 정보」（生活訊息）、還是「날씨」（天氣）……。
・要掌握比較的對象以及其內容是什麼。

[16] 聽對話並掌握內容

・屬於高級的題目。
・這題大部分是交談（訪問）。
・關鍵在於跟誰交談（訪問）。

實戰演練 ▶MP3-05

※ [13~16] 다음을 듣고 내용과 일치하는 것을 고르십시오. (각 2점)

13. ① 여자는 새로 나온 핸드폰을 샀다.

② 남자는 휴대폰을 바꿨다.

③ 여자는 새 핸드폰을 사고 싶어 한다.

④ 남자는 핸드폰 겉모습에 끌린다.

題型分析

※ [13~16] 請聽下面內容，並選出與內容一致的選項。（各2分）

13.

여자 : 엊그제 새로 나온 휴대폰 봤어? 너무 멋있지 않아?
남자 : 너 휴대폰 산 지 얼마나 됐다고 또 휴대폰 타령이야?
여자 : 꼭 무슨 문제가 있어야 휴대폰을 바꾸는 건 아니잖아.
남자 : 내 생각에 그건 과소비야. 그저 겉모습에만 끌려서 안 해도 되는 소비를 하게 되니까 말야.
女生：前幾天新上市的手機看到了嗎？不覺得很好看嗎？
男生：妳手機才買沒多久，又在提手機啊？
女生：不是非得有問題才要換手機啊。
男生：我覺得那是過度消費。只是因為被外觀吸引而花了沒必要花的錢而已。

① 여자는 새로 나온 핸드폰을 샀다. (×)

　　女生買了新上市的手機。

② 남자는 휴대폰을 바꿨다. (×)

　　男生換了手機。（女生）

③ 여자는 새 핸드폰을 사고 싶어 한다.

　　女生很想買新的手機。

④ 남자는 핸드폰 겉모습에 끌린다. (×)

　　男生被手機的外觀吸引。（女生）

여자는 핸드폰을 구입한 지가 얼마 되지 않았지만 새로 나온 핸드폰에 대해 관심이 많습니다. 따라서 정답은 ③입니다.

雖然女生剛買手機不久，但是對新上市的手機有很大的興趣。答案是③。

實戰演練　▶MP3-06

14. ① 이 비행기는 인천공항에 도착하였다.

　　② 갈아탈 승객도 내렸다가 다시 타야 한다.

　　③ 짐을 내리면 다른 승객에게 불편을 준다.

　　④ 승무원의 안내가 있어야 내릴 수가 있다.

題型分析

14.

여자 : 승객 여러분께 안내 말씀드리겠습니다. 잠시 후 출입문이 열리면 앞쪽에 계신 승객분부터 차례대로 내리시기 바랍니다. 짐을 내리실 때는 주위를 잘 살펴 다른 승객에게 불편을 주는 일이 없도록 부탁드립니다. 계속해서 인천공항 방면으로 가실 승객께서도 일단 비행기에서 대기 구역으로 이동하셨다가 30분 후에 승무원의 안내에 따라 다시 탑승해 주십시오. 고맙습니다.
女生：這裡為各位乘客廣播。稍候機門開啟時，請從前座的乘客依序下機。拿行李時，請注意盡量不要造成周遭乘客的不便。後續要前往仁川機場的乘客，也請從機內移動前往候機區，30分鐘後，請聽從空服員指示再次搭機。謝謝。

① 이 비행기는 인천공항에 도착하였다. (×)

　這班飛機抵達了仁川機場。

② 갈아탈 승객도 내렸다가 다시 타야 한다.

　轉機的乘客，應該下飛機再搭乘。

③ 짐을 내리면 다른 승객에게 불편을 준다. (×)

　若拿行李，會對其他乘客造成不便。

④ 승무원의 안내가 있어야 내릴 수가 있다. (×)

　需要空服員的指示，才能下飛機。

이 비행기의 마지막 종착지는 인천공항입니다. 따라서 인천공항까지 가는 손님은 일단 비행기에서 내렸다가 30분에 다시 탑승해야 합니다. 정답은 ②입니다.

這班飛機的最後目的地是仁川機場。因此要到仁川機場的乘客應該先下飛機，30分鐘後再搭乘。答案是②。

實戰演練 ▶MP3-07

15. ① 올해는 작년보다 빨리 800만 관중을 넘겼다.

② 작년에는 800만 관중이 채 안 됐다.

③ 2002년부터 매년 두 배씩 관중이 늘었다.

④ 월드컵 때문에 관중수가 더 많아졌다.

題型分析

15.

남자 : 절기상 가을인 요즘에도 프로야구의 열기는 식을 줄을 모릅니다. 작년에는 시즌이 거의 끝날 무렵에야 800만 관중을 넘겼는데, 올해는 시즌이 아직 1 / 5이나 남았는데도 이미 800만 관중을 돌파했습니다. 2002년 500만을 넘긴 프로야구의 관중수는 해마다 급격한 증가세를 보여 16년 사이에 거의 두 배 가까이 늘어난 셈입니다. 올해는 월드컵이 열린 관계로 증가세가 감소할 것으로 예상됐으나, 월드컵에 아랑곳없이 야구장을 찾는 팬들의 숫자는 오히려 더 늘어났습니다.
男生 ： 最近已經是秋天了，但職業棒球的熱潮依然不減。去年在賽季快結束時，觀眾就超過了800萬人次，今年賽季還剩下1 / 5就已突破了800萬人次。2002年超過500萬職業棒球的觀眾數，以每年急遽增加的趨勢，16年間成長了將近2倍。今年因世足賽開幕的緣故，原本預估增加趨勢會減緩，沒想到卻不受世足賽影響，到球場觀賽的球迷人數，反而成長更多了。

① 올해는 작년보다 빨리 800만 관중을 넘겼다.

　今年比去年更快超過800萬觀眾。

② 작년에는 800만 관중이 채 안 됐다. (×)

　去年沒有達到800萬觀眾。

③ 2002년부터 매년 두 배씩 관중이 늘었다. (×)

　2002年起觀眾每年以兩倍成長。（16年間）

④ 월드컵 때문에 관중수가 더 많아졌다. (×)

　因為世足賽，觀眾數變得更多。（不受世足賽影響）

올해 프로야구의 관중은 작년보다 빨리 800만명을 넘어섰습니다. 2002년에 500만명을 넘었던 관중수가 16년 동안 두 배 가까이 늘어났습니다. 더군다나 올해는 월드컵까지 있음에도 관중수는 작년보다 더 많아졌습니다. 따라서 정답은 ①입니다.

今年職業棒球的觀眾，比去年更快突破800萬人次。2002年超過500萬人次的觀眾，16年期間增加了快兩倍，再加上即使今年有世足賽，觀眾人數還是比去年多了更多。答案是①。

實戰演練 ▶MP3-08

16. ① 주말농장에는 모든 것이 다 갖춰져 있다.

② 주말농장의 토질은 내가 노력해서 바꿔야 한다.

③ 집에서 가까운 주말농장의 토질이 좋다.

④ 가까운 곳에 밭이 있으면 정성을 들일 필요가 없다.

題型分析

16.

여자 : 요즘 주말농장에 대한 관심이 많아지고 있어서 특별히 전문가 한 분을 모시고 얘기 나눠 보겠습니다.
남자 : 주말농장을 하고 싶으신 분은 두 가지 점을 유의하셔야 합니다. 무엇보다 먼저 집에서 가까워야 합니다. 아무래도 집하고 가까운 곳에 밭이 있어야 더 자주 가서 돌볼 수가 있게 되고, 그만큼 정성을 더 들이게 됩니다. 그리고 또 하나 꼭 생각해야 하는 것은 주말농장으로 분양하는 땅의 질, 즉 토질이 그리 좋지 않다는 것입니다. 따라서 내 힘으로 일궈 좋은 토질로 바꾸겠다는 자세로 시작해야 합니다.
女生：最近對週末農場有興趣的人越來越多，因此特別請到一位專家與我們分享。
男生：想經營週末農場的人需要注意兩點。首先要離家近，要離家近才能夠經常去照料，才能投入熱忱。還有，必須要思考到，經營週末農場所分到土地的品質，也就是土質並不會很好。因此要抱持著努力開墾，以換得好土質的心態來開始。

① 주말농장에는 모든 것이 다 갖춰져 있다. (×)

週末農場具備所有的東西。

② 주말농장의 토질은 내가 노력해서 바꿔야 한다.

週末農場的土質，要靠自己的努力才能改變。

③ 집에서 가까운 주말농장의 토질이 좋다. (×)

離家近的週末農場土質很好。

④ 가까운 곳에 밭이 있으면 정성을 들일 필요가 없다. (×)

如果在近的地方有田，就不需要投入熱誠。

주말농장을 하고 싶다면 집하고 가까운 곳에 마련해야 합니다. 꼭 알아야 할 점은 주말농장의 토질이 좋지 않기 때문에 반드시 자기 손으로 토질을 바꾸도록 노력해야 합니다. 정답은 ②입니다.

　　想要做週末農場，應該安排在離家近的地方。必須要了解的是，因為週末農場的土質不好，一定要努力改變土質。答案是②。

題型（五）中心思想（掌握主題）
［題號17～20］

［17～19］把握主題內容

- 這題是掌握對話的主題（中心思想）是什麼。
- 應該先找到主題。大部分的主題會重複出現，有的時候是名詞或動詞，也有是一個句子的情況。
- 要注意表達否定的「-지 않아요」（不～），還有表示意志的「-아/어/여야지」（應該～）等文法。

［20］掌握主題內容＋筆者的主張

- 這題在掌握主題的同時，必須跟著了解整體內容。
- 雖然難度不高，但這題是為了應對後面出現的高級題目（專家訪談）而制定的題目。

※ [17~20] 다음을 듣고 남자의 중심 생각을 고르십시오. (각 2점)

17. ① 아버지는 매운 맛을 좋아하신다.

② 자극을 받아야 맛을 느낄 수 있다.

③ 매운 맛은 혀의 감각을 마비시킨다.

④ 혀를 마비시킬 정도로 매워야 맛있다.

題型分析

※ [17~20] 請聽下面內容，並選出男生的中心思想。（各2分）

17.

남자 : 이거 너무 매운 거 아니에요? 무슨 맛인지 전혀 알 수가 없어요.
여자 : 저희 아버지는 맵지 않으면 잘 드시질 않아서요.
남자 : 매운 것은 혀로 느끼는 맛이 아니라 그저 자극일 뿐이에요. 오히려 혀를 마비시켜 맛을 못 느끼게 하는 걸요.
男生：這不會太辣嗎？完全不知道是什麼味道。
女生：因為我爸爸不辣的話就不愛吃。
男生：辣的東西不是用舌頭就能感覺，那只是刺激，反而會讓舌頭麻痺，什麼味道都感覺不到。

① 아버지는 매운 맛을 좋아하신다. (✕)

爸爸喜歡辣的味道。（女生）

② 자극을 받아야 맛을 느낄 수 있다. (✕)

要受到刺激才能感覺味道。

③ 매운 맛은 혀의 감각을 마비시킨다.

辣味會麻痺舌頭的感覺。

④ 혀를 마비시킬 정도로 매워야 맛있다. (✕)

要辣到舌頭麻痺才好吃。

맵다는 것은 혀로 느끼는 맛이 아니라 혀에 주는 자극일 뿐입니다. 따라서 지나치게 맵게 되면 혀를 마비시켜 맛을 느끼지 못하게 합니다. 정답은 ③입니다.

所謂的辛辣，不是用舌頭感覺味道，只是刺激舌頭而已。因此過度的辛辣，反而會麻痺舌頭而感覺不到味道。答案是③。

20. ① 건강을 위해서는 색깔 있는 음식을 먹어야 한다.

② 알록달록한 음식은 피하는 것이 좋다.

③ 어떤 음식이든 다 영양과 효능이 풍부하다.

④ 채소와 과일을 먹으면 병이 다 나을 수 있다.

題型分析

20.

여자 : 건강에 관심 있는 분들은 '컬러푸드'에 대해 들어보셨을 텐데요. 선생님, 왜 하필 컬러인가요?
남자 : 그 색깔이 바로 건강을 지켜주는 성분이기 때문입니다. 채소와 과일에 포함된 영양과 효능은 색깔에 따라 다른데요, 노란색은 심혈관 건강에, 초록빛은 간 건강에 좋고요, 보라색은 뇌졸중 위험을 막는 효능이 있습니다. 이처럼 여러 색깔의 음식을 골고루 섭취한다면 우리 몸을 건강하게 유지할 수 있을 겁니다.
女生：關心健康的人應該聽過「彩色食物」。老師，為什麼是彩色呢？
男生：因為顏色正是守護健康的成分。蔬菜與水果所含的營養和功效會依顏色而有所不同。黃色是心血管健康，綠色對肝健康有益，紫色有防止腦血管栓塞的效果。像這樣均衡攝取各種顏色的食物，才能夠維持我們身體的健康。

① 건강을 위해서는 색깔 있는 음식을 먹어야 한다.

　　為了健康要吃有顏色的食物。

② 알록달록한 음식은 피하는 것이 좋다. (×)

　　最好避免食用花花綠綠的食物。

③ 어떤 음식이든 다 영양과 효능이 풍부하다. (×)

　　不管是什麼食物都有豐富的營養與功效。

④ 채소와 과일을 먹으면 병이 다 나을 수 있다. (×)

　　吃蔬菜與水果的話病都會好。

색깔이 있는 채소와 과일을 일컫는 '컬러푸드'는 건강에 좋은 성분이 들어 있기 때문에, 몸을 건강하게 유지하기 위해서는 컬러푸드를 많이 먹는 것이 좋습니다. 따라서 정답은 ①입니다.

　　之所以將有顏色的蔬菜和水果稱為「彩色食物」，是因為含有益健康的成分，為了維持身體健康，最好多吃彩色食物。答案是①。

題型（六）掌握主題並理解內容①
［ 題號21～22 ］

［ 21～22 ］聽題目並理解內容

・從〔21～50〕題都是一個短文、兩個題目的結構。

・兩個人之間的對話都是和實際生活有密切關係的內容。若平常對目前成為話題的社會問題有所了解，對解題會有很大的幫助。

・〔22〕、〔26〕、〔28〕、〔30〕、〔34〕、〔36〕題都是同一個題型。都是考對整體內容了解多少的題目。

※ [21~22] 다음을 듣고 물음에 답하십시오. (각 2점)

21. 남자의 중심 생각으로 맞는 것을 고르십시오.

　　① 한류 문화 유행에는 미국 매체의 관심이 중요하다.

　　② 개인과 단체의 노력만이 한류 문화를 유행시키는 힘이다.

　　③ 한류 문화가 유행하려면 아직 멀었다.

　　④ 한류 문화는 국민들의 응원이 필수적이다.

22. 들은 내용으로 맞는 것을 고르십시오.

　　① 여자는 아이돌 그룹을 좋아한다.

　　② 여자는 미국 프로그램을 자주 본다.

　　③ 남자는 한류 문화의 유행을 못마땅해 한다.

　　④ 남자는 미국 매체에 출연하고 싶어한다.

※ [21~22] 請聽下面內容，並回答問題。（各2分）

여자 : 뉴스 봤어요? 제가 좋아하는 아이돌 그룹이 미국의 유명한 프로그램에 출연했대요.
남자 : 저도 봤어요. 미국 매체도 그렇게 관심이 많은 줄 몰랐어요.
여자 : 이제 우리 한류 문화가 전세계에 유행할 날이 멀지 않았어요.
남자 : 그러면 좋겠죠. 그런데 진정한 한류 문화의 힘은 한 개인이나 단체의 노력 뿐만 아니라 많은 국민들의 관심과 사랑이 밑받침되어야 만들어질 수 있어요.
女生 : 看新聞了嗎？我喜歡的偶像團體上了美國的知名節目。
男生 : 我也看到了。不知道美國媒體也那麼感興趣。
女生 : 現在我們離韓流文化在全世界流行的日子不遠了。
男生 : 若真能那樣就太好了。但真正的韓流文化不光是靠個人或團體的努力，還需要許多人民們的關心與愛的支持才能形成。

21. 남자의 중심 생각으로 맞는 것을 고르십시오.

　　以男生的思想為中心，選出正確的選項。

　　① 한류 문화 유행에는 미국 매체의 관심이 중요하다. (×)

　　　　為了韓流文化的流行，美國媒體的興趣很重要。

　　② 개인과 단체의 노력만이 한류 문화를 유행시키는 힘이다. (×)

　　　　只靠個人與團體的努力，就是讓韓流文化流行的力量。

　　③ 한류 문화가 유행하려면 아직 멀었다. (×)

　　　　要讓韓流文化流行還很久。（不遠就好了）

　　④ 한류 문화는 국민들의 응원이 필수적이다.

　　　　韓流文化需要靠人民們的支持。

남자는 한류 문화가 유행하기 위해서 개인이나 단체의 노력도 중요하지만 국민들의 성원이 반드시 필요하다고 강조하고 있습니다. 정답은 ④입니다.

男生強調，為了韓流流行，個人或團體的努力也很重要，但是一定需要人民的聲援。答案是④。

22. 들은 내용으로 맞는 것을 고르십시오.

請依聽到的內容選出正確的選項。

① 여자는 아이돌 그룹을 좋아한다.

　女生喜歡偶像團體。

② 여자는 미국 프로그램을 자주 본다. (×)

　女生常看美國節目。

③ 남자는 한류 문화의 유행을 못마땅해 한다. (×)

　男生看韓流文化流行不順眼。

④ 남자는 미국 매체에 출연하고 싶어한다. (×)

　男生想上美國媒體。

여자가 좋아하는 아이돌 그룹이 미국 프로그램에 출연했다는 소식을 듣고 기뻐합니다. 따라서 정답은 ①입니다.

女生聽到自己喜歡的偶像團體上美國節目的消息覺得很高興。答案是①。

題型（六）掌握主題並理解內容②
［題號23～24］

［23～24］聽題目並理解內容

・此題型之設定，是日常生活中隨時會碰到的情況的對話。

・主要以在公家機關、公司、飯店等會發生的事情為主要內容。

　例如：在公司的會議、與同事的對話。

　　　　在公家機關申請活動

　　　　預約飯店

※ [23~24] 다음을 듣고 물음에 답하십시오. (각 2점)

23. 남자는 무엇을 하고 있는지 맞는 것을 고르십시오.

   ① 고궁이 언제부터 야간 개장을 하는지 문의하고 있다.

   ② 고궁 야간 개장 인터넷 사이트를 묻고 있다.

   ③ 야간에 개장하는 고궁을 예약하려고 한다.

   ④ 하루에 몇 명까지 입장할 수 있는지 확인하고 있다.

24. 들은 내용으로 맞는 것을 고르십시오.

   ① 공고를 하고 2주 있다가 예약을 받는다.

   ② 야간 개장은 인터넷으로 예약을 해야 한다.

   ③ 예약 인원은 4명에서 2500명까지이다.

   ④ 한 사람이 무조건 네 장의 표를 사야 한다.

※ [23~24] 請聽下面內容,並回答問題。(各2分)

남자 : 거기 시청 안내센터죠? 고궁 야간 개장에 대해 문의하고 싶은데요.

여자 : 네, 안녕하세요? 무엇을 도와드릴까요?

남자 : 다음 달부터 고궁이 야간 개장을 한다고 들었는데요. 제가 외국 친구하고 같이 구경가려고 하는데 미리 신청이 가능한가 해서요.

여자 : 가능합니다. 개장하기 2주 전에 공고를 하게 되면 인터넷상으로 예약을 할 수 있습니다.

남자 : 1인당 몇 명까지 예약이 가능한가요?

여자 : 1인당 4매까지 가능합니다. 다만 1일 최대 인원이 2500명으로 제한되오니 참고하시기 바랍니다.

男生:那裡是市政府服務中心嗎?想問有關古宮夜間入場的問題。

女生:是,您好,請問需要什麼協助嗎?

男生:聽説從下個月起,古宮開放夜間入場。我和外國朋友想一起參觀,可以事先申請嗎?

女生:可以。在開放前2週,開始公告後,就可以在網路上預約。

男生:1個人可以預約幾位呢?

女生:1個人可以預約4位。但是有1天最多只能預約2500人的限制,請您參考。

---

23. 남자는 무엇을 하고 있는지 맞는 것을 고르십시오.

　　請選出男生正在做什麼的正確選項。

　　① 고궁이 언제부터 야간 개장을 하는지 문의하고 있다. (×)

　　　　在問古宮什麼時候開始夜間入場。(下個月開始)

　　② 고궁 야간 개장 인터넷 사이트를 묻고 있다. (×)

　　　　在問古宮夜間入場的網站。

　　③ 야간에 개장하는 고궁을 예약하려고 한다.

　　　　要預約夜間入場的古宮。

　　④ 하루에 몇 명까지 입장할 수 있는지 확인하고 있다. (×)

　　　　在確認一天可以開放多少人入場。(女生:1天最多2500人)

남자는 다음 달부터 야간 개장할 고궁 입장권을 예매하려고 합니다. 한 사람이 4장까지 예매할 수 있습니다. 그러므로 정답은 ③입니다.

男生想要預訂從下個月起開放的夜場古宮門票。一個人可以訂4張門票。答案是③。

24. 들은 내용으로 맞는 것을 고르십시오.

請依聽到的內容選出正確的選項。

① 공고를 하고 2주 있다가 예약을 받는다. (×)

公告2週後接受預約。（公告後就可以預約）

② 야간 개장은 인터넷으로 예약을 해야 한다.

夜間入場需要在網路預約。

③ 예약 인원은 4명에서 2500명까지이다. (×)

預約人數從4位到2500位。（1個人預約4位）

④ 한 사람이 무조건 네 장의 표를 사야 한다. (×)

一個人無條件要買四張票。（不需要買四張）

개장하기 2주 전에 공고를 하면, 예매는 인터넷으로만 가능합니다. 정답은 ②입니다.

開放入場前2週公告，只能用網路訂票。答案是②。

題型（六）掌握主題並理解內容③
［題號25～26］

［25～26］聽題目並理解內容

・與〔21～22〕題型的形式完全一樣。

・但題目的內容和〔21～22〕題有很大的不同。〔21～22〕題是親近的人之間對於社會話題的私人對話；〔25～26〕題是以邀請社會上的話題人物進行採訪的方式。

・先開口的人是主持人，由他提出問題的內容，可得知受訪者的職業、現在正在做的事的訊息。

・要多加留意回答者所說的話，像是「-(다)고 생각했습니다」（認為～）這樣的表現，就隱藏著主題。

實戰演練　▶MP3-13

※ [25~26] 다음을 듣고 물음에 답하십시오. (각 2점)

25. 남자의 중심 생각으로 맞는 것을 고르십시오.

　① 막걸리는 건강에 좋기 때문에 수출이 잘 된다.

　② 막걸리를 수입하는 나라가 점점 줄어들고 있다.

　③ 맛이 좋은 막걸리는 건강에도 좋다.

　④ 막걸리 수출이 증가된 것은 좋은 품질 때문이다.

26. 들은 내용으로 맞는 것을 고르십시오.

　① 2011년에 막걸리 수출이 최고치를 기록했다.

　② 일본 사람들은 더 이상 막걸리를 안 마신다.

　③ 전문가들이 노력한 덕분에 품질 개발에 성공했다.

　④ 막걸리는 한류 열풍과 관계없이 전세계가 즐기는 술이다.

題型分析

※ [25～26] 請聽下面內容，並回答問題。（各2分）

여자 : 한때 수출 효자 상품이던 막걸리의 최근 소식이 궁금합니다. 취재기자 연결해 알아보겠습니다.

남자 : 전세계에 퍼진 한류 열풍과 함께 발효주인 막걸리가 건강에 좋다는 인식이 확산되면서 2008년부터 수출이 급격히 늘어났습니다. 그런데 이 호황은 2011년을 정점으로 떨어지기 시작하는데요. 가장 큰 이유는 주요 수출국 일본과 관계가 악화된데다 엔화 약세 때문입니다. 하지만 요사이 막걸리 수출이 다시 늘고 있습니다. 전문가들은 미국, 중국, 대만 등으로 수출다변화가 되고, 현지인의 입맛에 맞는 막걸리, 건강에 좋은 막걸리를 개발하는 등 품질 개발에 노력한 결과라고 말합니다.

女生：一度為最佳出口產品的馬格利，近況讓人感到好奇。連線採訪記者一探究竟。

男生：與全世界韓流熱潮一起蔓延的發酵酒馬格利，有益健康的認知廣傳，從2008年起出口急遽上升。但這好景卻在2011年到達頂點後開始衰退，最大的原因是與主要出口國日本關係的惡化，且日幣走低。不過最近馬格利的出口又開始上升。專家們認為，這是因為出口變化為美國、中國、台灣等地，所以致力於開發符合當地人口味、對健康有益的馬格利品質的結果。

25. 남자의 중심 생각으로 맞는 것을 고르십시오.

以男生的中心思想選出正確的選項。

① 막걸리는 건강에 좋기 때문에 수출이 잘 된다. (×)

　因為馬格利對健康有益所以出口成績好。

② 막걸리를 수입하는 나라가 점점 줄어들고 있다. (×)

　進口馬格利的國家漸漸萎縮。（有成長）

③ 맛이 좋은 막걸리는 건강에도 좋다. (×)

　口味好的馬格利對健康也有益。

④ <u>막걸리 수출이 증가된 것은 좋은 품질 때문이다.</u>

　<u>馬格利出口增加是因為品質好。</u>

　　한류 열품을 타고 높은 수출액을 기록했던 막걸리가 혐한 정서와 엔저 현상으로 인해 주춤했었으나 수출다변화 정책과 막걸리 품질 향상에 노력한 덕분에 수출이 대폭 늘었습니다. 따라서 정답은 ④입니다.

　　乘著韓流風潮，達到高出口額的馬格利，因反韓情緒和日幣貶值現象而停滯，但託出口政策的多樣化和努力提升馬格利品質的福，出口大幅增加了。答案是④。

26. 들은 내용으로 맞는 것을 고르십시오.

請依聽到的內容選出正確的選項。

① 2011년에 막걸리 수출이 최고치를 기록했다.

馬格利在2011年為出口的最高值。

② 일본 사람들은 더 이상 막걸리를 안 마신다. (×)

日本人不再喝馬格利。（出口變化）

③ 전문가들이 노력한 덕분에 품질 개발에 성공했다. (×)

因專家們努力而品質開發成功。

④ 막걸리는 한류 열풍과 관계없이 전세계가 즐기는 술이다. (×)

馬格利與韓流熱潮無關，是全世界愛喝的酒。

2011년의 막걸리 수출은 정점을 찍고 내리막길을 걷다가 최근 들어 다시 수출이 올라가고 있습니다. 전에는 수출이 일본에 집중되었으나 요사이는 미국, 중국, 대만 등으로 많아졌습니다. 정답은 ①입니다.

2011年馬格利出口達到頂點後一路走下坡，最近正在上升當中。之前的出口集中在日本，最近擴大為美國、中國、台灣等。答案是①。

題型（六）掌握主題並理解內容④
［題號27～28］

［27～28］聽題目並理解內容

· 雖然看起來只是私人對話，但實際內容和社會問題有關。

· 先說話的人抱怨後面說話的人的言行。因此這裡的對話架構，是後面說話的人，去
  說服前面說話的人。還有最後有反諷或希望的表現，委婉地表達後面說話的人自己
  的看法。

  例如：「-지 않아」（不～）、「-ㄹ걸」（可能～）、「-(으)면 좋겠다」（希望～）

實戰演練 ▶MP3-14

※ [27~28] 다음을 듣고 물음에 답하십시오. (각 2점)

27. 여자가 남자에게 말하는 의도를 고르십시오.

① 시청자들은 비슷한 형식의 경연프로그램을 좋아한다.

② 개성이 없는 참가자들은 시청자의 관심을 끌기 어렵다.

③ 기존의 연예인들과 차이가 없어야 외면을 덜 받는다.

④ 연예 기획사 출신이 참가해야 프로그램이 성공할 수 있다.

28. 들은 내용으로 맞는 것을 고르십시오.

① '진짜를 찾아-100프로'는 전혀 다른 형식의 프로그램이었다.

② 참가자들의 외모나 춤이 시청률과 밀접한 관계가 있다.

③ 시청자들은 연예 기획사 출신들에게 관심이 없다.

④ 올해 이미 세 개 이상의 경연프로그램이 있었다.

題型分析

※ [27~28] 請聽下面內容，並回答問題。（各2分）

> 남자 : 어제 끝난 문화TV의 '진짜를 찾아-100프로' 봤어? 요즘 이런 프로그램이
> 점점 많아지는 것 같아.
>
> 여자 : 맞아. 바로 지난 달에도 모 방송국에서 비슷한 방식의 경연프로그램을 한
> 적이 있잖아? 이번 것까지 합치면 올해에 방송된 것만 서너 개는 될 걸.
>
> 남자 : 그래서 그런가? 이번 참가자들의 외모나 춤이 제일 나은 것 같던데도
> 시청률은 높지 않더라고.
>
> 여자 : 내가 보기엔 출연하는 사람들의 대부분이 연예 기획사 출신이라 외모나
> 표현 방식에서 자기만의 개성을 찾기 힘드니까 시청자들이 점점 외면하는
> 게 아닌가 싶어. 기존의 연예인들과 차이점이 보이지 않으니 식상한 거지.

男生：昨天播完的文化TV節目〈找出真的吧——100%〉看了嗎？最近這種節目好
　　　像越來越多。

女生：對啊。就在上個月某個電視台，是不是也有類似型態的選秀節目？加上這
　　　個，光是今年播出的，可能就三、四個吧。

男生：是這樣的關係嗎？這次參賽者的長相或舞蹈都好像是最好的，但收視率卻不
　　　高。

女生：在我看來，可能是因為演出的人大部分都是演藝經紀公司出來的，長相或表
　　　演方法都沒有個人特色，所以觀眾漸漸轉台。和既有的藝人看不出有什麼差
　　　別，所以覺得膩了吧。

27. 여자가 남자에게 말하는 의도를 고르십시오.

請選出女生對男生説話內容的意圖。

① 시청자들은 비슷한 형식의 경연프로그램을 좋아한다. (×)

　　觀眾喜歡類似型態的選秀節目。（膩了）

② 개성이 없는 참가자들은 시청자의 관심을 끌기 어렵다.

　　沒有個人特色的參賽者很難吸引觀眾。

③ 기존의 연예인들과 차이가 없어야 외면을 덜 받는다. (×)

　　要與既有藝人沒有差別才不會被轉台。（因為沒差別而轉台）

④ 연예 기획사 출신이 참가해야 프로그램이 성공할 수 있다. (×)

　　演藝經紀公司出身的人參加才會成功。

　　　여자는 비슷한 형식의 경연프로그램에 대해서 비판하고 있습니다.
참가자들의 대부분이 연예 기획사 출신인데다가 별다른 개성을 찾을 수가
없어서 시청자들은 신선한 느낌을 받지 못한다는 것입니다. 정답은 ②입니다.

　　　女生對類似形式的選秀節目加以批評。她説大部分的參賽者都出身於演藝
公司，而且找不到獨特的個性，聽眾接收不到新鮮的感覺。答案是②。

28. 들은 내용으로 맞는 것을 고르십시오.

　　請依聽到的內容選出正確的選項。

　① '진짜를 찾아-100프로'는 전혀 다른 형식의 프로그램이었다. (×)

　　〈找出真的吧——100%〉是型態完全不同的節目。（是類似的方式）

　② 참가자들의 외모나 춤이 시청률과 밀접한 관계가 있다. (×)

　　參賽者的長相和舞蹈與收視率有密切的關係。

　③ 시청자들은 연예 기획사 출신들에게 관심이 없다. (×)

　　觀眾對演藝經紀公司出身的人沒有興趣。（個人特色才重要）

　④ 올해 이미 세 개 이상의 경연프로그램이 있었다.

　　今年已經有三個以上的選秀節目。

　　올해 방송된 경연프로그램만 세 개가 넘습니다. 그 형식이나 내용이 크게 차이가 없으므로 시청자들의 관심도는 점점 떨어집니다. 정답은 ④입니다.

　　今年播放的選秀節目超過三個。其形式和內容都差不多，觀眾也漸漸沒有興趣。答案是④。

題型（六）掌握主題並理解內容⑤
［題號29～30］

［29～30］聽題目並理解內容

・討論現在社會上讓人關注的問題。

・先說話的人是主持人，提出要討論內容的相關問題。在問題中隱藏著將要討論什麼問題的提示。

・應該掌握回答問題的人，是不是親自做那件事的人，或者是不是作為那方面的專家而提出意見的人。

實戰演練　▶MP3-15

※ [29~30] 다음을 듣고 물음에 답하십시오. (각 2점)

29. 남자는 누구인지 맞는 것을 고르십시오.

　① 차를 대여해주는 사람　② 자원봉사하는 사람

　③ 불우이웃을 돕는 사람　④ 대리운전하는 사람

30. 들은 내용으로 맞는 것을 고르십시오.

　① 송년회에 갈 때는 운전을 할 수가 없다.

　② 술을 마시기 전에 미리 신청을 해야 한다.

　③ 연말에는 술자리가 많아진다.

　④ 취중에 하는 막말이나 욕설은 문제가 안 된다.

題型分析

※ [29～30] 請聽下面內容，並回答問題。（各2分）

> 여자 : 연말이 가까워지다 보니 많이 바쁘시지요?
>
> 남자 : 네, 아무래도 연말이 되면 평소보다 훨씬 바빠집니다. 계속되는 송년회에서 술이 빠질 수는 없는 것이고요. 그러면 결국 운전을 할 수가 없잖아요? 바로 그때 저희 같은 사람들이 필요한 거죠.
>
> 여자 : 어떤 식으로 연락을 드려야 하나요?
>
> 남자 : 전화를 주시거나 스마트폰앱으로 신청하시면 어디가 됐건 늘 손님께 봉사하는 마음으로 편안하게 집까지 잘 모셔다 드리겠습니다. 다만 아무리 취중이라도 막말이나 욕설은 삼가셨으면 하는 당부 말씀드립니다.

> 女生：看來越接近年底越忙吧？
>
> 男生：對，因為是年底，所以變得比平常更忙。接下來的尾牙離不開酒，那麼不就沒辦法開車嗎？那個時候就需要像我們這樣的人。
>
> 女生：要怎麼樣才能跟您聯絡呢？
>
> 男生：只要打電話或透過智慧型手機應用程式申請，不管在哪裡，對客人總是以侍奉的心情平安地送您到家。但是不管喝多麼醉，也請注意千萬不要說粗話或辱罵。

29. 남자는 누구인지 맞는 것을 고르십시오.

請選出男生是誰。

① 차를 대여해주는 사람　租車的人

② 자원봉사하는 사람　志工

③ 불우이웃을 돕는 사람　幫助清寒鄰居的人

④ 대리운전하는 사람　代理駕駛

　　송년회 때 술을 마시고 운전을 할 수 없으면 바로 대리운전기사를 불러야 합니다. 따라서 정답은 ④입니다.

　　尾牙時喝酒後無法開車的話，應該立刻打電話給代理駕駛。答案是④。

30. 들은 내용으로 맞는 것을 고르십시오.

請依聽到的內容選出正確的選項。

① 송년회에 갈 때는 운전을 할 수가 없다. (×)

　　去尾牙時沒辦法開車。（尾牙結束後）

② 술을 마시기 전에 미리 신청을 해야 한다. (×)

　　需要在喝酒之前事先申請。

③ 연말에는 술자리가 많아진다.

　　因為年底，所以喝酒的場合變多。

④ 취중에 하는 막말이나 욕설은 문제가 안 된다. (×)

　　喝醉時說的粗話或辱罵不成問題。（不可以）

　　연말이면 각종 모임이 많아지고, 술도 많이 마시게 됩니다. 그래서 대리운전이 필요한데, 아무리 술에 취해도 대리운전기사에게 함부로 막말이나 욕설을 하면 안 됩니다. 정답은 ③입니다.

　　到了年底，各種聚會變多，也會常常喝酒，因此需要代理駕駛。但就算喝醉，也不要對代理駕駛亂說話或說髒話。答案是③。

題型（六）掌握主題並理解內容⑥
［題號31～32］

［31～32］對話中主張者的思想與態度

・內容為討論社會上受到關注的問題。

・兩個人抱持著相反的看法，用邏輯的方式，展開各自的主張。

・先說話的人提出意見的同時，強力主張為什麼所討論的事會成為問題。

・先說話的人是男生，因此更要注意聆聽男生的看法和態度。

※ [31~32] 다음을 듣고 물음에 답하십시오. (각 2점)

31. 남자의 생각으로 맞는 것을 고르십시오.

① 외모를 중시하고 개성을 무시하는 사회 풍토를 고쳐야만 한다.

② 외모 때문에 차별을 받아도 그냥 따를 수밖에 없다.

③ 우리 사회의 모든 문제는 외모를 중시하기 때문이다.

④ 인성과 실력을 존중 받으려면 개성보다는 외모가 중요하다.

32. 남자의 태도로 맞는 것을 고르십시오.

① 외모 지상주의에 대해 긍정하고 있다.

② 외모 지상주의에 대한 뉴스를 칭찬하고 있다.

③ 외모 지상주의의 문제점을 비판하고 있다.

④ 외모 지상주의가 가진 장점을 홍보하고 있다.

題型分析

※ [31〜32] 請聽下面內容，並回答問題。（各2分）

남자 : 면접 시험을 잘 보기 위해 성형수술까지 한다는 뉴스를 봤는데요, 아무리 우리 사회가 외모를 중시한다고 해도 이건 큰 문제인 것 같아요.
여자 : 문제가 있다고는 생각하지만, 외모 때문에 피해를 본 사람이 실제 많기 때문에 어쩔 수 없이 그런 선택을 하는 사람도 있다고 생각해요.
남자 : 그렇다고 외모 때문에 차별 받는 비정상적인 사회 풍토를 따르기만 하면 영원히 그 잘못을 고칠 수가 없잖아요? 외모보다는 인성과 실력이 존중 받고, 개성이 인정받는 사회를 만들기 위해 우리 모두 생각을 바꿔야 돼요.
男生 : 看了為了順利面試而整容的新聞，不管我們的社會是多麼重視外表，但這真的是很大的問題。
女生 : 我認為雖然這是個問題，不過實際上因為長相而受到傷害的人很多，所以不得不做出那樣的選擇。
男生 : 就算是那樣，若因為長相受到差別待遇，而跟上不正常的社會風氣，不就永遠無法矯正那個錯誤嗎？為了創造比起長相，人性和實力受到尊重、個性受到認可的社會，我們都需要改變想法。

31. 남자의 생각으로 맞는 것을 고르십시오.

請依男生的想法選出正確的選項。

① 외모를 중시하고 개성을 무시하는 사회 풍토를 고쳐야만 한다.

重視長相而忽略個性的社會風氣值得糾正。

② 외모 때문에 차별을 받아도 그냥 따를 수밖에 없다. (×)

儘管因為長相而受到差別待遇，也只能跟風。（不可以跟風）

③ 우리 사회의 모든 문제는 외모를 중시하기 때문이다. (×)

我們社會的所有問題，都是因為重視長相。

④ 인성과 실력을 존중 받으려면 개성보다는 외모가 중요하다. (×)

想讓人性和實力受到尊重的話，比起個性，長相更重要。（個性才重要）

> 사회에 잘못된 풍토가 있을 때 그것을 그냥 따르기만 해서는 안 됩니다. 개개인의 인성과 실력, 그리고 개성이 존종받는 사회로 바뀔 수 있도록 우리 모두가 노력해야 합니다. 따라서 정답은 ①입니다.
>
> 社會上流行不好的風氣時，千萬不要盲目地追隨。我們都必須努力讓這個社會，變成尊重每個人人性、實力和個性的社會。答案是①。

32. 남자의 태도로 맞는 것을 고르십시오.

請選出符合男生態度的選項。

① 외모 지상주의에 대해 긍정하고 있다. (×)

肯定外貌主義。

② 외모 지상주의에 대한 뉴스를 칭찬하고 있다. (×)

稱讚關於外貌主義的新聞。（指出問題）

③ 외모 지상주의의 문제점을 비판하고 있다.

批評外貌主義的問題點。

④ 외모 지상주의가 가진 장점을 홍보하고 있다. (×)

宣傳外貌主義的優點。

남자는 외모만을 중시하는 외모 지상주의를 비판하고 있습니다. 정답은 ③입니다.

男生批判只重視外貌的外貌主義。答案是③。

題型（六）掌握主題並理解內容⑦
［題號33～34］

［33～34］理解整體內容

· 這題主要的內容，是介紹引起大眾興趣的一般現象或歷史相關常識。

· 屬於雖然還不至於需要擁有專門的知識，但至少必須具備社會學、科學、歷史等基礎學問的常識，才容易答對的題目。

※ [33~34] 다음을 듣고 물음에 답하십시오. (각 2점)

33. 무엇에 대한 내용인지 맞는 것을 고르십시오.
　　① 전통시장의 생존법
　　② 대형 마트의 편리성
　　③ 시장의 변천사
　　④ 정책의 다양성

34. 들은 내용으로 맞는 것을 고르십시오.
　　① 남아 있는 전통시장은 3일장, 5일장 뿐이다.
　　② 대형 마트 때문에 전통시장에 대한 인식이 부정적이다.
　　③ 정부와 지자체는 상인을 위해 전통시장을 홍보한다.
　　④ 전국적으로 전통 시장이 점점 사라지고 있다.

題型分析

※ [33~34] 請聽下面內容，並回答問題。（各2分）

> 남자 : 전국 어디서나 볼 수 있는 게 우리의 전통시장인데요, 조선시대에는 대개가 3일장이나 5일장이었지만 대부분 상설 시장화가 되어 지금은 오히려 3일장, 5일장을 찾아보기가 힘듭니다. 문제는 상설 시장 역시도 존재의 위기에 놓여 있다는 것입니다. 가장 큰 이유는 대형 마트에 비해 가격과 유통체계에서 뒤지기 때문입니다. 거기에 상품의 품질이나 쇼핑 환경 측면에서도 전통시장에 대한 인식이 부정적입니다. 하지만 위기가 곧 기회라는 말도 있듯이 전통시장의 환경 및 서비스의 질을 개선하기 위해 정부와 지자체, 그리고 상인들이 함께 노력하고, 대형 마트와 차별화를 통해 전통시장만이 가지고 있는 특색을 더욱 적극적으로 홍보해야 하겠습니다.

男生：在全國不管何處，都可以看到我們的傳統市場。在朝鮮時代有3日市集或5日市集，但大部分都已成為常設市場，現在反而很難看到3日市集、5日市集。問題是常設市場也同樣面臨生存的危機。最大的原因是價格與通路系統比不上大型賣場。再加上以商品的品質或購物環境而言，對傳統市場的認知是負面的。但危機就是轉機，為改善傳統市場的環境與服務品質，政府與地方以及商家們要一起努力，並要透過與大型賣場差別化，更積極宣傳只有傳統市場才有特色。

33. 무엇에 대한 내용인지 맞는 것을 고르십시오.

請選出是關於什麼內容的正確選項。

① 전통시장의 생존법

　傳統市場的生存法

② 대형 마트의 편리성（×）

　大型賣場的便利性

③ 시장의 변천사（×）

　市場的變遷史

④ 정책의 다양성（×）

　政策的多樣性

　　예전에는 어디서나 자주 볼 수 있었던 전통시장이 점점 사라지고 있습니다. 남자는 전통시장이 어떤 식으로 마트와 경쟁에서 살아남을 수 있는지 얘기하고 있습니다. 따라서 정답은 ①입니다.

　　以前隨處可見的傳統市場正在漸漸消失。男生在說傳統市場要以何種方式，才能在與賣場的競爭中生存下來。答案是①。

34. 들은 내용으로 맞는 것을 고르십시오.

請依照聽到的內容選出正確的選項。

① 남아 있는 전통시장은 3일장, 5일장 뿐이다. (✕)

　　剩下的傳統市場，只有3日市集、5日市集。（很難看到）

② 대형 마트 때문에 전통시장에 대한 인식이 부정적이다. (✕)

　　因為大型賣場，所以對傳統市場的認知是負面的。

③ 정부와 지자체는 상인을 위해 전통시장을 홍보한다. (✕)

　　政府與地方政府為了商人宣傳傳統市場。（為了讓傳統生存）

④ 전국적으로 전통 시장이 점점 사라지고 있다.

　　全國的傳統市場正在漸漸消失。

　　사람들의 전통시장에 대한 인식은 대개 부정적입니다. 가격이나 유통체계, 서비스의 질적인 측면에서 마트에 비해 많이 떨어집니다. 이것이 전통시장이 사라지는 이유입니다. 정답은 ④입니다.

　　人們對傳統市場的看法大多是負面的。在價格、通路系統、服務品質等各方面，傳統市場都比大賣場差很多。這就是傳統市場消失的理由。答案是④。

題型（六）掌握主題並理解內容⑧
［題號35～36］

［35～36］理解整體內容

・如上所述，〔22〕、〔26〕、〔28〕、〔30〕、〔34〕、〔36〕題都是同樣形式。
也就是問對整體內容了解多少。

・這題的內容是問候語。也就是圖書館開幕時說的祝賀詞、選舉當選人對選民說的當
選感言、座談會的開幕詞等。

・為了找出主張的關鍵內容，應該找出包括如「-겠습니다」（要～）等表現「意志」
的句子。

※ [35~36] 다음을 듣고 물음에 답하십시오. (각 2점)

35. 남자는 무엇을 하고 있는지 고르십시오.

　　① 프로야구를 보러 온 관중에게 감사하고 있다.

　　② 새로 연 돔구장에서 축사를 하고 있다.

　　③ 돔구장 건설의 내력을 설명하고 있다.

　　④ 앞으로 있을 콘서트에 대해 광고하고 있다.

36. 들은 내용으로 맞는 것을 고르십시오.

　　① 야구는 비나 태풍에 영향을 받지 않는다.

　　② 2만 3천명이 모두 앉아서 야구를 볼 수 있다.

　　③ 돔구장을 건설하는데 4년이 걸렸다.

　　④ 야구를 보면서 콘서트도 같이 즐길 수 있다.

題型分析

※ [35~36] 請聽下面內容，並回答問題。（各2分）

남자 : 프로야구를 사랑하시는 팬여러분. 이제 우리나라에도 비가 오건 태풍이 오건 아무 걱정 없는 돔구장이 문을 엽니다. 여기 이 서울돔은 2014년에 공사를 시작하여 만 4년 만인 지난 달에 완공이 됐고, 오늘 이렇게 개막전을 치르게 되었습니다. 총 3만 5천 평방미터에 테플론 재질의 흰색 반투명 막으로 완전히 지붕을 덮는 형태로, 관중석은 입석과 가변 좌석을 포함하면 2만 3천명까지 수용이 가능합니다. 최신 환풍 시설이 언제나 쾌적한 관람 환경을 제공해 주고, 화재 시 자동으로 물을 쏴주는 시설이 갖춰져 안전에도 아무 문제가 없습니다. 야구가 없는 날에는 콘서트 등 대형 공연장으로도 활용 가능해서 스포츠와 문화가 함께 하는 복합 공간으로 늘 시민이 사랑하는 장소가 될 것이라 믿습니다.

男生：喜愛職業棒球的各位球迷。現在我國不怕颱風不怕雨的巨蛋球場也啟用了。
這個首爾巨蛋於2014年開始動工，歷經4年，於上個月完工，今天舉行開幕
戰。總面積3萬5千平方公尺，擁有以特弗龍材質打造的白色半透明帷幕全罩
屋頂，包含站位及移動式看台，可容納2萬3千人。最新型的通風設備，無論
何時，都能提供舒適的觀賽環境，具備發生火災時能全自動灑水的系統，在
安全上沒有任何問題。沒有球賽的日子，也能舉辦演唱會等大型表演活動，
是體育及文化兼具的複合式空間，相信可以成為讓市民喜愛的地方。

35. 남자는 무엇을 하고 있는지 고르십시오.

請選出男生在做什麼。

① 프로야구를 보러 온 관중에게 감사하고 있다. (×)

正在感謝來看職棒的觀眾。（巨蛋球場開幕）

② 새로 연 돔구장에서 축사를 하고 있다.

正在發表新開幕的巨蛋球場祝詞。

③ 돔구장 건설의 내력을 설명하고 있다. (×)

正在説明巨蛋球場建設的來歷。

④ 앞으로 있을 콘서트에 대해 광고하고 있다. (×)

正在廣告日後將舉辦的演唱會。（沒有棒球比賽的日子可以）

남자는 새로 문을 여는 돔구장을 축하하는 연설을 하고 있습니다. 돔구
장은 기본적으로 야구를 할 수 있는 곳이지만, 경기가 없을 때는 콘서트 등
문화활동도 할 수 있습니다. 따라서 정답은 ②입니다.

男生正在發表祝賀新巨蛋球場開幕的演説。基本上巨蛋球場是打棒球的地
方，但沒有比賽時可以辦演唱會等文化活動。答案是②。

36. 들은 내용으로 맞는 것을 고르십시오.

請依照聽到的內容選出符合的選項。

① 야구는 비나 태풍에 영향을 받지 않는다. (×)

棒球不受雨或颱風的影響。

② 2만 3천명이 모두 앉아서 야구를 볼 수 있다. (×)

2萬3千人可以全部坐著看棒球。（加上站位及移動看台）

③ 돔구장을 건설하는데 4년이 걸렸다.

蓋巨蛋球場耗時4年。

④ 야구를 보면서 콘서트도 같이 즐길 수 있다. (×)

看棒球的同時也可以看演唱會。（沒有棒球比賽的日子）

이 돔구장은 2014년 공사를 시작해 4년 만에 완공하였습니다. 관중석은 입석과 가변 좌석까지 다 합쳐서 2만 3천명입니다. 정답은 ③입니다.

這個巨蛋球場從2014年動工後耗時4年完工。觀眾席包含站位及移動式看台，合計總共2萬3千名。答案是③。

題型（七）理解關於社會問題內容
［題號37～38］

［37～38］聽題目並理解內容

- 〔37～38〕之後的題目都屬於高級，難度比較高。

- 題目上都有答案的提示。「教養」指的是對社會生活有幫助的廣泛文化知識。因此有時候會出稍微專門、難以理解內容的題目。

- 這題也是以採訪的形式出現，先說話的人引出話題，其次說話的人的談話中會包含主題。

※ [37~38] 다음은 교양 프로그램입니다. 잘 듣고 물음에 답하십시오. (각 2점)

37. 여자의 중심 생각으로 맞는 것을 고르십시오.

① 플라시보 효과는 의학적 치료에 방해가 될 수 있다.

② 의사에 대한 믿음이 있으면 병이 다 낫는다.

③ 가짜 약이 병을 치료하는데 효과가 있으면 써도 좋다.

④ 자기 병이 낫는다는 믿음이 가지고 있어야 치료가 가능하다.

38. 들은 내용과 일치하는 것을 고르십시오.

① 의사가 환자에게 가짜 약을 진짜라고 속여서 먹게 한다.

② 플라시보 효과는 과학적으로 증명된 이론이다.

③ 과학적 근거 없이 심리 효과에만 몰두하면 안 된다.

④ 체계적 의학 치료가 불가능해지면 가짜 약을 이용해 치료한다.

題型分析

※ [37~38] 下面是教養節目內容。請仔細聆聽並回答問題。（各2分）

> 남자 : 요즘 일반인들도 '플라시보 효과'에 대해 높은 관심을 보이고 있는데요.
> 선생님, 이런 현상이 긍정적인 것만은 아니지요?
>
> 여자 : 의사가 환자에게 가짜 약을 투약하면서 치료에 효과가 있는 약이라고
> 하면 환자가 그걸 진짜라고 믿고 심리적 기대가 커져 병세가 호전되거나
> 낫는 현상을 플라시보 효과라고 하는데요, 위약 효과라고도 부릅니다. 인간의
> 심리가 어느 한 방향으로 유도를 하게 되면 그 방향으로 움직이고, 가능하면
> 실현시키고 싶어하기 때문에 치료 과정에서 자기 병이 나으리라는
> 믿음은 매우 중요합니다. 문제는 효과를 과대 포장하고, 과학에 의지하기보다는
> 자기 암시적 효과에 지나치게 몰두하게 되면 병에 대한 체계적 의학 치료
> 자체를 못하게 되는 경우가 생길 수 있다는 것입니다.

男生：最近一般民眾也對「安慰作用」有極高的關注。醫生，這種現象並非全是正面的，對嗎？

女生：醫生對患者使用安慰劑時，若是治療有效果，患者就會認為那是真的藥。當心理上的依賴變大，使病情好轉或是痊癒的現象，稱為安慰作用，也稱為偽藥效果。由於人類的心理如果朝某個方向誘導，就會朝那個方向移動，可能的話，會想要實現它，所以在治療過程中，相信自己的病會痊癒，是非常重要的。問題是將效果過度膨脹，比起依賴科學，若過度仰賴自我暗示的效果，恐怕會產生對病情無法做系統化醫學治療的情況。

37. 여자의 중심 생각으로 맞는 것을 고르십시오.

請選出符合女生中心思想的選項。

① 플라시보 효과는 의학적 치료에 방해가 될 수 있다.

安慰作用有可能會妨礙醫學的治療。

② 의사에 대한 믿음이 있으면 병이 다 낫는다. (×)

若對醫生有信心，病就會痊癒。

③ 가짜 약이 병을 치료하는데 효과가 있으면 써도 좋다. (×)

若安慰劑若對治療有效果用也很好。

④ 자기 병이 낫는다는 믿음을 가지고 있어야 치료가 가능하다. (×)

要能相信自己的病能痊癒，才可以治療。（科學治療更重要）

'플라시보 효과'로 인해 병이 나으리라는 믿음을 갖는 것은 좋으나 그것 때문에 체계적 의학 치료를 하는데 방해가 된다면 결국 피해는 환자 자신이 보는 것입니다. 따라서 정답은 ①입니다.

因為「安慰作用」而對治病有信心是好的，但若因此而妨礙系統性醫學的治療，造成損失的只會是病人自己。答案是①。

38. 들은 내용과 일치하는 것을 고르십시오.

請選出與聽到的內容一致的選項。

① 의사가 환자에게 가짜 약을 진짜라고 속여서 먹게 한다. (×)

醫生拿安慰劑騙患者是真藥。

② 플라시보 효과는 과학적으로 증명된 이론이다. (心理作用)

安慰作用是經過科學證明的理論。

③ <u>과학적 근거 없이 심리 효과에만 몰두하면 안 된다.</u>

不能只熱衷於沒有科學根據的心理作用。

④ 체계적 의학 치료가 불가능해지면 가짜 약을 이용해 치료한다. (×)

若系統性醫學治療變得不可能，就用安慰劑治療。

플라시보 효과는 심리적 효과일 뿐 근본적인 치료 방법이 아닙니다. 과학적으로 증명된 치료 방법이 가장 안전합니다. 정답은 ③입니다.

安慰作用只是心理作用，不是根本的治療方法。經過科學證明的治療方法是最安全的。答案是③。

題型（八）掌握前後文脈絡並理解內容①
［ 題號39～40 ］

［ 39～40 ］聽題目並理解內容

・所謂的對談，意思是面對面說話。用英文來說就是conversation。

・對話的主題就是關鍵。也就是應該先掌握對話的人是做什麼行業的人。

・為了正確把握主題，應傾聽核心單字。

・在空白處邊聽邊寫下自己覺得重要的單字，或者在選項裡標示出來。

> **TIP**
>
> 　　會播放兩次給考生聽，播放第1次時要注意聽名詞，播放第2次時則注意聽敘述語（動詞、形容詞）。

※ [39~40] 다음은 대담입니다. 잘 듣고 물음에 답하십시오. (각 2점)

39. 이 담화 앞의 내용으로 알맞은 것을 고르십시오.

① 정부의 가족계획은 인구 증가를 위해 시행하게 되었다.

② 1960년대부터 1990년대까지 다양한 가족계획 정책이 펼쳐졌다.

③ 가족계획사업은 1960년대에 시작되어 1996년에 완성되었다.

④ 1960년대부터 1990년대까지 우리나라의 출산율이 무척 높았다.

40. 들은 내용과 일치하는 것을 고르십시오.

① 가족계획은 한국전쟁 후 치솟는 출산율로 인해 시작된 것이다.

② 가족계획이 경제 성장을 저해하는 요인이 된다.

③ 가족계획으로 인한 출산율 감소로 국가의 위기를 극복할 수 있다.

④ 가족계획이 폐지되고 나서 출산율이 점점 높아지고 있다.

題型分析

※ [39~40] 下面是對談內容。請仔細聆聽並回答問題。（各2分）

> 남자 : 지금까지의 말씀을 들어보니 1960년대부터 1990년대 중반까지 여러 가족계획사업이 정부에 의해 적극적으로 추진되었는데, 그 정책을 시작하게 된 이유는 무엇입니까?
>
> 여자 : 가족계획의 당초 목표는 우리나라 인구문제의 해결을 위한 것으로, 출산을 인위적으로 조절하자는 데 있었습니다. 한국전쟁 후에 합계출산율이 6.3명에 달하였기 때문에 정부는 이러한 인구증가가 경제성장을 위한 자립경제의 기반 조성에 저해요인이 된다고 판단하여 1961년 가족계획사업을 주요 국가시책으로 결정하고, 앞서 말씀 드린 여러 가지 정책들을 펼치게 된 것입니다. 하지만 1996년에 이르러 더 이상의 출산율 감소는 국가적 위기를 초래할 수 있다는 인식의 변화로 가족계획이 종료됩니다. 2000년대 이후로는 도리어 출산율 제고를 위해 중앙정부와 지방정부가 정책적으로 독려를 하고 있는 상황입니다.

男生：聽到現在，從1960年到1990年中期，政府積極推動各種生育計畫事業，開始那些政策的原因是什麼呢？

女生：生育計畫的起初目標，是為解決我國人口問題而進行人為的調整。由於韓國戰爭後，整體出生率達到（平均每對夫妻有）6.3人，政府認為這樣的人口增加，是妨礙建立自給自足經濟成長的因素，所以1961年決定將生育計畫列為主要國家政策，也就是前面所提的各項政策。但到了1996年，因為有了出生率再減少，會讓國家帶來危機這樣認知上的變化，才終止生育計畫。2000年之後，反而為提高出生率，有了中央政府與地方政府以政策鼓勵生育的情況。

39. 이 담화 앞의 내용으로 알맞은 것을 고르십시오.

請選出符合此談話前半部內容的選項。

① 정부의 가족계획은 인구 증가를 위해 시행하게 되었다. (×)

政府的生育計畫是為增加人口而施行。（為了減少）

② 1960년대부터 1990년대까지 다양한 가족계획 정책이 펼쳐졌다.

從1960到1990年為止，展開多樣的生育計畫政策。

③ 가족계획사업은 1960년대에 시작되어 1996년에 완성되었다. (×)

生育計畫事業是從1960年開始到1996年完成。（已於1961年決定）

④ 1960년대부터 1990년대까지 우리나라의 출산율이 무척 높았다. (×)

從1960年到1990年為止，我國的出生率非常高。（漸漸降低）

한국전쟁 후 폭증하는 인구 문제를 해결하기 위해 1961년 가족계획사업을 시작해서 1996년까지 시행하였습니다. 따라서 정답은 ②입니다.

為了解決韓戰後人口暴增的問題，從1961年到1996年施行生育計畫。答案是②。

40. 들은 내용과 일치하는 것을 고르십시오.

請選出與聽到的內容一致的選項。

① 가족계획은 한국전쟁 후 치솟는 출산율로 인해 시작된 것이다.

　生育計畫是因韓國戰爭後突增的出生率而開始。

② 가족계획이 경제 성장을 저해하는 요인이 된다. （×）

　生育計畫成為妨礙經濟成長的因素。（為了經濟成長）

③ 가족계획으로 인한 출산율 감소로 국가의 위기를 극복할 수 있다. （×）

　可以克服因生育計畫造成出生率下降的國家危機。

④ 가족계획이 폐지되고 나서 출산율이 점점 높아지고 있다. （×）

　廢止生育計畫後出生率漸漸提高。（出生率漸漸減少）

　　당시 한국 정부는 치솟는 출산율이 경제에 악영향을 미칠 것을 염려하여 가족계획을 시작하게 되었습니다. 정답은 ①입니다.

　　當時韓國政府擔心突增的出生率對經濟造成壞影響，開始施行生育計畫。答案是①。

題型（八）掌握脈絡並理解內容②
［題號47～48］

［47～48］聽內容並理解問題

・是與〔39～40〕一樣形式的題目。

・先說話的人是主持人，詢問專家對於某些問題的看法。主持人提出的問題當中，會提到現在在社會上爭議的問題，以及對談的專家是從事哪種行業的人。

・聆聽專家闡述自己主張的同時，要好好檢討專家主張的論據和整體內容的因果關係。

※ [47~48] 다음은 대담입니다. 잘 듣고 물음에 답하십시오. (각 2점)

47. 들은 내용과 일치하는 것을 고르십시오.

① '철의 장막'은 미국과 소련의 동맹 관계를 표현하는 용어이다.

② '철의 장막'이란 용어는 냉전시대를 여는 계기가 되었다.

③ '철의 장막' 때문에 강대국들 사이에 끊임없이 전쟁이 발생하였다.

④ '철의 장막'은 소련을 선전하는 용어로 사용되었다.

48. 여자가 말하는 방식으로 가장 알맞은 것을 고르십시오.

① 전문 용어가 가진 역사적 배경을 설명하고 있다.

② 전문 용어가 잘못 쓰인 예를 제시하고 있다.

③ 전문 용어를 나열하며 비교하고 있다.

④ 전문 용어의 무분별한 사용을 비난하고 있다.

題型分析

※ [47~48] 下面是對談內容。請仔細聆聽並回答問題。（各2分）

남자 : 세계 제2차대전 이후 1990년대 초까지의 국제사회를 흔히 냉전시대라고
불렀는데요. 이 냉전시대를 이해하기 위해서는 먼저 '철의 장막'이라는
용어부터 알아야 한다고 하셨어요. 지금 젊은 세대에게는 아주 생소한
용어입니다.

여자 : 영국 처칠 총리의 발언으로 유명해진 그 말은 제2차 세계대전이 막
끝난 당시 소련의 폐쇄적이고 비밀주의적인 긴장 정책과 동유럽의
강압통치를 격렬히 비난함과 동시에 불신의 표현이었습니다. 이후 '철의 장막'은
미국이 반소·반공노선을 표명하면서 1989년 소련이 해체될 때까지 미국과
유럽 등 자유체제의 반소련 선전 용어로 사용되었는데요. 이 기간 동안
냉전시대를 이끌어온 강대국 미국과 소련, 그리고 양진영에 속한 주요
동맹국간에 직접적인 전쟁은 없었지만 큰 국가가 배후에서 조종하거나
지원하는 등 다양한 성격과 방법에 의한 국지전이 끊임없이 발생했기 때문에
전례 없는 혼란기였다고 할 수 있겠습니다.

男生：世界第2次大戰以後到1990年的國際社會，常被稱為冷戰時期。為了了解冷戰時期，首先要認識「鐵幕」這個詞彙，這對現在年輕人而言，是個陌生的詞彙。

女生：因英國首相邱吉爾發言而有名的這個詞彙，是第2次世界大戰剛結束，當時對蘇聯的封閉及祕密主義的緊張政策，以及對東歐高壓統治強烈遣責的同時，表達了不信任。在那之後，「鐵幕」成為美國反蘇、反共路線的代名詞，甚至到了1989年蘇聯解體時，成為美國與歐洲各自由體系反蘇聯的宣傳用語。主導冷戰時期的兩大強國美國和蘇聯，以及屬於兩陣營的主要同盟國之間，雖然沒有發生直接的戰爭，但因大國在背後操縱或支援等各種手段與方法，導致地方戰爭不斷發生，可說是前所未有的混亂。

47. 들은 내용과 일치하는 것을 고르십시오.

請選出與聽到內容一致的選項。

① '철의 장막'은 미국과 소련의 동맹 관계를 표현하는 용어이다. (×)

「鐵幕」是表現美國與蘇聯同盟關係的用語。

② '철의 장막'이란 용어는 냉전시대를 여는 계기가 되었다.

「鐵幕」一詞成為開啟冷戰時期的契機。

③ '철의 장막' 때문에 강대국들 사이에 끊임없이 전쟁이 발생하였다. (×)

因為「鐵幕」，強國之間不斷有戰爭發生。

④ '철의 장막'은 소련을 선전하는 용어로 사용되었다. (×)

「鐵幕」成為宣傳蘇聯的用語。（譴責蘇聯）

'철의 장막'은 영국의 처칠이 소련을 비난하는 중 나온 말로, 냉전시대를 대표하는 용어입니다. 정답은 ②입니다.

「鐵幕」是英國的邱吉爾譴責蘇聯時出現的話，是代表冷戰時代的用語。答案是②。

48. 여자가 말하는 방식으로 가장 알맞은 것을 고르십시오.

請選出最符合女生說話方式的選項。

① 전문 용어가 가진 역사적 배경을 설명하고 있다.

　　説明專門用語所帶有的歷史背景。

② 전문 용어가 잘못 쓰인 예를 제시하고 있다. (×)

　　提出錯誤使用專門用語的範例。

③ 전문 용어를 나열하며 비교하고 있다. (×)

　　將專門用語羅列比較。

④ 전문 용어의 무분별한 사용을 비난하고 있다. (×)

　　譴責隨便使用專門用語。

　　여자는 '철의 장막'이나 '냉전시대' 같은 전문 용어가 사용되게 된 역사적 배경을 설명하고 있습니다. 정답은 ①입니다.

　　女生說明如「鐵幕」、「冷戰時代」等專門用語使用的歷史背景。答案是①。

題型（九）文化、時事① ［題號41～42］

［41～42］聽題目並理解內容

・演講是針對某個主題做說明或表達主張的說話方式。

・要特別注意聽演講的第一句話。為了引起聽眾的興趣，需將要談論的主題擺在第一句裡。

・演講是單方面的講話，將重點放在傳達主題。所以要注意聆聽最後結論的部分。

TIP

　　首先注意「그러나」（但是）、「그런데」（不過）等有轉移話題功能的接續副詞，接著仔細察看「그래서」（所以）、「따라서」（因此）等誘導結論的接續副詞前後，會比較容易找得到主題。

※ [41~42] 다음은 강연입니다. 잘 듣고 물음에 답하십시오. (각 2점)

41. 여자의 중심 생각으로 맞는 것을 고르십시오.

　① 추석이 되면 무엇보다 한가위의 뜻부터 알아야 한다.

　② 역사책에 유래가 나와 있는 추석이 설보다 더 중요하다.

　③ 추석에는 언제나 우리에게 감동을 주는 일이 생긴다.

　④ 추석의 의미를 되새기고 그 전통을 이어나가야 한다.

42. 들은 내용과 일치하는 것을 고르십시오.

　① 추석과 한가위는 원래 다른 날이었다.

　② 신라 시대의 가배와 오늘날 한가위는 전혀 관계가 없다.

　③ 한가위란 말의 유래는 《삼국사기》에 기록되어 있다.

　④ 이제는 더 이상 추석 때 온 가족이 모이지 않는다.

題型分析

※ [41~42] 下面是演講內容。請仔細聆聽並回答問題。（各2分）

> 여자 : "더도 말고 덜도 말고 늘 한가위만 같아라." 설과 더불어 우리나라에서
> 가장 큰 명절인 추석에는 먹을거리와 물자가 다른 때보다 풍족하여 생긴
> 말입니다. 추석을 의미하는 순우리말 '한가위'는 원래 '한가운데'라는 뜻입니다.
> 음력 8월 15일인 추석이 가을의 한가운데에 위치한 날이기 때문에 이같은
> 이름이 붙었던 것입니다. 한가위 명칭의 유래는 《삼국사기》신라 3대 임금인
> 유리왕 때로 거슬러 올라갑니다. 음력 8월 15일 길쌈한 양의 많고 적음을
> 따져 진 쪽에서는 승자를 축하하는 뜻으로 술과 음식을 내놓고 '가배'라는
> 가무와 각종 놀이를 했는데, 여기서 가배가 훗날 '한가위'가 된 것입니다.
> 추석은 온 가족이 모여 차례를 올리며 조상께 감사드리고, 가족간의 화목을
> 다지는 우리의 전통명절입니다. 시대가 바뀌고 명절의 의미도 많이 퇴색했지만
> 지난 세월 추석이 우리에게 주었던 그 감동을 잊지 말아야겠습니다.

女生：「不多不少，時常像中秋節吧。」這句話的由來，指的是中秋和春節一樣重要。在我國最大節日的中秋節，此時的食物與物資比任何時候都還要豐盛。中秋節的純韓語「한가위」，原本是「正中間」的意思。農曆8月15日的中秋，指的是秋天的正中間，因此取這樣的名字。中秋名稱的由來，可回溯到《三國史記》新羅3代國王儒理王時期。農曆8月15日以紡織量的多與寡來打賭，輸的人要以祝賀的方式給贏的人酒和食物，還有稱為「嘉俳」的歌舞和各種娛樂，而這裡的嘉俳，之後就變成「한가위」（中秋）。中秋節是家族團圓，祭祀感謝祖先，並促進家人之間和睦的我國傳統節日。時代改變，雖然節日的意義也逐漸消退，也不該忘卻過去中秋節帶給我們的感動。

41. 여자의 중심 생각으로 맞는 것을 고르십시오.

請選出符合女生中心思想的選項。

① 추석이 되면 무엇보다 한가위의 뜻부터 알아야 한다. (×)

到了中秋，應該先知道中秋的意義。

② 역사책에 유래가 나와 있는 추석이 설보다 더 중요하다. (×)

史書上記載的由來，中秋節比春節還重要。

③ 추석에는 언제나 우리에게 감동을 주는 일이 생긴다. (×)

中秋節時，總是有讓我們感動的事情發生。

④ 추석의 의미를 되새기고 그 전통을 이어나가야 한다.

回味中秋的意義，應該繼承其傳統。

　　추석은 온가족이 모여 조상에게 감사드리고 즐거움을 나누는 명절입니다. 추석의 의미를 잊지 말고 그 전통을 지켜나가야겠습니다. 따라서 정답은 ④입니다.

　　中秋節是全家人在一起感謝祖先和分享快樂的節日。希望別忘記中秋節的意義，並保存其傳統。答案是④。

42. 들은 내용과 일치하는 것을 고르십시오.

請選出與聽到的內容一致的選項。

① 추석과 한가위는 원래 다른 날이었다. (×)

中秋節與「한가위」原本是不同的日子。（同樣的意思）

② 신라 시대의 가배와 오늘날 한가위는 전혀 관계가 없다. (×)

新羅時代的嘉俳與現在的中秋完全沒有關係。（中秋的由來）

③ 한가위란 말의 유래는 《삼국사기》에 기록되어 있다.

「한가위」這個詞彙的由來，在《三國史記》有記錄。

④ 이제는 더 이상 추석 때 온 가족이 모이지 않는다. (×)

現在，中秋節時全家人不再聚在一起。

《삼국사기》 기록에 의하면 추석의 순우리말인 한가위의 유래는 '가배'입니다. 정답은 ③입니다.

依照《三國史記》的記錄，中秋節的純韓語「한가위」的由來是「嘉俳」。答案是③。

題型（九）文化、時事② ［題號45～46］

［45～46］聽題目並理解內容

- 是與〔41～42〕一樣形式的題目。
- 演講是針對某個主題做說明或強調主張的說話方式。
- 演講的題目，要特別注意聆聽第一句話。為了引起聽眾的興趣，主題大多會擺在第一句話裡。
- 為了支持自己的主張，大多會提出根據。像是「예를 들어」（舉例）、「실제로」（實際上）這類單字開頭的句子，就是提出資料或例句的部分。
- 演講是單方面的講話，重點在傳達主題，所以要注意聆聽最後結論部分。

※ [45~46] 다음은 강연입니다. 잘 듣고 물음에 답하십시오. (각 2점)

45. 들은 내용과 일치하는 것을 고르십시오.

　　① 드론은 실제 우편물 배송에 이용될 예정이다.

　　② 드론은 시연 성공에 관계없이 실제 도입될 것이다.

　　③ 드론을 띄울 수 있는 기술은 내년부터 가능할 것이다.

　　④ 드론이 보편화되면 우리나라는 강국이 될 것이다.

46. 남자의 태도로 가장 알맞은 것을 고르십시오.

　　① 시연을 성공시킬 수 있다는 자신감에 차 있다.

　　② 드론을 대하는 사회분위기에 대해 환영하고 있다.

　　③ 배송 시 드론만 이용해야 한다고 홍보하고 있다.

　　④ 드론을 대하는 사람들의 적극적 관심을 촉구하고 있다.

題型分析

※ [45~46] 下面是演講內容。請仔細聽並回答問題。（各2分）

> 남자 : 얼마 전 저희 개발팀이 드론을 이용한 우편물 배송에 성공하였습니다. 우리나라에서는 처음으로 선보인 이번 시연에서 드론은 10kg의 우편물을 싣고 바다 건너에 있는 섬 주민센터까지 약 4km 정도를 비행하여, 앞마당에 짐을 내리고 무사히 귀환하였습니다. 이륙부터 배송, 귀환까지 총 10분이 소요됐는데요. 기존에 배를 이용했을 때는 2시간이 걸렸던 것을 감안하면 많은 시간이 절약된 셈입니다. 정부에서는 이 시연 결과에 따라 내년까지 드론 관제시스템을 구축하여 정비와 운용 인력 교육을 마치고 2019년부터 도서·산간지역 10 곳을 선정, 드론 배송을 시범 도입하겠다고 밝혔습니다. 하지만 드론을 띄울 수 있는 기술적인 측면이나 법적 장치도 중요하지만 무엇보다 먼저 드론이 보편화되고 누구나 쉽게 이용할 수 있는 사회분위기가 조성돼야 우리나라가 자연스럽게 드론 강국이 될 수 있다고 생각합니다.

男生：不久前我們研發組成功利用無人機寄送郵件。此次在我國首次亮相，乘載10公斤重郵件測試中的無人機，跨海到島上的居民中心，飛行約4公里，在前院卸貨後平安返回。從離開陸地、送貨到返回共需約10分鐘，若考慮到目前利用船需要2小時，算是節省了很多時間。政府將依據這次測試結果，在明年之前建立無人機管制系統，完成維護及人力培訓後，從2019年起選定島嶼、山區10處，投入無人機運送示範作業。雖然駕駛無人機的技術層面或相關法規也很重要，但首先要使無人機普遍化，營造出誰都可以方便使用的社會氛圍，我國自然就可以成為無人機強國。

45. 들은 내용과 일치하는 것을 고르십시오.

請選出與聽到的內容一致的選項。

① 드론은 실제 우편물 배송에 이용될 예정이다.

計畫使用無人機實際運送郵件。

② 드론은 시연 성공에 관계없이 실제 도입될 것이다. (×)

計畫使用無人機實際運送郵件。（成功了）

③ 드론을 띄울 수 있는 기술은 내년부터 가능할 것이다. (×)

使無人機起飛的技術明年起將有可能。

④ 드론이 보편화되면 우리나라는 강국이 될 것이다. (×)

若無人機普遍化，我國將成為強國。

이번 시연의 성공으로 정부에서는 드론을 이용해 우편물을 배송하는 일을 2019년부터 도입할 계획입니다. 따라서 정답은 ①입니다.

這次測試成功，所以政府打算2019年開始導入用無人機配送郵件的計畫。答案是①。

46. 남자의 태도로 가장 알맞은 것을 고르십시오.
請選出最符合男生態度的選項。

① 시연을 성공시킬 수 있다는 자신감에 차 있다. (×)

充滿可以讓測試成功的自信感。（已經成功）

② 드론을 대하는 사회분위기에 대해 환영하고 있다. (×)

關於對待無人機的社會氣氛表示歡迎。

③ 배송 시 드론만 이용해야 한다고 홍보하고 있다. (×)

宣傳配送時只要用無人機。

④ 드론을 대하는 사람들의 적극적 관심을 촉구하고 있다.

敦促讓人們對無人機有高度興趣。

> 시연을 성공했다고 바로 드론 강국이 될 수 있는 것은 아닙니다. 드론에 대한 일반인들의 관심과 지지가 필요합니다. 정답은 ④입니다.
>
> 成功測試不一定能馬上成為無人機的強國，還需要一般人對無人機的興趣和支持。答案是④。

題型（九）文化、時事③［題號49～50］

［49～50］聽題目並理解內容

- 與〔41～42〕、〔45～46〕一樣形式的題目。
- 演講是說明或主張某個主題的說話方式。
- 演講要特別注意聆聽第一句話。為了引起聽眾的興趣，主題大多會擺在第一句裡。
- 首先提出的主題，大多會用邏輯的方法對其做分析或做相關說明。在聆聽的過程中，一定要將注意力集中在第一句話。

※ [49~50] 다음은 강연입니다. 잘 듣고 물음에 답하십시오. (각 2점)

49. 들은 내용과 일치하는 것을 고르십시오.

　① 전세계에서 파는 패스트푸드는 모두 같은 맛을 가지고 있다.

　② 패스트푸드에 대한 논란과 관계없이 사람들이 즐겨 찾는다.

　③ 몸에 좋은 재료를 사용하면 안심하고 먹을 수가 있다.

　④ 과도하게 섭취하지만 않으면 건강에 대한 영향은 무시해도 된다.

50. 남자가 말하는 방식으로 가장 알맞은 것을 고르십시오.

　① 유행의 긍정적인 면을 강조하고 있다.

　② 사회 현상에 대한 반응을 분석하고 있다.

　③ 사람들의 궁금증을 자세하게 묘사하고 있다.

　④ 예를 들어 문제점을 경고하고 있다.

題型分析

※ [49~50] 下面為演講內容。請仔細聆聽並回答問題。（各2分）

> 남자 : 끼니때와 관계없이 패스트푸드점에는 오늘도 손님들로 넘쳐납니다. 짧은 시간에 간단히 배를 채울 수 있고, 사람을 끄는 자극적인 맛과 편리성, 거기에 세계 어디서나 비슷한 맛을 유지하기 때문에 낯선 여행객에게도 매력적인 먹을거리입니다. 전세계적으로 패스트푸드를 즐기는 사람들의 숫자는 계속 증가하는 추세입니다. 그런데 여러분은 과연 패스트푸드에 대해 얼마나 알고 계십니까? 패스트푸드는 건강에 유익한 영양소 함량은 낮은 반면 각종 질병의 원인이 되는 포화 지방, 트랜스 지방, 설탕, 나트륨 함량이 높아 과도하게 섭취할 경우 신체상에 심각한 해를 끼칠 수 있습니다. 패스트푸드 회사는 유기농 재료를 사용한 햄버거니, 몸에 좋은 기름으로 튀긴 치킨이니 홍보하면서 사람들을 안심시키지만 패스트푸드 속에 여전히 존재하는 건강상의 위험을 무시해서는 안됩니다.

男生：不管是不是用餐時間，速食店今天仍舊有許多人潮。那是因為速食店不僅可以在短時間簡單地果腹，還有引人的刺激口味及便利性，不管在世界何處都維持類似的口味，就算是到了異地的旅客，也會被吸引前來食用。全世界愛吃速食的人口有持續攀升的趨勢，但各位對速食究竟了解多少呢？速食對健康有益的營養含量低，反而造成各種疾病原因的飽和脂肪、反式脂肪、砂糖、鈉含量過高，攝取過量會嚴重危害身體健康。雖然速食公司為了讓人們安心，宣稱漢堡使用有機材料、使用對健康有益的油品炸炸雞，但仍舊不能輕忽速食對健康會造成的危險。

49. 들은 내용과 일치하는 것을 고르십시오.

請選出與聽到內容一致的選項。

① 전세계에서 파는 패스트푸드는 모두 같은 맛을 가지고 있다. (×)

全世界所販賣的速食味道都一樣。（類似的口味）

② 패스트푸드에 대한 논란과 관계없이 사람들이 즐겨 찾는다.

人們不管對速食的爭論還是喜歡吃。

③ 몸에 좋은 재료를 사용하면 안심하고 먹을 수가 있다. (×)

若使用對身體好的材料，就可以放心地吃。

④ 과도하게 섭취하지만 않으면 건강에 대한 영향은 무시해도 된다. (×)

除非攝取過量，不然可以忽視對健康的影響。

건강에 좋지 않다는 여론에도 불구하고 패스트푸드를 먹는 사람은 줄어들지 않고 오늘도 매장에는 사람들로 넘쳐 납니다. 정답은 ②입니다.

不管對健康不好的評論，吃速食的人沒有減少，至今速食店還是有很多人。答案是②。

50. 남자가 말하는 방식으로 가장 알맞은 것을 고르십시오.

請選出最符合男生說話方式的選項。

① 유행의 긍정적인 면을 강조하고 있다. (×)

　　強調流行的好的一面。（負面的）

② 사회 현상에 대한 반응을 분석하고 있다. (×)

　　分析關於社會現象的反應。

③ 사람들의 궁금증을 자세하게 묘사하고 있다. (×)

　　仔細描述人們的好奇心

④ 예를 들어 문제점을 경고하고 있다.

　　舉例警告問題。

　　　남자는 패스트푸드의 성분을 예로 들며 그것이 인체에 끼칠 수 있는 폐해를 경고하고 있습니다. 정답은 ④입니다.

　　　男生以速食的成分為例，警告它會對人體產生不良影響。答案是④。

題型（十）科學、文化 [題號43～44]

[43～44] 理解整體內容

- 紀錄片的內容大部分和歷史或科學有關。

- 平常多接觸與歷史或科學有關的文章或記錄，可累積相關知識。

- 千萬不要因為是難題而放棄，要從頭到尾仔細聆聽，努力找出主題或關鍵句。

- 應該先把握是關於什麼的內容。

- 關於歷史方面的題目，相關的地名或來龍去脈很重要。

- 關於科學方面的題目，應該要知道該用語，且因果關係很重要。

> **TIP**
>
> 　注意「그러나」（但是）、「그런데」（不過）等轉移話題的接續副詞，仔細察看「그래서」（所以）、「그러므로」（因此）等表示結論的接續副詞前後，會比較容易找得到主題文。

※ [43~44] 다음은 다큐멘터리입니다. 잘 듣고 물음에 답하십시오. (각 2점)

43. 이 이야기의 중심 내용으로 맞는 것을 고르십시오.

　① 미세플라스틱은 모든 물과 어패류에 들어 있다.

　② 미세플라스틱이 섞여 있는 물은 인체에 큰 영향을 끼칠 수 있다.

　③ 먹이사슬로 인해 미세플라스틱 문제가 더 커졌다.

　④ 먹이사슬은 미세플라스틱을 퍼뜨리는 가장 위협적인 역할을 한다.

44. 어패류를 통해 미세플라스틱을 섭취하는 이유로 맞는 것을 고르십시오.

　① 어패류를 씻을 때 물 속의 미세플라스틱이 들어갔기 때문에

　② 어패류를 먹을 때 물을 마시기 때문에

　③ 미세플라스틱이 들어 있는 어패류를 우리가 먹기 때문에

　④ 우리 식탁에 오른 어패류는 모두 오염된 바다에서 잡았기 때문에

題型分析

※ [43~44] 下面是紀錄片內容。請仔細聆聽並回答問題。（各2分）

남자 : 매일 마시는 물에, 그리고 즐겨 먹는 어패류에 플라스틱 조각이 섞여 있다는 사실이 최근 밝혀져 큰 충격을 주고 있습니다. 먼저 수돗물의 경우 환경부 조사에 따르면 우리나라 전체 수돗물 중 12.3%에서 미세플라스틱이 검출되었습니다. 외국의 경우 159개국 중 83%가 검출되었는데, 미국수돗물에서 94.4%, 유럽 수돗물에 72.2%가 검출되었다고 합니다. 생수에서도 미세플라스틱이 발견되었는데, 전체 조사 대상 생수 가운데 93%에서 플라스틱 조각들이 검출되어 평균 리터당 10.4개의 플라스틱 조각들이 나온 것으로 조사됐습니다. 또한 바다로 유출된 미세플라스틱이 먹이사슬을 통해 조개나 물고기를 거쳐 우리의 일상 식탁에 오르고 있는 것으로 밝혀졌습니다. 이 미세플라스틱은 바닷속의 유해 물질을 흡착시키는 성질을 갖기 때문에 해양 생태계를 위협할 뿐만 아니라 우리의 식생활에도 커다란 영향을 미친다고 할 수 있겠습니다.

男生：最近，在每天飲用的水中，還有經常吃的魚貝類中，發現混有塑膠碎片的事情，造成很大的衝擊。首先是自來水的情況，根據環保署的調查，我國整體自來水中，有12.3%檢測出了微塑膠。而國外的情況，159個國家中，有83%被檢測出，其中美國自來水中有94.4%，歐洲自來水中有72.2%被檢測出。礦泉水中也發現了微塑膠，調查中有93%的礦泉水被檢測出有塑膠碎片，平均每公升就有10.4個塑膠碎片。同樣發現，流入海中的微塑膠，透過食物鏈，進入到貝類或魚類中，成為我們日常餐桌上的食物。這些微塑膠有吸附海中有害物質的特性，不只會危害海洋生態，也會為我們的飲食生活造成很大的影響。

43. 이 이야기의 중심 내용으로 맞는 것을 고르십시오.

請選出符合此文章中心思想的選項。

① 미세플라스틱은 모든 물과 어패류에 들어 있다. (×)

微塑膠存在於所有水和魚貝類中。（不是所有）

② 미세플라스틱이 섞여 있는 물은 인체에 큰 영향을 끼칠 수 있다.

混雜著微塑膠的水，會對人體產生很大的影響。

③ 먹이사슬로 인해 미세플라스틱 문제가 더 커졌다. (×)

因為食物鏈，微塑膠的問題變得更大了。（問題之一）

④ 먹이사슬은 미세플라스틱을 퍼뜨리는 가장 위협적인 역할을 한다. (×)

食物鏈是使微塑膠散布最具威脅的角色。

우리나라 뿐만 아니라 세계 159개국의 수돗물과 생수에서 미세플라스틱이 발견되었습니다. 미세플라스틱은 인체에 해를 끼칠 수 있으므로 주의를 해야 합니다. 따라서 정답은 ②입니다.

不只是韓國，世界159個國家的自來水和礦泉水裡發現了微塑膠。微塑膠對人體會產生有害，應該注意。答案是②。

44. 어패류를 통해 미세플라스틱을 섭취하는 이유로 맞는 것을 고르십시오.

請選出符合透過魚貝類攝取微塑膠的原因。

① 어패류를 씻을 때 물 속의 미세플라스틱이 들어갔기 때문에 （×）

因為在清洗魚貝類時，水中的微塑膠跑進去了

② 어패류를 먹을 때 물을 마시기 때문에 （×）

因為吃魚貝類時喝水

③ 미세플라스틱이 들어 있는 어패류를 우리가 먹기 때문에

因為我們吃了帶有微塑膠的魚貝類

④ 우리 식탁에 오른 어패류는 모두 오염된 바다에서 잡았기 때문에 （×）

因為我們餐桌上的魚貝類，全都是從被汙染的海中補到的

생활 중의 미세플라스틱이 바다로 흘러 들어가서 어패류 속에 들어 있다가 그것을 먹는 사람들 뱃속에 들어가게 됩니다. 정답은 ③입니다.

生活中的微塑膠流入大海，而後潛伏在魚貝類裡，再吃進人的肚子裡。答案是③。

第二週

寫作

◎TOPIK II「寫作」考些什麼？

　　新韓檢 TOPIK II 的「寫作」測驗，共分為 3 個題型，總共有 4 題，主要考試「內容」以及「題問方式」，整理如下。

題型	題號	考試內容	題問方式
（一）	51～52	觀察前後文脈絡，完成合適的句子	請閱讀下面文章，並分別寫出㉠與㉡的句子。
（二）	53	完成符合邏輯的短文	請參考下面文章，並用200～300字寫出與之相關文章。
（三）	54	完成三段論法長文	請以下面為主題，並用600～700字文章寫出自己的想法。

完全征服 TOPIK II 的作戰策略（短文）

1. 評分標準

- 作答時要確實完成題目的要求，也就是要寫出題目要求的內容，若寫出的句子包含了無關的內容會被扣分。寫出完全無關的內容時，則以零分計算。
- 組織內容時，以提示的訊息來闡述，再添加自己的意見，而後完成一個完整的句子。

2. 掌握題型

「寫作」科目的題型，經常是相同的形式，所以要養成經常練習寫文章，培養試著針對某些主題闡述自己想法的習慣。

3. 有邏輯的敘述

- 〔51～52〕題是仔細看前後文脈絡，然後完成一個句子的題型。
- 〔53〕題是要好好利用表格和參考資料的提示，寫出一篇敘述短文的題型。
- 應該用有邏輯的敘述方式寫出短文，也就是需要有「導入→展開→收尾」的結構。
- 寫文章時，需多樣且正確地使用中級程度以上的語彙及文法。因為比起正確的使用初級或中級以下程度的語彙及文法，為了表現實力和程度，倒不如多用可能會有些錯誤，但都是中級程度以上的語彙及文法。

4. 表現方式

依照文章的特性，最好以書面語的形式來書寫。不要使用如「딴」（別的）、「되게」（非常）的口語詞彙，或者「한테」（給；向）、「-아/어 가지고」的口語文法。也不要省略助詞，一定要寫出來。而且若用「-ㅂ/습니다」、「-아/어요」等終結語尾，一定會被扣分。

> **TIP**
>
> 先決定自己的目標，也就是希望考過的等級，再以為了得到該等級的分數，好好制定策略。

TOPIK II 短文寫作完全解析

題型（一）觀察前後文脈絡，完成合適的句子
[題號51～52]（10分×2題）

[51～52] 閱讀前後文內容並掌握文章脈絡

· 是35回以前的中級〔43～44〕題及高級〔42～43〕題的變形，以前只有一個答案，
　現在增加為2個。

· 這個題型是評估談話組織能力的題目。

· 作答時，掌握談話前後的內容很重要。要仔細讀㉠和㉡前後的句子，需自然地將內
　容連結起來。

· 寫句子時，需使用中級程度的表現和文法。

· 雖然有寫出符合文章脈絡的答案，但如果使用的是初級程度的文法，就會被扣分。

· 如果使用不適合談話的文章脈絡表現和文法，就會被扣分。

· 若拼字不正確，就會被扣分。

TIP

· 平常就要多看日常生活會接觸到的廣告或指南等，若能熟知其結構，及知道其
　使用哪一種表現和文法，對考試會有很大的幫助。如果有韓國朋友，可以嘗試
　用E-mail的方式與對方聯絡，當成練習。

· 如果不能寫出〔51〕、〔52〕題的答案，可從前文中聯想出相關詞彙，並巧
　妙地結合成一個句子。因為這兩題的答案已經在引文中出現過，所以關鍵是如
　何組合。

※ [51~52] 다음을 읽고 ㉠과 ㉡에 들어갈 말을 각각 한 문장으로 쓰십시오. (각 10점)

51.

개를 찾습니다

흰색 푸들을 찾습니다. 나이는 6살이고, 암놈입니다.

50cm정도의 작은 몸집에 조금 마른 편입니다.

오늘 아침 열린 현관을 통해 몰래 나간 것 같습니다.

눈이 크고, 털 색깔은 머리부터 발끝까지 (㉠).

성격은 온순한 편이나, 모르는 사람이 만지면 물 수도 있습니다.

발견하시면 안으려고 하지 마시고 즉시 (㉡).

연락해주시는 분께는 사례를 해드리겠습니다.

제발 저희 뽀삐를 찾을 수 있도록 도와주십시오.

연락처 : 010-123-5678

	주관식 답안은 정해진 답란을 벗어나거나 답란을 바꿔서 쓸 경우 점수를 받을 수 없습니다. (Answers written outside the box or in the wrong box will not be graded.)
52	

題型分析

※ [51～52] 請閱讀下面文章，並分別寫出㉠與㉡的句子。（各10分）

51.

개를 찾습니다

흰색 푸들을 찾습니다. 나이는 6살이고, 암놈입니다.

50cm정도의 작은 몸집에 조금 마른 편입니다.

오늘 아침 열린 현관을 통해 몰래 나간 것 같습니다.

눈이 크고, 털 색깔은 머리부터 발끝까지 （　㉠　）.

성격은 온순한 편이나, 모르는 사람이 만지면 물 수도 있습니다.

발견하시면 안으려고 하지 마시고 즉시 （　㉡　）.

연락해주시는 분께는 사례를 해드리겠습니다.

제발 저희 뽀삐를 찾을 수 있도록 도와주십시오.

연락처 : 010-123-5678

尋找遺失狗

尋找白色貴賓狗。年齡6歲，母狗。

（身長）約50cm，體型偏瘦小。

應該是今天早上從打開的玄關門偷跑出去。

眼睛大，毛色從頭到腳是（　㉠　）。

個性比較溫順，但陌生人摸的話可能會咬人。

若發現請不要試圖抱牠，請馬上（　㉡　）。

聯絡者會給予謝禮。

請拜託幫我找到BBO-BBI。

連絡電話：010-123-5678

　㉠의 경우 털 색깔에 대한 실마리는 이미 첫 줄에 나와 있습니다. '흰색 푸들을 찾습니다'가 그것입니다. 물론 털에 다른 색이 섞여 있을지도 모릅니다. 하지만 '머리부터 발끝까지'라는 것은 온몸이 다 같은 색이라는 뜻입니다. 따라서 **'모두 하얀색입니다'**와 같이 쓰면 5점을 받습니다. ㉡의 경우 개를 발견하게 되면 어떻게

해달라는 말이 필요한데 맨 아랫 부분에 연락처가 있습니다. 따라서 **'아래 연락처로 연락해 주시기 바랍니다'**와 같이 쓰면 5점을 받습니다.

ㄱ의 경우 '전부', '다' 등의 부사를 사용해야 합니다. ㄴ의 경우 부탁하는 말투인 '-기 바랍니다'를 사용해서 문장을 만들어야 합니다.

ㄱ的話，關於毛色的線索已經在第一行出現了，就是「尋找白色貴賓狗」。說不定會混雜別的顏色的毛，但是所謂「從頭到尾」就表示全身都是一樣的顏色，所以寫出「모두 하얀색입니다」（全部白色）的話可以得到5分。若找到狗時，後文需要連結該怎麼處理的內容，在最下面有聯絡方法，所以寫出「아래 연락처로 연락해 주시기 바랍니다」（希望與下面聯絡電話聯絡）的話可以得到5分。

ㄱ的話，需使用「전부」（全部）、「다」（全部）等副詞。ㄴ的話，需使用請託的語調「-기 바랍니다」（希望～）來完成句子。

實戰演練

52.

> 　한국을 찾는 외국 관광객이 좋아하는 장소로 (　㉠　). 그 중에서도 경복궁은 근정전과 경회루 등 조선왕조 500년을 대표할 수 있는 건축물의 규모나 화려함이 다른 궁궐과 비교할 바가 아니다. 따라서 수많은 외국 관광객들이 (　㉡　) 경복궁을 찾는다.

> 주관식 답안은 정해진 답란을 벗어나거나 답란을 바꿔서 쓸 경우 점수를 받을 수 없습니다.
> (Answers written outside the box or in the wrong box will not be graded.)

52	㉠	
	㉡	

題型分析

52.

> 　한국을 찾는 외국 관광객이 좋아하는 장소로 (　㉠　). 그 중에서도 경복궁은 근정전과 경회루 등 조선왕조 500년을 대표할 수 있는 건축물의 규모나 화려함이 다른 궁궐과 비교할 바가 아니다. 따라서 수많은 외국 관광객들이 (　㉡　) 경복궁을 찾는다.

> 　來到韓國的外國觀光客喜歡的場所（ 　㉠　 ）。其中景福宮的勤政殿與慶會樓等，能代表朝鮮王朝500年的建築物規模與華麗，是其他宮闕無法比較的。因此，許多外國觀光客們（ 　㉡　 ）來到景福宮。

㉠의 경우 '꼽다'라는 동사를 사용해서 '**고궁을 꼽을 수 있다**'나 '**고궁이 꼽힌다**'와 같이 쓰면 5점을 받습니다. ㉡의 경우 앞 부분에 '근정전과 경회루 등 조선왕조 500년을 대표하는 건축물'을 예로 들었으므로 '**조선시대를 대표하는 건축물을 감상하기 위해서**'나 '**조선시대의 상징적 건축물을 즐기기 위해서**', 혹은 '조선시대를 대표하는 건축물을 보기 위해서'와 같이 쓰면 5점을 받습니다.

　㉠的話，用「꼽다」（算得上）這個動詞，若寫出「고궁을 꼽을 수 있다」（古宮可以算是）或「고궁이 꼽힌다」（古宮被選為；古宮被評為）就可以得到5分。㉡

109

的話，前面説「勤政殿和慶會樓等，代表朝鮮王朝500年的建築物」，如果寫出「조선시대를 대표하는 건축물을 감상하기 위해서」（為了觀賞朝鮮時代的代表建築物）、「조선시대의 상징적 건축물을 즐기기 위해서」（為了欣賞朝鮮時代的象徵建築物）或者「조선시대를 대표하는 건축물을 보기 위해서」（為了看朝鮮時代的代表建築）就可以得到5分。

題型（二）完成符合邏輯的短文 ［題號53］（30分×1題）

［53］參考圖表並完成句子

- 是以前中級〔45〕題的變形，先熟知所提示的圖表內容，再照著題目的要求做答即可。不需要太過有邏輯的闡述。要求的字數，也比原本的400～600字，減少為200～300字。
- 這個題型是評估是否能利用所提示的內容，寫出符合主題文章的題目。
- 將提示資訊的圖表等內容，以文字做說明。平時多做這一類練習很重要。
- 給分標準

區分	給分依據	分數區分		
		上	中	下
完成內容及問題（7分）	1. 能充分地完成問題 2. 能組織與主題相關的內容 3. 能表現豐富及多樣的內容	7～6分	5～3分	2～0分
文章的發展結構（7分）	1. 有明確又有邏輯的組織 2. 能根據文章內容的構成段落 3. 能使用適當的談話標語	7～6分	5～3分	2～0分
使用語言（16分）	1. 能使用多樣、豐富且合適的文法及語彙 2. 能使用正確的文法、語彙、拼字 3. 能使用符合文章的目的與功能的表現	16～14分	12～8分	6～0分

53. 다음 그래프를 보고, 연령대에 따라 필요하다고 생각하는 공공시설이 무엇인지
비교하여 그에 대한 자신의 생각을 200~300자로 쓰십시오. (30점)

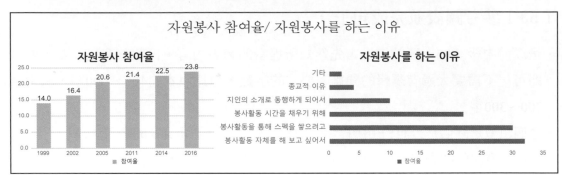

| **53** | 아래 빈칸에 200자에서 300자 이내로 작문하십시오 (띄어쓰기 포함).
(Please write your answer below; your answer must be between 200 and 300 letters including spaces) |

53. 請看下面的圖表，依據年齡層比較所需要的公共設施，並用200～300字寫出自己的想法。

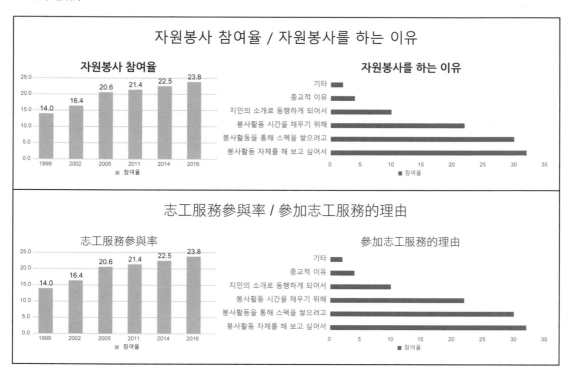

모범 정답 :

　1999년 14.0%에 머물렀던 자원봉사 참여율은 2002년에 16.4%로 2.4% 상승한 이래 2005년 20.6%, 2011년 22.5%로 계속 올라 최근 2016년에는 23.8%로 전국민의 1/4 정도가 자원봉사에 참여하는 것으로 볼 수 있다. 자원봉사를 하는 가장 큰 이유는 봉사활동 자체를 해보고 싶다는 응답이 가장 높은 32%를 차지해 자원봉사 참여율을 상승시키는데 큰 역할을 한 것으로 보인다. 그러나 봉사활동을 통한 스펙 쌓기가 30%, 봉사활동 시간을 채우기 위해서라는 응답이 22%로 두 개를 합치면 과반이 넘는데, 이는 봉사활동 참여율 상승이 자발적인 행동이 아닌 개인적 필요에 의한 결과임을 알 수 있다.

參考答案 :

　志工服務參與率從1999年停滯在14.0%，於2002年上升了2.4%，來到16.4%，到了2005年為20.6%，2011年持續上升到22.5%，最近2016年則是23.8%，可説約有

1/4的國民參加志工服務。參加志工服務最大的理由，以單純想參與志工服務的回答有32%為最高，這也是讓志工服務參與率增加最大的原因。但是，想經由志工服務累積資歷的有30%，而為補足志工服務時間的回答有22%，兩者合計就過半，可以得知志工服務參與率上升的結果，並不是自發性行動，而是依據個人的需求。

完全征服 TOPIK II 的作戰策略（長文）

1.必須反映提示的內容

作答時，答案應該確實符合所要求的問題。需包含所要求的內容，如果有包含無關的內容，一律會被扣分。寫出完全無關的內容時，則以零分計算。

2.有邏輯（三段論法）的結構

· 寫作前，要先想好「序論」、「本論」、「結論」各階段分別以什麼樣的內容構成。先寫出大綱，對正式寫作會有幫助。
· 文章必須有條理地以邏輯性的敘述寫出，且必須具有「序論」、「本論」、「結論」三段式的結構。如果內容有轉折，必須換個段落寫作。

3.如何收集相關的資料？

平時對於社會上的問題，可針對主題試著做練習，整理出自己的想法或主張，而後以邏輯的方式加以組織，進而寫出一篇文章。

4.其他注意事項

· 雖然長文寫作的字數從以往的700～800字，已減少為600～700字，但寫法跟以前一樣。
· 寫文章時，應該多樣且正確地使用符合高級程度的詞彙和文法。為了表現實力和程度，比起正確地使用中級程度的詞彙及文法，倒不如多使用可能會有些錯誤，但都是高級程度詞彙和文法會更好。
· 依照文章的特性，最好以書面語的形式來書寫。有邏輯的文章中，應該使用一般有邏輯的文章中所使用的詞彙和文法，千萬不要使用口語的詞彙和文法，也不要省略助詞，一定要寫出來。若使用「-ㅂ/습니다, -아/어요」等終結語尾，一定會被扣分，所以一定要用「-(ㄴ/는)다」。

◎TOPIK II 長文寫作完全解析

題型（三）完成三段論法長文 ［ 題號54 ］
（50分 × 1題）

［ 54 ］活用三段論法，有邏輯的寫作

- 此題型必須掌握的重點是，寫出的內容需符合所提示的主題及問題，然後試著將自己的想法，有邏輯地用文章表現出來。

- 評分標準

區分	給分依據	分數區分		
		上	中	下
完成內容及問題（12分）	1. 能充分地完成問題 2. 能組織與主題相關的內容 3. 能表現豐富及多樣的內容	12～9分	8～5分	4～0分
文章的結構（12分）	1. 有明確又有邏輯的組織 2. 有表達中心思想的能力 3. 能使用適當的話語標記	12～9分	8～5分	4～0分
使用語言（26分）	1. 能使用多樣、豐富且合適的文法及語彙 2. 能使用正確的文法、語彙、拼字 3. 能使用符合文章目的與功能的表現	26～20分	18～12分	10～0分

54. 다음을 주제로 하여 자신의 생각을 600~700자로 글을 쓰십시오. (50점)

> 사회 곳곳에서 일어나고 있는 미투 운동은 사회 전반에 큰 파장을 일으키고 있다. 이러한 미투 운동은 우리 사회에 어떤 변화를 가져올 수 있을지, 남녀 관계는 어떻게 변할 것인지 아래의 내용을 중심으로 자신의 생각을 쓰십시오.

> · 미투 운동이란 무엇인가?
> · 미투 운동의 발생 원인과 사회에 미치는 영향은 어떠한가?
> · 남녀 평등 문제와 어떠한 상관 관계가 있을까?

아래 빈칸에 600자에서 700자 이내로 작문하십시오 (띄어쓰기 포함).

(Please write your answer below; your answer must be between 600 and 700 letters including spaces)

100

200

300

400

500

600

700

54. 以下面內容為主題，並用600～700字文章寫出自己的想法。（50分）

　　사회 곳곳에서 일어나고 있는 미투 운동은 사회 전반에 큰 파장을 일으키고 있다. 이러한 미투 운동은 우리 사회에 어떤 변화를 가져올 수 있을지, 남녀 관계는 어떻게 변할 것인지 아래의 내용을 중심으로 자신의 생각을 쓰십시오.

・미투 운동이란 무엇인가?

・미투 운동의 발생 원인과 사회에 미치는 영향은 어떠한가?

・남녀 평등 문제와 어떠한 상관 관계가 있을까?

　　世界各地掀起的Me Too運動，正在社會上引起巨大的波動。請以以下內容為中心，試著以自己的想法，寫下Me Too運動對會社會帶來什麼樣的改變，以及對男女關係產生什麼樣的變化。

・什麼是Me Too運動？

・Me Too運動產生的原因及帶給社會什麼樣的影響？

・與男女平等問題有什麼相互關係？

모범 정답 :

　　미투 운동은 미국에서 시작된 해시태그 운동이다. 2017년 10월 헐리우드의 유명 제작자의 성추문을 폭로하고 고발하기 위해 소셜 미디어에 해시태그를 다는 행동에서 출발하였다. 피해 사실을 숨겨왔던 피해자들이 더 이상 성범죄를 용인하지 않겠다는 뜻에서 시작되었고, 이에 용기를 얻은 다른 피해자들도 하나둘 용기를 내어 그 동안 숨겨져 왔던 성추행이나 성범죄를 세상에 알리는 계기가 되었다.

　　갑에 의한 보복이나 사회적 비난이 두려워 숨죽이고 있던 사람들의 고발이기에 내부 고발적 성격이 강하고, 권력형 성범죄에 대한 고발에 초점을 두었던 까닭에 정치, 사회, 문화 방면에 큰 파장을 불러 일으켰다. 다시 말해 이런 분야의 성범죄가 밖으로 드러난 적이 별로 없었다는 뜻이 된다. 왜냐하면 아무리 사회가 평등을 지향한다고 해도 차별은 존재하기 마련이므로, 을의 생사여탈권을 쥐고 있는 갑이 성범죄를 저질렀다면 을이 그 피해 사실을 공개적으로 폭로하기가 결코 쉽지 않다. 문제는 이러한 권력형 성범죄는 단발성이 아니라 지속적이고 반복적으로 오랜 기간 이어져 한 사람의 영혼까지도 파괴할 수 있는 위험성을 안고 있다는 것이다.

그리고 또 하나의 중대한 문제는 대부분의 피해자가 여성이기 때문에 양성평등으로 남녀가 차별 없는 사회를 만드는 데에도 걸림돌이 된다. 그만큼 우리 사회에서 여성들이 사회적 약자로서 성차별을 당하고 있다는 반증이기도 하다.

미투 운동으로 침묵을 강요당하던 성피해자들이 제목소리를 낼 수 있게 되었다. 단순히 목소리를 내는 것만으로 그칠 것이 아니라 이런 운동을 통해 여성에 대한 성차별을 반성하고, 양성평등으로 나아가는 계기가 되어야 하겠다.

參考答案：

Me Too運動始於美國的Hashtag（主題標籤）運動。2017年10月好萊塢知名製作人的性醜聞曝光後，為了揭露（性騷擾或性侵害），於是在社群媒體上開始了Hashtag。過去隱匿被害事實的被害者們，不再容忍性犯罪。因此而得到勇氣的其他被害者們，也接連鼓起勇氣，有了機會將過去隱匿的性騷擾或性犯罪公諸於世。

這是源自於之前因為害怕甲方（加害者）的報復或社會上的指責而默不出聲的人們舉發，然後透過強烈的內部指控，而將焦點放在權力型性犯罪，進而對政治、社會、文化方面引起軒然大波。換句話說，這一類型的性犯罪從未被外界揭發。就算社會走向平等，但差別待遇仍然存在，仍存在著擁有乙方（被害者）生殺大權的甲方（加害者）犯下性犯罪，乙方（被害者）終究無法輕易公開被害的事實。問題是，這樣的權力型的性犯罪不是一次性，而是連續的、重複的，甚至會長久持續毀損一個人的靈魂，是帶有危險性的問題。還有一個嚴重的問題是，由於大部分的受害者是女性，這種事（各種性侵害）會對建立兩性平等般沒有男女差別的社會形成絆腳石。這就是在我們的社會中，女性還是以社會上的弱者之姿遭受性別歧視的一種反證（陸續揭發性侵害的事實）。

透過Me Too運動，曾被要求沉默的性被害者們，可以為自己出聲。不只是單純表達，而是透過這樣的運動，反省對女性的性別歧視，成為走向兩性平等的契機。

TOPIK II 「閱讀」考些什麼？

　　新韓檢TOPIK II的「閱讀」測驗，共分為13個題型，總共有50題，主要考試「內容」以及「題問方式」，整理如下。

題型	題號	考試內容	提問方式
（一）	1～2	文法（句子的呼應）	請選出適合填入（　　）中的選項。
（二）	3～4	中・高級文法	請選出與標示下線部分意思相近的選項。
（三）	5～8	理解短句（廣告、標語、指南等）中的核心單字	請選出下面內容是關於什麼的句子。
（四）	9～12	深化學習前一問題	請選出與下面文章或圖表內容一樣的選項。
（五）	13～15	邏輯性（演繹法、歸納法）	請選出符合下面內容排序的選項。
（六）	16～18	掌握前後文脈絡	請閱讀下面文章，並選出最適合填入（　　）的選項。
（七）	19～24 42～43 46～47	理解整體內容	請閱讀下面文章，並回答問題。
（八）	25～27	理解被精簡的表現	下面是新聞報導的標題。請選出說明最好的選項。
（九）	28～31	掌握前後文脈絡，深化學習	請閱讀下面文章，並選出最適合填入（　　）的內容。
（十）	32～34	理解整體內容，深化學習	請閱讀下面文章，並選出與內容相同的選項。
（十一）	35～38	掌握主題	請選出最符合下面文章主題的選項。
（十二）	39～41	掌握前後文脈絡＋邏輯性	請從下面文章中選出最適合填入〈範例〉的選項。
（十三）	44～45 48～50	掌握主題＋掌握內容	請閱讀下面文章，並回答問題。

完全征服 TOPIK II 的作戰策略 1

1.先想好自己的目標等級

· 依照自己希望的等級，解題的方式也會有所不同。再提醒一次，題目分為細看一次且不需要深思的題目，以及需要多加思考才能解開的難題。

· 如果目標為3級，在「閱讀」領域需拿到50～55分，為了達成這個目標，相當於中級的〔1～24〕題要全力以赴解題。

· 如果目標為4級，在「閱讀」領域需拿到65～70分，為了達成這個目標，要在中級題目深入學習的〔28～34〕題中拿到必要的分數。

· 如果目標為5級，在「閱讀」領域需拿到75～82分，為了達成這個目標，要在相當於中級上的〔35～41〕題中拿到必要的分數。

· 如果目標為6級，在「閱讀」領域需拿到90分以上，為了達成這個目標，要在相當於高級的〔42～50〕題中必須拿到一半以上的分數。

2.掌握題型

· 「閱讀」領域的題型每回都一樣（請參考前面的「閱讀考些什麼？」），因此要多做與此題型類似的題目。為此，首先得經常接觸小說、報紙、新聞等各方面的文章。

· 提問該文章的目的（意圖）或中心思想（主題）的題目，占整個題目的2/3。

3.邊對照本文和選項邊默讀

閱讀科目當中，有許多內容只看一次沒辦法輕易理解內容。對挑戰中級的考生而言，有50%的高級題目不好理解。遇到這類文章，請千萬不要單獨看本文，要邊看本文邊對照選項中的單字和句子，找出重複出現的內容。如果找得到核心單字和句子，就比較容易拿到100分當中的50分。

4.拿到高分數的祕訣

「閱讀」科目的解題關鍵在於理解。大部分的題目都是問主要內容或中心思想（主題），因此比起文法，更要重視詞彙能力。知道越多詞彙，理解能力越高。詞彙能力的核心為單字和句型。但是只知道單字卻不知道句型，只依賴死記硬背，其效果也會大打折扣。

舉例說明，假設有一個副詞「비록」（雖然），然而如果不知道「비록」這個字是和語尾「-지만」（～但是）是相互呼應，就算知道「비록」也派不上用場。「별로」（不怎麼）這個單字也是一樣，若不知在「별로」後面應帶著否定詞，就可能會誤用「별로」。其實在口語上用「별로야」（不怎麼樣）的句型，也有省略掉否定詞的情況，但是這個句型原本是「별로 아니야」的省略型，不表示不需要否定詞。

請牢記，大部分的句型為「부사(어)+동사 / 형용사의 어미」（副詞（語）＋動詞 / 形容詞語尾）、「관형형 어미＋명사＋이다[서술격조사]」（冠形詞語尾＋名詞＋이다[敘述格助詞]）。

例如：「만약…-(으)면」（萬一～）/「-는 법이다」（必然～）

TOPIK II 閱讀完全解析 1

題型（一）文法（句子的呼應）［題號1～2］

1. 〔1～4〕（其中第4題是高級）都是屬於文法的題目。

2. 很多學生對文法有恐懼感，認為文法非常難、不懂文法就無法學會韓文，這些都是錯誤的想法。文法只是韓語的一個要素而已，實際上韓國人說話時使用的文法不多。TOPIK II中出題的文法大部分是中級水準，備考期間如果多看文章，多練習解題，比較容易解答。

［1～2］正確的使用文法

・這兩題是詢問時態，或是找出句中呼應關係的題目。

・詢問時態的題目相當於中級文法，若在句子裡找到有關觀點的單字，就容易作答。

・如上頁「4.拿到高分數的祕訣」所述，找出句子裡呼應關係的題目，若平時不常練習句子，應該會覺得有難度。

TIP

如果真的不知道文法題的答案，默讀幾次後，在當中選出讀起來比較自然一點的句子，有可能會是正確答案。

實戰演練

※ [1~2] ( )에 들어갈 가장 알맞은 것을 고르십시오.(각 2점)

1. 좋은 여행을 위해서라면 이 책이 ( ).
　① 읽기 어렵다　　　　　　　② 읽는 중이다
　③ 읽을 만하다　　　　　　　④ 읽고 있다

2. 매일 피아노를 ( ) 어려운 곡도 칠 수 있게 되었다.
　① 연습하다 보면　　　　　　② 연습하기로
　③ 연습하든지　　　　　　　④ 연습하다 보니

題型分析

※ [1~2] 請選出適合填入 ( ) 中的選項。（各2分）

1. 좋은 여행을 위해서라면 이 책이 ( ).
　為了良好的旅行的話，這本書 ( )。
　① 읽기 어렵다 很難讀　　　② 읽는 중이다 正在讀
　③ 읽을 만하다 值得讀　　　④ 읽고 있다 有在讀

　　'위해서'는 목적을 표시하는 문법이고, '-라면'은 가정입니다. "좋은 여행을 할 목적을 가지고 있다면 이 책을 읽는 것이 도움이 된다"는 의미를 가진 답을 찾아야 합니다. '-(으)ㄹ 만하다'는 그럴 가치가 있다는 뜻입니다. 따라서 정답은 ③입니다.

　　「위해서」（為了）表示目的，「-라면」（～的話）是假定。應該要找出有「為了良好的旅行的話，這本書值得看」這種意思的選項。「-(으)ㄹ 만하다」意思是「值得」。答案是③。

2. 매일 피아노를 (　) 어려운 곡도 칠 수 있게 되었다. (表示結果)

   每天 (　) 鋼琴，就會彈高難度的曲子。

   ① 연습하다 보면　一直練習的話　　　　② 연습하기로　打算練習

   ③ 연습하든지　不管練習　　　　　　　④ 연습하다 보니　一直練習

   '-게 되다'는 변화하여 된 모양을 나타냅니다. 즉, 피아노를 매일 연습한 결과 어려운 곡도 칠 수 있는 상태가 된 것입니다. '-다 보니'는 원래 '-다가 보니까'의 준말로 앞의 동사의 누적된 행동으로 인해 뒤의 결과가 나옴을 표시하는 문법입니다. 따라서 정답은 ④입니다.

   「-게 되다」（成為～）表示變化後的樣子。也就是説「每天練習鋼琴的結果，就會彈難度高的曲子」。「-다 보니」（持續某個動作的結果）原本是「-다가 보니까」的縮寫，表示因為前面動詞動作的累積，就會有後面的結果出來。答案是④。

題型（二）中・高級文法［題號3～4］

這兩題其實是〔1～2〕題的深入學習，難度上確實比〔1～2〕高。

［3］理解類似文法

・這題相當於「中級上」的程度。一樣是「原因、理由」的文法，但可分為初級的文法，以及中級、中級上、高級文法。

例如：

　　初　級：-아/어/여서（連結語尾；表原因）、-(으)므로（連結語尾；表原因）、
　　　　　　 -기 때문에（因為～）、-(으)니까（因為～）

　　中　級：-는 바람에（因為～、由於～）

　　中級上：-느라고（連結語尾；表示前者為後者的目的或原因）

　　高　級：-는 통에、-(으)ㄴ 탓에（由於～）

［4］理解類似文法

・這題相當於高級程度的題目。
・大部分的類型是「어미＋의존 명사」（語尾＋依存名詞）這樣的文法。

例如：

　　-ㄴ/은/는 **김**에（順便）

　　-ㄴ/은 **탓**에（因為）

　　-는 **대로**（一～就～）

　　-는 **대신**（代替～）

　　-기 **나름**이다（取決於～）

　　-기 **십상**이다（十有八九～、可能～）

　　-ㄹ/을 **따름**이다（只不過～）

　　-ㄴ/ㄹ **모양**이다（好像～）

TIP

　　第4題相當於高級的程度，如果真的不知道答案，挑選其中最陌生的選項，有可能是答案。

※ [3~4] 다음 밑줄 친 부분과 의미가 비슷한 것을 고르십시오. (각 2점)

3. 아무리 어려운 상황이라도 친구를 속이면 안 된다.

　① 상황일지언정　　　　　　　　② 상황이겠지만

　③ 상황일수록　　　　　　　　　④ 상황이건만

4. 사람은 나이가 들면 기억력이 떨어지는 법이다.

　① 떨어질 수도 있다　　　　　　② 떨어지기 마련이다

　③ 떨어질 따름이다　　　　　　④ 떨어져야 한다

題型分析

※ [3~4] 請選出與標示下線部分意思相近的選項。（各2分）

3. 아무리 어려운 상황이라도 친구를 속이면 안 된다.

　不管是多困難的情況也不要欺騙朋友。

　① 상황일지언정　就算是～的情況

　② 상황이겠지만　可能是～的情況

　③ 상황일수록　越～情況越

　④ 상황이건만　已經是～的情況

　　여기서 주의해야 하는 단어는 '아무리'입니다. 이 부사는 뒤에 항상 '-(이)라도'와 짝을 이뤄 쓰입니다. 비슷한 뜻을 가진 문법은 '-(으)ㄹ지언정'입니다. 따라서 정답은 ①입니다.

　　這裡該注意的單字就是「아무리」（不管如何），這個副詞總是與在後面的「-(이)라도」（也～）搭配使用。相似的文法是「-(으)ㄹ지언정」（就算～）。答案是①。

4. 사람은 나이가 들면 기억력이 떨어지는 법이다.

　　人隨著年紀增加，記憶力就會下降。

　　① 떨어질 수도 있다　可能會下降

　　② 떨어지기 마련이다　總是會下降

　　③ 떨어질 따름이다　不過會下降

　　④ 떨어져야 한다　必須要下降

　　'법'이란 마땅히 지켜야 하는 것입니다. 따라서 '마땅히'의 뜻이 있는 문법을 찾으면 그것이 바로 정답입니다. '-기/게 마련이다'는 당연히 그렇다는 뜻입니다. 정답은 ②입니다.

　　「법」（法）是應當遵守的，因此找到有「應當」意思的文法，那個字就是答案。「-기/게 마련이다」（總會～）有「應該如此」的意思。答案是②。

題型（三）理解短句（廣告、標語、指南等）中的核心單字 ［題號5～8］

1. 相當於中級的題目，一定要答對。
2. 每回都是固定的題型。
3. 按照題型，可以推測出正確的答案。
4. 本文的背景插圖為正確答案的提示，應該注意察看。

［5］理解文章內容

・這題是問哪一種東西的題目，所以要注意讀<u>名詞</u>。

［6］理解文章內容

・這題是問場所的題目，所以亦是要注意讀<u>名詞</u>。

［7］理解文章內容

・這題是問所提到的情況下該怎麼做的題目。要注意讀<u>動詞</u>和<u>名詞</u>。主要都是考「說明書」或「標語」等。

［8］理解文章內容

・這題是問指南、順序、程序、方法等的題目。要注意讀<u>最後一句</u>。

TIP

〔5～8〕共同點：找出關鍵詞！

實戰演練

※ [5~8] 다음은 무엇에 대한 글인지 고르십시오. (각 2점)

5.

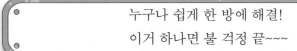

누구나 쉽게 한 방에 해결!
이거 하나면 불 걱정 끝~~~

① 소화기　　　② 형광등　　　③ 살충제　　　④ 손난로

6.

지금 집을 찾고 계신다면
싸고 좋은 방을 원하신다면
바로 전화 주십시오(☎)

① 건설회사　　　② 이삿짐 센터　　　③ 철물점　　　④ 부동산중개소

7.

나의 소중한 한 표가
우리의 민주주의를 지킵니다.

① 선거 홍보　　　② 여행 광고　　　③ 군인 모집　　　④ 분실물 주의

8.

· 어플 스토어에 접속하여 '클린빨래'를 입력한다.
· 클린빨래 앱을 내려받아 설치한다.
· 클린빨래에 접속하여 회원 가입을 한다.

① 주의 사항　　　② 접속 방법　　　③ 등록 절차　　　④ 상품 안내

※ [5~8] 請選出下面內容是關於什麼的句子。（各2分）

5.

누구나 쉽게 한 방에 해결! 이거 하나면 불 걱정 끝~~~
誰都可以輕易地一次解決！ 只要有這個，就不用擔心火～～～

① 소화기 滅火器   ② 형광등 螢光燈

③ 살충제 殺蟲劑   ④ 손난로 手暖爐

> 핵심 단어는 '불'입니다. 그것을 한 방에 해결해주는 물건을 찾으면 됩니다. 따라서 정답은 ①입니다.
>
> 關鍵詞是「火」。找到把它一次解決掉的東西，那個字就是答案。答案是 ①。

6.

지금 집을 찾고 계신다면 싸고 좋은 방을 원하신다면 바로 전화 주십시오(☎)
現在正在找房子的話 想要便宜又好的房間的話 請馬上打電話（☎）

① 건설회사 建築公司　　　　② 이삿짐 센터 搬家公司

③ 철물점 五金行　　　　　　④ 부동산중개소 房屋公司

핵심 단어는 '집'하고 '방'입니다. 집을 찾고, 싸고 좋은 방을 원한다면 당연히 그런 곳을 소개하는 회사를 찾아가야 합니다. 따라서 정답은 ④입니다.

關鍵詞是「房子」和「房間」。如果找房子，還有想要便宜又好的房間，當然要去找介紹那種地方的公司。答案是④。

7.

나의 소중한 한 표가 우리의 민주주의를 지킵니다.
我珍貴的一票 守護我們的民主主義。

① 선거 홍보 選舉宣傳　　　　② 여행 광고 旅行廣告

③ 군인 모집 招募軍人　　　　④ 분실물 주의 注意失物

핵심 단어는 '표'와 '민주주의'입니다. 민주주의를 지키기 위해 우리는 올바른 투표를 해야겠습니다. 따라서 정답은 ①입니다.

關鍵詞是「票」和「民主主義」。為了守護民主主義，我們應該做正當的投票。答案是①。

8.

· 어플 스토어에 접속하여 '클린빨래'를 입력한다. · 클린빨래 앱을 내려받아 설치한다. · 클린빨래에 접속하여 회원 가입을 한다.
· 進入應用程式商店，輸入「可伶洗衣」。 · 下載可伶洗衣並安裝。 · 進入可伶洗衣並加入會員。

① 주의 사항 注意事項   ② 접속 방법 連結方法

③ 등록 절차 登錄程序   ④ 상품 안내 商品指南

어플리케이션을 내려받아 설치하고, 회원 가입을 하는 순서는 바로 등록하는 절차를 가리킵니다. 따라서 정답은 ③입니다.

先下載應用程式（APP）並安裝，之後再加入會員的順序，指的就是登錄的流程。答案是③。

題型（四）深化學習前一問題［題號9～12］

1. 這些題目是前面〔5～8〕題的深入學習。
2. 雖然內容變得長一點，還出現圖表（第10題），但難度不太高。
3. 〔11〕、〔12〕題要邊看敘述型的本文內容，邊找出在選項上重複出現的單字。
4. 這題的題型，和〔5～8〕、〔9～12〕以及後面的〔25～27〕有關聯。

［9］理解圖表內容

　　這題是介紹某種聚會、活動、展覽會等的題型。應該熟知在介紹中一定會出現的場次、期間、場所、活動內容等，且要注意看最後出現的注意事項（標示※）。

［10］理解圖表內容

　　這題是看圖表後知道互相比較的結果。比較是最關鍵的，所以要注意看選項中「비율」（比率）或「보다」（比起）這一類的單字。

［11～12］理解文章內容

　　這題的句子是以比較容易且單純的方式來表達，大部分與一般常識有關。整體的句子不長，主題大多在前面。要特別注意看「그러나」（可是）或「그런데」（不過）這一類前後相反或轉移話題的地方。

※ [9~12] 다음 글 또는 그래프의 내용과 같은 것을 고르십시오. (각 2점)

9.

한이도 박사의 무료 역사 강좌 두 번째 시간

일시 : 2017년 12월 13일(수) 10 : 30~12 : 00

장소 : 무지개아트홀 대강당

내용 : 역사 교육 이대로 좋은가 ― 교과서로 바라본 한국 역사

※ 방청을 희망하시는 분들께서는 강의 10분 전까지 착석해 주셔야 합니다(10 : 20 이후 입장 불가).

① 이 강좌는 이번에만 무료로 들을 수 있다.

② 강의 시간 10분 전에 앉아 있어야만 방청이 가능하다.

③ 강의는 역사를 어떻게 써야 하는가에 대한 것이다.

④ 실제 강의 시간은 모두 1시간 40분이다.

10.

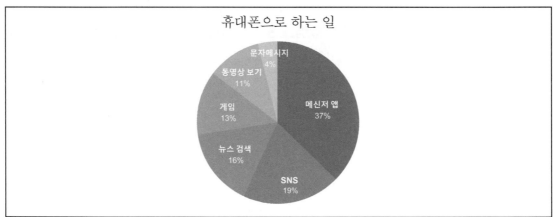

① 동영상 보는 사람과 문자 메시지를 이용하는 사람의 비율이 같다.

② 메신저 앱을 이용하는 사람이 전체의 반을 넘는다.

③ SNS를 이용하는 사람이 뉴스 검색하는 사람보다 적다.

④ 뉴스 검색을 이용하는 사람의 비율이 세 번째로 높다.

11.

> 휴대폰과 컴퓨터에만 남겨두기에는 아까운 추억의 사진이 있다. 그 추억을 나만의 우표로 만들고 싶으면 우체국 홈페이지, 혹은 우체국 앱을 이용해 접수하거나 전국 우체국에 직접 가서 접수해도 된다. 이때 최대 5MB 크기의 해상도가 높은 이미지 파일을 이용해야 선명한 우표를 만들 수 있다. 다만 초상권이나 저작권과 관련된 이미지는 제작할 수 없으니 꼭 주의해야 한다.

① 개인우표는 추억이 있는 사진이라야 가능하다.

② 개인우표는 아무 사진이라도 다 이용할 수 있다.

③ 개인우표는 미리 준비한 이미지 파일로 만든다.

④ 개인우표는 초상권이나 저작권 문제와 관계가 없다.

題型分析

※ [9~12] 請選出與下面文章或圖表內容一樣的選項。（各2分）

9.

> ### 한이도 박사의 무료 역사 강좌 두 번째 시간
>
> 일시 : 2017년 12월 13일(수) 10 : 30 ~ 12 : 00
> 장소 : 무지개아트홀 대강당
> 내용 : 역사 교육 이대로 좋은가 – 교과서로 바라본 한국 역사
> ※방청을 희망하시는 분들께서는 강의 10분 전까지 착석해 주셔야 합니다
> (10 : 20 이후 입장 불가).
>
> ### 韓伊道博士的第二次免費歷史講座
>
> 日期時間：2017年12月13日（三）10：30~12：00
> 場　　所：彩虹藝術館演講廳
> 內　　容：歷史教育就這樣好嗎 – 以教科書來看韓國歷史
> ※希望旁聽的人需在講座前10分鐘就座。（10：20後不可進場）

① 이 강좌는 이번에만 무료로 들을 수 있다. (×)

　　這個講座只有這次才能免費聽講。（是第二次）

② 강의 시간 10분 전에 앉아 있어야만 방청이 가능하다.

　　需在講座時間10分鐘前就座才能旁聽。

③ 강의는 역사를 어떻게 써야 하는가에 대한 것이다. (×)

講座是關於歷史該怎麼寫。（該怎麼教）

④ 실제 강의 시간은 모두 1시간 40분이다. (×)

實際講座時間共1小時40分鐘。（1小時30分鐘）

> 강의 시간은 10시 30분부터지만 10시 20분 이후에는 입장을 할 수가 없기 때문에 10분 전에는 반드시 앉아 있어야만 강의를 들을 수 있습니다. 따라서 정답은 ②입니다.
>
> 講座時間是10點30分開始，但因為10點20分以後不能入場，開始前10分鐘一定要就座才可以聽講座。答案是②。

10.

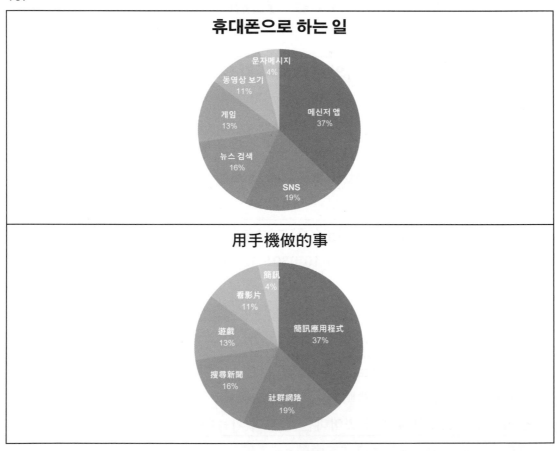

① 동영상 보는 사람과 문자 메시지를 이용하는 사람의 비율이 같다. (✕)

看影片的人與使用簡訊的人比例一樣。（影片＞簡訊）

② 메신저 앱을 이용하는 사람이 전체의 반을 넘는다. (✕)

使用簡訊應用程式的人超過整體的一半。（38%）

③ SNS를 이용하는 사람이 뉴스 검색하는 사람보다 적다. (✕)

使用社群網路的人比新聞搜索的人還少。（SNS＞網路檢索）

④ 뉴스 검색을 이용하는 사람의 비율이 세 번째로 높다.

使用新聞檢索的人比例是第三高。

> 메신저 앱을 이용하는 사람이 가장 많고(38%), 그 다음이 SNS(20%), 뉴스 검색은 세 번째(16%)입니다. 따라서 정답은 ④입니다.
>
> 用簡訊應用程式（messenger app）的人最多（38%），其次是社群網路新聞檢索（SNS）（20%），新聞檢索是第三（16%）。答案是④。

11.

휴대폰과 컴퓨터에만 남겨두기에는 아까운 추억의 사진이 있다. 그 추억을 나만의 우표로 만들고 싶으면 우체국 홈페이지, 혹은 우체국 앱을 이용해 접수하거나 전국 우체국에 직접 가서 접수해도 된다. 이때 최대 5MB 크기의 해상도가 높은 이미지 파일을 이용해야 선명한 우표를 만들 수 있다. 다만 초상권이나 저작권과 관련된 이미지는 제작할 수 없으니 꼭 주의해야 한다.

有些回憶的照片只留存在手機及電腦很可惜，如果想將那些回憶製作成個人專屬的郵票，可以利用郵局網站或郵局的應用程式申請，也可以到全國郵局直接申請。需使用最大容量5MB的高解析度影像檔案，才可以製作清晰的郵票。但與肖像權或著作權有關的圖片無法製作，請一定要注意。

---

① 개인우표는 추억이 있는 사진이라야 가능하다. (✕)

個人郵票要有回憶的照片才可以。

② 개인우표는 아무 사진이라도 다 이용할 수 있다. (✕)

個人郵票任何照片都可以使用。（最大5MB）

③ 개인우표는 미리 준비한 이미지 파일로 만든다.

　個人郵票要用事先準備的檔案製作。

④ 개인우표는 초상권이나 저작권 문제와 관계가 없다. (×)

　個人郵票與肖像權或著作權問題無關。（有關）

> 　개인우표를 만들려면 이미지 파일을 미리 준비해가야 합니다. 이미지 파일은 초상권이나 저작권과 관련이 있기 때문에 아무 파일이나 쓸 수 없습니다. 따라서 정답은 ③입니다.
>
> 　想要製作個人郵票，應該事先準備圖片檔。圖片檔案與肖像權或著作權有關，不能隨便使用。答案是③。

題型（五）邏輯性（演繹法、歸納法）
［題號13～15］

［13～15］邏輯性的句子排列

- 這題屬於考邏輯性思考的題型。
- 這樣的題型，如果能找得到第一句和最後一句，就可以答對8成以上的題目。
- 尤其要注意接續副詞和敘述語。
- 如果出現「그런데、그러나」（但是、不過）這類轉移前文話題或相反的單字，大多數會是第三個句子。如果出現「따라서、그러므로」（因此、所以），因為有表示結論的意思，所以順序大多數放在最後。
- 敘述語的情況，也就是用「-기 때문이다」（因為～）或「-(으)ㄹ 것이다」（會～）結束的句子，全都表示結論，順序上應該是最後一句。
- 關於邏輯性考題，接著出現的〔16～18〕題，同樣也是掌握前後文脈絡，並考量因果關係後，就能解答的類似的題目。

※ [13~15] 다음을 순서대로 맞게 배열한 것을 고르십시오. (각 2점)

13.

> (가) 이와 비슷한 이유로 숫자 4를 쓰지 않는 곳이 있다.
>
> (나) 빨간 색으로 이름을 쓰면 불길하다고 느끼기 때문이다.
>
> (다) 사람들은 빨간색으로 이름 쓰기를 극도로 꺼려한다.
>
> (라) 숫자 4의 발음이 한자 죽을 '사'자와 같기 때문에 병원에는 4층이 없다.

① (가)-(나)-(라)-(다)　　　　　② (다)-(나)-(가)-(라)

③ (다)-(가)-(나)-(라)　　　　　④ (나)-(다)-(라)-(가)

※ [13~15] 請選出符合下面內容排序的選項。（各2分）

13.

> (가) 이와 비슷한 이유로 숫자 4를 쓰지 않는 곳이 있다. (另一個例子③)
>
> (나) 빨간 색으로 이름을 쓰면 불길하다고 느끼기 때문이다. (理由②)
>
> (다) 사람들은 빨간색으로 이름 쓰기를 극도로 꺼려한다. (為什麼？①)
>
> (라) 숫자 4의 발음이 한자 죽을 '사'자와 같기 때문에 병원에는 4층이 없다. (具體情況④)

> (가) 由於與此相似的理由，有的地方不用數字4。
>
> (나) 因為用紅色寫名字的話感覺不吉利。
>
> (다) 人們非常忌諱用紅色寫名字。
>
> (라) 因為數字4的發音與漢字死亡的「死」字一樣，所以醫院沒有4樓。

① (가)-(나)-(라)-(다)　　　　　② (다)-(나)-(가)-(라)

③ (다)-(가)-(나)-(라)　　　　　④ (나)-(다)-(라)-(가)

(나)의 '-기 때문이다'는 이유에 대한 설명이므로 이유에 해당하는 앞 문장 (다)가 있어야 합니다. (라)는 (가)의 실제 예이므로 마지막 문장이 됩니다. 따라서 정답은 ②입니다.

因為(나)的「-기 때문이다」（因為～）是對理由的說明，所以前面要放「成為理由」的句子(다)。(라)是(가)的實例，因此就是最後的句子。答案是②。

題型（六）掌握前後文脈絡［題號16〜18］

［16〜18］根據因果關係掌握文章脈絡

・要找到適合填進（　　）的內容，首先應該掌握整體脈絡，也就是掌握用何種方式敘述什麼主題。

・大部分是頭括式結構，主題句大多位在前面幾句。因此該衡量「主題句」以及「補充說明主題句的後面句子」之間的因果關係。

實戰演練

※ [16~18] 다음을 읽고 (   )에 들어갈 내용으로 가장 알맞은 것을 고르십시오. (각 2점)

16.

> 토마토는 녹 제거에 가장 유용한 과일이다. (   ) 유기산이 녹을 제거하고 산화를 방지하는 역할을 한다. 더 간편한 방법은 수분이 함유된 토마토 케첩이나 토마토 주스를 이용하는 것이다. 케첩이나 주스를 녹이 슨 부위에 30분 가량 발라 둔 후 헝겊으로 닦아내거나 철 수세미로 문질러 주고 깨끗한 물로 씻어내면 된다.

① 과일에 함유된　　　　　　　　　② 토마토에 들어 있는
③ 녹 속에 포함된　　　　　　　　　④ 케첩이나 주스를 만드는

題型分析

※ [16～18] 請閱讀下面文章，並選出最適合填入 (   ) 的選項。（各2分）

16.

> 토마토는 녹 제거에 가장 유용한 과일이다. (   ) 유기산이 녹을 제거하고 산화를 방지하는 역할을 한다. 더 간편한 방법은 수분이 함유된 토마토 케첩이나 토마토 주스를 이용하는 것이다. 케첩이나 주스를 녹이 슨 부위에 30분 가량 발라 둔 후 헝겊으로 닦아내거나 철 수세미로 문질러 주고 깨끗한 물로 씻어내면 된다.

> 番茄是拿來除鏽最有效的水果。（   ）有機酸有除鏽並防止酸化的作用。更簡便的方法就是使用含有水分的番茄醬或番茄汁。在生鏽的地方塗抹番茄醬或番茄汁後，靜置30分，用抹布擦拭或鐵刷搓揉，再用清水清洗，就可以了。

① 과일에 함유된　水果中含有的
② 토마토에 들어 있는　在番茄裡的
③ 녹 속에 포함된　鏽中含有的
④ 케첩이나 주스를 만드는　做成番茄醬或番茄汁的

토마토는 녹을 제거하는 데 유용한 과일이므로, 녹을 제거할 수 있는 유기산은 토마토에 들어 있는 성분이라는 것을 알 수 있습니다. 정답은 ②입니다.

番茄是去掉鐵鏽時有用的水果，由此可知能去掉鐵鏽的有機酸，是番茄裡有的成分。答案是②。

題型（七）理解整體內容① ［題號19～20］

［ 19 ］掌握整體內容

這題是要找「接續副詞」的題目。可察看前後文脈絡，找到該填進（　　）的接續副詞。

［ 20 ］掌握整體內容

這題是問是否了解本文內容的題目。首先讀本文，其次與選項對照再讀一次。此外要特別注意，大約會在中間出現的「그런데」（不過）這一類轉移話題的副詞，或者「하지만」（但是）這種將前後內容翻轉敘述的副詞。

※ [19~20] 다음 글을 읽고 물음에 답하십시오. (각 2점)

> 볼펜을 사용하다 보면 볼펜 찌꺼기 때문에 곤욕을 치룰 때가 가끔 있다. 이것은 볼이 회전하면서 흘러나온 유성 잉크 중 일부가 그 끈적끈적함 때문에 종이에 묻지 않고 볼에 달라붙어 있다가 한꺼번에 분출되기 때문이다. (   ) 개선된 볼펜들이 있긴 하지만, 사용중 자연스레 볼이 마모되기 때문에 볼펜 찌꺼기는 어쩔 수 없이 생겨난다.

19. (   )에 들어갈 알맞은 것을 고르십시오.

① 어쩌면
② 아무리
③ 물론
④ 차라리

20. 이 글의 내용과 같은 것을 고르십시오.

① 개선된 볼펜은 볼이 마모되지 않도록 만들었다.
② 볼을 움직이지 않게 하면 찌꺼기도 방지할 수 있다.
③ 지금은 유성 잉크로 만든 볼펜이 없다.
④ 유성 잉크를 쓰면 자연스레 찌꺼기가 나온다.

※ [19~20] 請閱讀下面文章，並回答問題。（各2分）

> 볼펜을 사용하다 보면 볼펜 찌꺼기 때문에 곤욕을 치룰 때가 가끔 있다. 이것은 볼이 회전하면서 흘러나온 유성 잉크 중 일부가 그 끈적끈적함 때문에 종이에 묻지 않고 볼에 달라붙어 있다가 한꺼번에 분출되기 때문이다. (   ) 개선된 볼펜들이 있긴 하지만, 사용중 자연스레 볼이 마모되기 때문에 볼펜 찌꺼기는 어쩔 수 없이 생겨난다.

> 原子筆使用到後來，有時會因為原子筆出現墨水渣而感到困擾。這是因為原子筆的圓珠旋轉時，部分流出的黏稠油性墨水沒有附著在紙上，而黏在圓珠後一次排出的緣故。（   ）也有經過改良的原子筆，使用時因為圓珠自然而然地磨損，所以還是會不得以產生墨水渣。

19. (　)에 들어갈 알맞은 것을 고르십시오.

請選出適合填入（　）中的選項。

① 어쩌면　也許　　　　　　　　② 아무리　就算

③ 물론　當然　　　　　　　　　④ 차라리　不如

앞 문장에서 볼펜을 사용할 때 불편한 점을 설명하였습니다. 그리고 그 다음 문장에서 개선된 볼펜이 있다고 했으므로 연결 부사는 '당연히'의 뜻을 가져야 합니다. 이에 해당하는 부사는 ③입니다.

前面的句子裡說明了使用原子筆時的不便之處，接下來的句子還提到有改良過的原子筆，所以連接詞應該選有「당연히」（當然）意思的答案。因此適合的副詞是③。

20. 이 글의 내용과 같은 것을 고르십시오.

請選出與這篇文章內容相同的選項。

① 개선된 볼펜은 볼이 마모되지 않도록 만들었다. (×)

改良過的原子筆是用減少磨損的球體製造。

② 볼을 움직이지 않게 하면 찌꺼기도 방지할 수 있다. (×)

不讓球體滾動的話，就可以防止墨水渣產生。（無法寫字）

③ 지금은 유성 잉크로 만든 볼펜이 없다. (×)

現在沒有用油性墨水製造的原子筆。

④ 유성 잉크를 쓰면 자연스레 찌꺼기가 나온다.

使用油性墨水的話，自然有墨水渣出來。

어떤 볼펜이든 유성 잉크를 쓰면 볼이 회전하면서 자연스레 찌꺼기가 나오기 마련입니다. 따라서 정답은 ④입니다.

不管是什麼樣的原子筆，只要是使用油性墨水，圓珠旋轉時，就會流出墨水渣。答案是④。

題型（七）理解整體內容② ［題號21～22 ］

［ 21 ］找出慣用語

這題是考「慣用語」的題目。從舊制的TOPIK到現行的新制，這類型的題目始終存在，雖然只有一題，但也不要掉以輕心，平常得多練習慣用語。

［ 22 ］掌握中心思想

這題是考是否了解文章的「中心思想」，也就是問主題的題目。大部分文章的主題會出現在文章的中間之後。因此閱讀時，要特別注意句子裡用「그러므로」（所以）或「이처럼」（如此）這一類收尾的副詞。

實戰演練

※ [21~22] 다음 글을 읽고 물음에 답하십시오. (각 2점)

인간이 자연에 끼친 해악 중 하나가 물을 오염시킨 것이다. 이제는 물의 자정작용으로 치유 가능한 정도를 넘어서 생물이 살거나 이용할 수 없는 죽은 물이 되어가고 있다. 우리가 일상생활에서 버리는 액체 오염물질 중에서 자연적으로 정화되는 데 필요한 물의 양을 보면 라면 국물이 5000배, 우유가 1만 5000배, 식용유가 19만 8000배 등이다. 우리가 매일 아무 생각 없이 물을 더럽히는 동안 수질 오염은 우리 인류에게 (　　) 되었다.

21. (　　)에 들어갈 알맞은 것을 고르십시오.

① 발등에 떨어진 불이

② 눈에 불을 켜게

③ 하늘의 별 따기가

④ 강 건너 불구경이

22. 위 글의 중심 생각을 고르십시오.

① 자연 속의 물은 스스로 치유할 능력이 있다.

② 우리가 버리는 오염물질은 자연적으로 정화된다.

③ 인간이 오염시킨 물이 인류를 위협하고 있다.

④ 오염물질이 더러울수록 더 많은 물이 필요하다.

※ [21～22] 請閱讀下面文章，並回答問題。（各2分）

> 　　인간이 자연에 끼친 해악 중 하나가 물을 오염시킨 것이다. 이제는 물의 자정작용으로 치유 가능한 정도를 넘어서 생물이 살거나 이용할 수 없는 죽은 물이 되어가고 있다. 우리가 일상생활에서 버리는 액체 오염물질 중에서 자연적으로 정화되는 데 필요한 물의 양을 보면 라면 국물이 5000배, 우유가 1만 5000배, 식용유가 19만 8000배 등이다. 우리가 매일 아무 생각 없이 물을 더럽히는 동안 수질 오염은 우리 인류에게 (　　) 되었다.
>
> 　　人類對大自然造成的危害之一，就是水汙染。現在的水已經超過自我淨化的能力，逐漸成為無法養殖生物或使用的死水。我們日常生活中所丟棄的液體汙染物質中，以自然淨化時需要的水量來看，泡麵湯水是5000倍，牛奶是1萬5000倍，食用油是19萬8000倍等。我們每天不自覺地將水弄髒的這段時間，水源汙染則成為我們人類的（　　）。

21. (　　)에 들어갈 알맞은 것을 고르십시오.

　　請選出適合填入（　　）中的選項。

　　① 발등에 떨어진 불이　燃眉之急

　　② 눈에 불을 켜게　雙眼冒火

　　③ 하늘의 별 따기가　摘天上的星星

　　④ 강 건너 불구경이　隔岸觀火

> 　　오늘도 우리가 오염시키는 물은 인류에게 큰 위협이 됩니다. '발등에 떨어진 불'은 일이 "몹시 급하게 닥쳐오다"는 뜻입니다. ①이 정답입니다.
>
> 　　我們所污染的水，今天也對人類造成很大的威脅。「火燒眉毛」的事就是「臨陣磨槍」的意思。①就是答案。

22. 위 글의 중심 생각을 고르십시오.

請選出上面文章的中心思想。

① 자연 속의 물은 스스로 치유할 능력이 있다. (×)

　　大自然中的水有自我治癒的能力。（已超過可以治癒的能力）

② 우리가 버리는 오염물질은 자연적으로 정화된다. (×)

　　我們所丟棄的汙染物質自然而然地被淨化。

③ 인간이 오염시킨 물이 인류를 위협하고 있다.

　　人類所汙染的水正威脅著人類。

④ 오염물질이 더러울수록 더 많은 물이 필요하다. (×)

　　汙染物質越髒就需要更多的水。

> 　　이제 지구의 물은 자정능력을 상실하였습니다. 이런 상태가 계속 된다면 인류 생존에 큰 위협이 됩니다. 따라서 정답은 ③입니다.
>
> 　　至今，地球的水已喪失了自淨能力。如果這樣的狀況繼續下去，對人類生存造成很大的威脅。答案是③。

題型（七）理解整體內容③ [題號23～24]

1. 本文就是小說作品。

2. 小說的結構為：開端 → 展開 → 危機 → 高潮 → 結尾。

3. 大多數的考題摘自「危機」或「高潮」部分。「危機」部分主要敘述主角和其他人物、或者和外部某種因素的糾葛。「高潮」主要敘述如何解決糾葛，或情況如何發生轉變，讓讀者心靈得到淨化。

[23] 感情表現

· 閱讀小說作品時，要特別注意主角的感情變化、感情表現。

[24] 理解內容

· 應該要掌握的部分，是針對哪種問題而寫，也就是包含什麼樣的內容。

· 為了掌握內容，應該知道糾葛的部分是什麼及其要因，還有要注意用什麼方式解決危機和糾葛。

實戰演練

※ [23~24] 다음 글을 읽고 물음에 답하십시오.

나는 창가에 서서 잠시 유리창을 두드리는 빗방울을 지켜보았다. 장마가 다가온 한여름의 공기는 매우 습했다. 이윽고 창문이 잘 닫혀 있는지 일일이 다 확인하고 병원 안을 죽 둘러보았다. 진료시간이 끝난 지 1시간이 넘어 병원 안은 절간처럼 조용했다. 나는 퇴근 전에 늘 하던 대로 내일 진료에 쓸 비품들을 하나하나 확인하기 시작했다. <u>그러다 곧 나도 모르게 쯧쯧 혀를 찼다.</u> 간호사가 내일 써야 할 주사기와 약품 등을 제대로 챙겨 놓지 않고 퇴근한 것이다. 아무리 병원 일을 시작한 지 얼마 안 됐다고는 하지만 이건 너무 심하다는 생각이 들었다.

23. 밑줄 친 부분에 나타난 나의 심정으로 알맞은 것을 고르십시오.

　① 처량하다　　　　　　　　② 불쌍하다
　③ 나약하다　　　　　　　　④ 한심하다

24. 이 글의 내용과 같은 것을 고르십시오.

　① 빗물이 들어와 실내 공기가 습하게 되었다.
　② 나는 얼마 전에 간호사를 새로 뽑았다.
　③ 간호사가 퇴근하기 전에 다음 날 쓸 비품을 확인하였다.
　④ 이 병원은 문을 연 지가 얼마 안 되었다.

※ [23~24] 請閱讀下面文章，並回答問題。

　　나는 창가에 서서 잠시 유리창을 두드리는 빗방울을 지켜보았다. 장마가 다가온 한여름의 공기는 매우 습했다. 이윽고 창문이 잘 닫혀 있는지 일일이 다 확인하고 병원 안을 죽 둘러보았다. 진료시간이 끝난 지 1시간이 넘어 병원 안은 절간처럼 조용했다. 나는 퇴근 전에 늘 하던 대로 내일 진료에 쓸 비품들을 하나하나 확인하기 시작했다. <u>그러다 곧 나도 모르게 쯧쯧 혀를 찼다.</u> 간호사가 내일 써야 할 주사기와 약품 등을 제대로 챙겨 놓지 않고 퇴근한 것이다. 아무리 병원 일을 시작한 지 얼마 안 됐다고는 하지만 이건 너무 심하다는 생각이 들었다.

　　我站在窗邊，注視著敲打在玻璃窗上的雨滴。即將到來的雨季，讓盛夏的空氣十分潮濕。過了一會兒，我一一確認窗戶有沒有關好，巡視了醫院內一圈。診療時間已經結束超過1小時，醫院像寺院一般安靜。我在下班前，一如往常開始仔細確認明天看診會用到的備品。<u>但馬上我就不自覺地嘖嘖咂舌起來。</u>護理師沒將明天要用的針筒及藥品準備好就下班，就算才進醫院工作沒多久，但這也太過分了。

---

23. 밑줄 친 부분에 나타난 나의 심정으로 알맞은 것을 고르십시오.

　　請選出符合畫下線部分所呈現出我的心情的選項。

① 처량하다　凄涼　　　　　　　② 불쌍하다　可憐

③ 나약하다　軟弱　　　　　　　④ <u>한심하다　心寒</u>

　　'쯧쯧'은 의성어입니다. 혀를 차는 행위는 '다른 사람의 행동이 마음에 들지 않다'는 의미입니다. 따라서 정답은 ④입니다.

　　「쯧쯧」（嘖嘖）是狀聲詞。咂舌的行為意味著「不滿意人家的行動」。答案是④。

24. 이 글의 내용과 같은 것을 고르십시오.

請選出與文章內容符合的選項。

① 빗물이 들어와 실내 공기가 습하게 되었다. (×)

雨水的進入讓室內的空氣變得潮濕。（窗戶是關著的）

② 나는 얼마 전에 간호사를 새로 뽑았다.

我不久前找了新的護理師。

③ 간호사가 퇴근하기 전에 다음 날 쓸 비품을 확인하였다. (×)

護理師下班前確認了隔天要用的備品。

④ 이 병원은 문을 연 지가 얼마 안 되었다. (×)

這間醫院開幕沒多久。

간호사는 병원 일을 시작한 지 얼마 되지 않은 새내기입니다. 그래서인지 병원일에 서툴러서 비품 정리도 하지 않고 퇴근해 버렸습니다. 따라서 정답은 ②입니다.

護理師是開始在醫院工作不久的菜鳥。可能因為如此，不熟醫院工作，沒有把備品準備好就下班了。答案是②。

題型（七）理解整體內容④ ［題號42～43］

・與〔23～24〕比較起來，句子雖然變長，但題目內容還是一樣。

［42］感情表現

・閱讀文學作品時，要特別注意主角的感情變化、感情表現。
・多熟悉與感情（喜怒哀樂）有關的單字，也要注意主角的感情變化。

［43］理解內容

・應該要掌握寫的是關於什麼內容，也就是說包含什麼樣的內容。
・為了掌握內容，要了解糾葛的內容和其原因。
・與〔23～24〕相比，由於分量將近兩倍，應該先掌握作品的觀點。依不同的觀點，
　內容的進行也會有所變化。

例如：

　　　第1人稱主角的觀點：我就是主角

　　　第1人稱觀察者的觀點：我是觀察者，主角是第3者

　　　第3人稱的觀點：第3者是主角

　　　全知的觀點：作家扮演主角

實戰演練

※ [42~43] 다음 글을 읽고 물음에 답하십시오. (각 2점)

나는 원래부터 공부에 취미가 없었다. 그래서 시험 때만 되면 부모님께 독서실을 가야 한다고 거짓말로 돈을 타내서는 공부는 뒷전이고 담배를 사서 몰래 피우며 시간을 보내곤 했다. 그날도 나는 부모님께는 공부하러 간다고 거짓말로 돈을 받아 독서실을 가는 대신 담배를 피워대고 있었다.

"그 녀석 참 담배 한번 맛깔스레 피우는구먼 그래."

갑작스런 인기척에 나는 순간 몸이 움츠러들었다. 그도 그럴 것이 나는 여느 불량학생들과는 달리 대로변에서 대놓고 담배를 피우지 않고 항상 우리 동네 근처 야산에 올라가 담배를 피웠다. 그곳은 우리 동네 불량학생들의 비행장소로 종종 이용되는 곳이고 어른들은 거들떠도 보지 않는 곳이었다. 그런 우리만의 장소에서 낯선 아저씨의 목소리가 들리니 어찌 놀라지 않을 수 있으랴.

"나도 한대 빌릴 수 있을까?"

담배를 건네주며 산밑의 도로 가로등 불빛에 어슴푸레 비치는 그 불청객의 모습을 난 그제서야 찬찬히 볼 수 있었다. 날카로운 눈매에 짙은 눈썹, 떡 벌어진 어깨, 그러나 왠지 이상한 느낌을 떨쳐 버릴 수 없었을 때 내 눈에 비친 것은 바로 길이가 다른 그의 다리였다. 그는 절름발이였던 것이다.

42. 밑줄 친 부분에 나타난 나의 심정으로 알맞은 것을 고르십시오.

① 당황하다　　　　　　　　② 희한하다

③ 황홀하다　　　　　　　　④ 간절하다

43. 이 글의 내용과 같은 것을 고르십시오.

① 동네 불량학생들은 모두 야산에서 담배를 피운다.

② 나는 부모님께 받은 돈으로 독서실에 가본 적이 없다.

③ 내가 담배를 피울 때마다 아저씨가 나타나 담배를 빌린다.

④ 동네 불량학생들에게 절름발이 아저씨는 언제나 무서운 존재이다.

※ [42~43] 請閱讀下面文章，並回答問題。（各2分）

나는 원래부터 공부에 취미가 없었다. 그래서 시험 때만 되면 부모님께 독서실을 가야 한다고 거짓말로 돈을 타내서는 공부는 뒷전이고 담배를 사서 몰래 피우며 시간을 보내곤 했다. 그날도 나는 부모님께는 공부하러 간다고 거짓말로 돈을 받아 독서실을 가는 대신 담배를 피워대고 있었다.

"그 녀석 참 담배 한번 맛깔스레 피우는구먼 그래."

갑작스런 인기척에 나는 순간 몸이 움츠러들었다. 그도 그럴 것이 나는 여느 불량학생들과는 달리 대로변에서 대놓고 담배를 피우지 않고 항상 우리 동네 근처 야산에 올라가 담배를 피웠다. 그곳은 우리 동네 불량학생들의 비행장소로 종종 이용되는 곳이고 어른들은 거들떠도 보지 않는 곳이었다. 그런 우리만의 장소에서 낯선 아저씨의 목소리가 들리니 어찌 놀라지 않을 수 있으랴.

"나도 한대 빌릴 수 있을까?"

담배를 건네주며 산밑의 도로 가로등 불빛에 어슴푸레 비치는 그 불청객의 모습을 난 그제서야 찬찬히 볼 수 있었다. 날카로운 눈매에 짙은 눈썹, 떡 벌어진 어깨, 그러나 왠지 이상한 느낌을 떨쳐 버릴 수 없었을 때 내 눈에 비친 것은 바로 길이가 다른 그의 다리였다. 그는 절름발이였던 것이다.

我原本就對讀書沒興趣，所以只要到了考試期間就跟父母說謊要去讀書室，拿了錢把讀書丟到一旁，偷買菸抽來打發時間。那天我也是跟父母謊稱要去讀書，拿到錢沒去讀書室而是去抽菸了。

「那小子菸還抽得真開心啊。」

突如其來的人聲，我瞬間縮起了身子。因為我和一般不良學生不同，不在大馬路邊光明正大地抽菸，經常到社區小山坡抽菸。那地方是我們社區不良學生用來胡作非為的場所，是大人們連看都不看的地方。這樣的地方卻聽到陌生人的聲音，我哪能不被嚇到？

「可以借我一支菸嗎？」

遞過菸，在山腳下路上微弱的路燈燈光照射下，我這才仔細地看到那不速之客的長相。銳利的眼神，濃密的眉宇，寬闊的肩膀，但不知為何無法甩開那奇怪的感覺時，映入我眼簾的是他長度不一的腿，是他瘸掉的腿。

42. 밑줄 친 부분에 나타난 나의 심정으로 알맞은 것을 고르십시오.

請選出符合畫下線部分呈現我心情的選項。

① 당황하다 慌張　　② 희한하다 稀奇

③ 황홀하다 恍惚　　④ 간절하다 懇切

　　몸이 움츠러드는 경우는 대부분 의외의 상황에 놀랐을 때입니다. 따라서 정답은 ①입니다.

　　身體畏縮的情形，大部分是因為突然被嚇到。答案是①。

43. 이 글의 내용과 같은 것을 고르십시오.

請選出與這篇文章內容一樣的選項。

① 동네 불량학생들은 모두 야산에서 담배를 피운다. (×)

　社區不良學生全部都在小山坡抽菸。（在大馬路上）

② 나는 부모님께 받은 돈으로 독서실에 가본 적이 없다.

　我沒有用從父母那得到的錢去讀書室過。

③ 내가 담배를 피울 때마다 아저씨가 나타나 담배를 빌린다. (×)

　我每次抽菸的時候大叔都會出現借菸。（第一次見）

④ 동네 불량학생들에게 절름발이 아저씨는 언제나 무서운 존재이다. (×)

　瘸腳的大叔總讓社區的不良學生害怕。

　　나는 공부에 관심이 없어서 부모에게 돈을 받아 독서실에는 가지 않고 동네 근처 야산에 가서 담배를 피우며 시간을 보냅니다. 절름발이 아저씨는 오늘 처음 마주친 사람입니다. 정답은 ②입니다.

　　我對學習沒興趣，拿到父母的錢後不去讀書室，而是去社區附近山坡抽菸打發時間。瘸子叔叔是今天初次遇到的人。答案是②。

題型（七）理解整體內容⑤〔題號46～47〕（綜合性題目）

〔46〕掌握前後文脈絡

- 此題型與〔39～41〕一樣。
- 首先，最重要的是掌握＜範例＞屬於哪一個階段。也就是說，應該先掌握文章是屬於前面、中間還是最後部分。這就是「掌握前後文脈絡」。
- 同樣要注意副詞（語），尤其是接續副詞。從使用哪一種接續副詞，就能判斷＜範例＞的正確的位置。

〔47〕掌握內容

- 此題型與〔11～12〕一樣。
- 題型雖然一樣，但本文分量大約是〔11～12〕題的3倍，因此儘管內容不好理解，最好還是先從頭到尾徹底看過。
- 首先慢慢讀一次本文，之後再看選項，最後再互相對照，試著找出類似的內容或單字。

實戰演練

※ [46~47] 다음을 읽고 물음에 답하십시오. (각 2점)

운전자 또는 승객의 조작 없이 자동차 스스로 운행이 가능한 자동차를 일컫는 '자율주행자동차'는 21세기 자동차 기술 발전의 척도가 되고 있다. (㉠) 자율주행자동차가 상용화되면 교통사고와 보복운전을 줄일 수 있다는 것 외에 장애인이나 고령의 노인들도 큰 어려움 없이 자동차를 이용할 수 있다. (㉡) 자율주행자동차는 정밀 지도와 주변 환경 인식 센서, 외부 네트워크를 통해 연료 소비나 목적지까지의 이동 시간을 최적화할 수 있다. (㉢) 다만 안전문제에 대한 세간의 의혹이 여전히 해결되지 않고 있다. (㉣) 하지만 실제 발생하는 교통사고의 주된 원인 중 운전자의 잘못이 큰 데다 무단횡단 등 보행자의 잘못도 적지 않으므로 안전문제가 꼭 자율주행자동차만의 책임은 아니라고 할 수 있다.

46. 위 글에서 〈보기〉의 글이 들어가기에 가장 알맞은 것을 고르십시오.

〈보기〉

실제 지난 달 미국에서 우버 자율주행차에 의한 보행자 사망으로 안전문제에 대한 의구심이 현실화되었다.

① ㉠　　　　② ㉡　　　　③ ㉢　　　　④ ㉣

47. 위 글의 내용과 같은 것을 고르십시오.
   ① 자율주행자동차의 안전문제는 완전히 해결되었다.
   ② 자율주행자동차가 교통사고와 밀접한 관계가 있는 것은 아니다.
   ③ 운전자가 없으면 자동차가 제대로 움직일 수 없어서 위험하다.
   ④ 운전자 유무에 따라 자율주행자동차의 발전 가능성이 더욱 커진다.

※ [46〜47] 請閱讀下面文章，並回答問題。（各2分）

> 운전자 또는 승객의 조작 없이 자동차 스스로 운행이 가능한 자동차를 일컫는 '자율주행자동차'는 21세기 자동차 기술 발전의 척도가 되고 있다. （ ㉠ ） 자율주행자동차가 상용화되면 교통사고와 보복운전을 줄일 수 있다는 것 외에 장애인이나 고령의 노인들도 큰 어려움 없이 자동차를 이용할 수 있다. （ ㉡ ） 자율주행자동차는 정밀 지도와 주변 환경 인식 센서, 외부 네트워크를 통해 연료 소비나 목적지까지의 이동 시간을 최적화할 수 있다. （ ㉢ ） 다만 안전문제에 대한 세간의 의혹이 여전히 해결되지 않고 있다. (㉣**실제 지난 달 미국에서 우버 자율주행차에 의한 보행자 사망으로 안전문제에 대한 의구심이 현실화되었다.**) 하지만 실제 발생하는 교통사고의 주된 원인 중 운전자의 잘못이 큰 데다 무단횡단 등 보행자의 잘못도 적지 않으므로 안전문제가 꼭 자율주행자동차만의 책임은 아니라고 할 수 있다.

> 　　沒有駕駛人或乘客的操作，能夠自行駕駛的汽車，稱為「無人車」，儼然成為21世紀汽車技術發展的標準。（ ㉠ ）無人車若普遍化，不僅能降低交通事故及煽動駕駛（逼車），身障或高齡者還能輕易地使用汽車。（ ㉡ ）無人車能透過精密地圖和周邊環境識別感應機以及外界網路，將燃料消耗或抵達目的地的移動時間（計算）達到最優化。（ ㉢ ）但是對於（無人車）安全問題的疑慮仍未解決。（㉣上個月在美國，因Uber無人車造成行人死亡的實際案例，確實讓人對安全問題產生疑慮。）不過實際上發生交通事故的主要原因中，比起駕駛人的重大過失，像是隨便穿越馬路行人的過失也不少，因此也可以說安全問題不全是無人車的責任。

46. 위 글에서 <보기>의 글이 들어가기에 가장 알맞은 것을 고르십시오.

請選出上面文章中最適合置入＜範例＞的選項。

―――――〈 보기・範例 〉―――――

실제 지난 달 미국에서 우버 자율주행차에 의한 보행자 사망으로 안전문제에 대한 의구심이 현실화되었다.

上個月在美國，因Uber無人車造成行人死亡的實際案例，確實讓人對安全問題產生疑慮。

① ㉠　　　② ㉡　　　③ ㉢　　　④ ㉣

　<보기>는 ㉣ 앞의 문장 중에서 '안전문제에 대한 세간의 의혹'에 대한 실제 예입니다. 따라서 정답은 ④입니다.

　＜範例＞是㉣前面的句子中關於「社會上對安全問題的疑慮」的實際案例。答案是④。

47. 위 글의 내용과 같은 것을 고르십시오.

請選出與上面文章內容一樣的選項。

① 자율주행자동차의 안전문제는 완전히 해결되었다. （×）

　無人車的安全問題完全解決了。

② 자율주행자동차가 교통사고와 밀접한 관계가 있는 것은 아니다.

　無人車與交通事故並沒有密切的關係。

③ 운전자가 없으면 자동차가 제대로 움직일 수 없어서 위험하다. （×）

　沒有駕駛的話，汽車沒辦法正常移動，所以危險。

④ 운전자 유무에 따라 자율주행자동차의 발전 가능성이 더욱 커진다. （×）

　根據駕駛的有無，無人車的發展可能性更大。（沒有駕駛，無人車的發展才大）

　실제 일어나는 교통사고는 대부분 운전자와 관련이 많기 때문에 자율주행자동차만의 문제는 아닙니다. 따라서 정답은 ②입니다.

　因為實際上發生的交通事故大部分與駕駛人有很大的關聯，不一定是無人車的問題。答案是②。

完全征服 TOPIK II 的作戰策略 2

1.深入學習

- 從25題起，就是高級程度的題目，屬於深入學習。
- 同樣的題型，但程度屬進階的題目，更具體一點分析如下：

（中級：3、4級）　　（高級：5、6級）

〔16～18〕　　→　　〔28～31〕

〔19～24〕　　→　　〔32～34〕

〔23～24〕　　→　　〔42～43〕

〔28～31〕　　→　　〔48～50〕

- 由於是深入學習，因此題型相似，只是難度更高，所以所用的詞彙和文法有所差別，且一個本文有兩個題目，會讓考生花掉更多答題的時間。

2.掌握題型

- 如上所述，因為都是高級題目，所以本文的內容相當難。
- 出題的類型也相當多元：

掌握前後文脈絡的題目：〔28～31〕、〔39～41〕

理解整體內容的題目：〔32～34〕

掌握主題的題目：〔35～38〕

將類型混在一起的複合題：〔42～50〕

因此必須先了解題目要的是什麼樣的答案，才能夠節省答題的時間。

3.拿高分的訣竅

　　閱讀考科答題的另一個關鍵是「時間的安排」。如果以中級為目標，一定要集中於〔1～30〕題，拿到必須的分數；若以高級為目標，一定要在「閱讀」領域拿得到80分以上，絕不能忽略任何一個題目，因此要在簡單的〔1～30〕題快速做答，後面答題的時間才不會過於倉促。那麼，要用什麼樣的方式答題，才不會趕時間呢？

（1）將題目從頭到尾仔細看過一次。

（2）看題目時，若是一眼就能看出答案的題目，不要猶豫，立刻在考卷上用藍筆標示。

（3）不太確定答案的題目，先在考卷上用紅筆標示，然後繼續看下一個題目。

（4）用這個方式將〔1～50〕題全部標記後，再回頭看用紅筆標示的地方，解答該題目。

（5）千萬不要在一個題目上耽誤太多時間，若不太清楚當前的題目，請立即看下一個題目。

（6）在不知道答案的題目上花太多時間也沒用，不如不要留戀，要選正解的機率高的選項。

題型（八）理解被精簡的表現 ［題號25～27］

［25～27］理解被精簡的表現

· 所謂的標題，是濃縮過的內容，可以讓人猜得出整個內容，或者引起好奇心。

· 報紙報導的標題，大部分和社會上所流行的事情或話題有關。

· 平常要多閱讀韓國報紙，練習邊看標題邊猜測其整個內容，對考試會有很大的幫助。

實戰演練

※ [25~27] 다음은 신문 기사의 제목입니다. 가장 잘 설명한 것을 고르십시오. (각 2점)

25.

전국 며칠째 꽁꽁 얼어붙어, 주말께 다소 풀려

---

① 며칠 동안 전국이 많이 추웠다가 주말쯤 조금 따뜻해질 것이다.

② 전국의 길이 모두 얼어서 며칠은 힘들었으나 주말에는 녹을 것이다.

③ 꽁꽁 얼어붙은 날이 며칠뿐이어서 주말에는 크게 걱정하지 않는다.

④ 전국이 며칠째 안 좋은 상황이었으나 주말 정도에 다 해결될 것이다.

題型分析

※ [25~27] 下面是新聞報導的標題。請選出說明最好的選項。（各2分）

25.

전국 며칠째 꽁꽁 얼어붙어, 주말께 다소 풀려 (풀리다 = 따뜻하다)

全國連續多日凍到硬梆梆，約週末稍稍回暖

---

① 며칠 동안 전국이 많이 추웠다가 주말쯤 조금 따뜻해질 것이다.

　連續幾天全國非常寒冷，約週末就會稍微暖和。

② 전국의 길이 모두 얼어서 며칠은 힘들었으나 주말에는 녹을 것이다.

　全國道路都結冰，辛苦幾天後週末就會融化。

③ 꽁꽁 얼어붙은 날이 며칠뿐이어서 주말에는 크게 걱정하지 않는다.

　這樣冷到不行的天氣只有幾天，週末就不需要太過擔心。

④ 전국이 며칠째 안 좋은 상황이었으나 주말 정도에 다 해결될 것이다.

　連續幾天全國狀況不理想，大約週末就會得到解決。

　'꽁꽁'은 의태어입니다. '꽁꽁 얼어붙다'는 물체가 단단히 언 모양입니다. '풀리다'는 추웠던 날씨가 따뜻해진다는 뜻입니다. 따라서 정답은 ①입니다.

　「꽁꽁」（硬）是狀態詞。「꽁꽁 얼어붙다」（凍得硬梆梆）是物體堅固結凍的模樣。「풀리다」（緩解）是「回暖」的意思。答案是①。

題型（九）掌握前後文脈絡，深化學習
［題號28～31］

［28～31］根據因果關係掌握文章脈絡

· 這道題目是可以說是〔16～18〕題的深入學習。

· 介紹的訊息都是常見且常識性的內容。

· 為了挑選適合填入（　　）裡的句子，需要邏輯性的思考。也就是需要察看前後文的脈絡，仔細斟酌句子的因果關係。

· 〔28～29〕的（　　）大多在前面。這時候，正確答案出現在其後的句子裡的可能性很高。

· 〔30～31〕的（　　）大多在後面，相當於結論，所以正確答案出現在其前面的句子裡的可能性很高。

實戰演練

※ [28~31] 다음을 읽고 (　)에 들어갈 내용으로 가장 알맞은 것을 고르십시오. (각 2점)

28.

　연말이 되면 거리에 구세군 자선냄비가 등장한다. 그런데 최근 불법 자선냄비로 모금행위를 하는 사례가 발견되었다. 구세군 자선냄비와 가짜 자선냄비는 외형으로 쉽게 구분할 수 있는데, 모양과 색깔도 다르고, 무엇보다 냄비 위쪽에는 '구세군 자선냄비 본부'라는 검인이 찍힌 확인증이 붙어 있다. 게다가 구세군 자선냄비는 활동 기간이 정해져 있다. 대개 12월 1일에서 31일까지 거리 모금 활동을 전개한다. (　) 보이는 자선냄비는 가짜라고 할 수 있다.

① 활동 기간 동안에

② 이 기간 이전이나 이후에

③ 연말이 되고 나서

④ 거리에서 모금행위를 할 때

題型分析

※ [28～31] 請閱讀下面文章，並選出最適合填入（　）的選項。（各2分）

28.

　연말이 되면 거리에 구세군 자선냄비가 등장한다. 그런데 최근 불법 자선냄비로 모금행위를 하는 사례가 발견되었다. 구세군 자선냄비와 가짜 자선냄비는 외형으로 쉽게 구분할 수 있는데, 모양과 색깔도 다르고, 무엇보다 냄비 위쪽에는 '구세군 자선냄비 본부'라는 검인이 찍힌 확인증이 붙어 있다. 게다가 구세군 자선냄비는 활동 기간이 정해져 있다. 대개 12월 1일에서 31일까지 거리 모금 활동을 전개한다. (이 기간 이전이나 이후에) 보이는 자선냄비는 가짜라고 할 수 있다.

　到了年底，救世軍慈善鍋就會在街道上登場。但是，最近發現冒用慈善鍋進行非法募款的案例。其實救世軍慈善鍋與假的慈善鍋在外型上能夠輕易分辨，樣子與顏色也不同。首先，鍋子上會有蓋上「救世軍慈善鍋本部」檢驗章的證明。另外，救世軍慈善鍋的活動時間是固定的，大多在12月1日到12月31日於街道上展開募款活動，（在這期間之前或之後）所看到的慈善鍋可能是假的。

① 활동 기간 동안에
  在活動期間
② 이 기간 이전이나 이후에
  在這期間之前或之後
③ 연말이 되고 나서
  到了年底後
④ 거리에서 모금행위를 할 때
  在街道上有募款行為時

   자선냄비의 활동 기간은 대개 12월 1일부터 12월 31일까지로 정해져 있습니다. 따라서 이 기간 이전이나 이후에 활동하는 자선냄비는 가짜인 것입니다. 정답은 ②입니다.

   慈善鍋的活動期間大概是從12月1日到12月31日，因此這期間以前或者以後活動的慈善鍋都是假的。答案是②。

題型（十）理解整體內容，深化學習
［題號32～34］

［32～34］理解整體內容

- 是了解整個內容理解多少的題目，算是〔19～20〕題的深入學習。

- 雖然本文的內容很長，但一個本文只有一個題目，所以如果不懂本文內容就會浪費許多時間。

- 為了節省時間，建議本文和選項同時對照閱讀。也就是說，對照選項裡面的句子是否也出現在本文。然而正確的答案和選項中的句子不完全一樣，兩個地方的單字不會完全相同，因此平常要多看類似的詞彙。例如：

例

本文	本文選項
한정된 공간（有限的空間）	좁은 공간（狹窄的空間）
스트레스를 많이 받게 된다 （受到許多壓力）	스트레스가 증가한다 （壓力增加）

※ [32~34] 다음을 읽고 내용이 같은 것을 고르십시오. (각 2점)

32.

> 서울시에서 운영하는 '따릉이'는 무인 공공자전거 대여 서비스로, 2015년부터 정식 운영을 시작하였다. 따릉이는 전용 웹사이트나 따릉이 앱을 이용해 대여할 수 있다. 따릉이 1년 정기권을 이용하면 환승 마일리지를 적립할 수 있는데, 따릉이 반납 후 30분 이내에 대중교통을 이용하면 환승 마일리지가 적립된다. 버스나 지하철을 이용한 후 30분 이내에 따릉이를 이용할 때에도 물론 적립된다. 적립된 환승 마일리지는 365일 정기권 구입시 결제금액 대신 사용할 수 있다.

① 따릉이를 대여하려면 서울시 사이트에 접속해야 한다.

② 버스나 지하철로 갈아타면 무조건 환승 마일리지가 적립된다.

③ 적립된 환승 마일리지로만 1년 정기권을 살 수 있다.

④ 따릉이를 이용하고 30분 이내에 환승해야 마일리지가 적립된다.

題型分析

※ [32～34] 請閱讀下面文章，並選出與內容相同的選項。（各2分）

32.

> 서울시에서 운영하는 '따릉이'는 무인 공공자전거 대여 서비스로, 2015년부터 정식 운영을 시작하였다. 따릉이는 전용 웹사이트나 따릉이 앱을 이용해 대여할 수 있다. 따릉이 1년 정기권을 이용하면 환승 마일리지를 적립할 수 있는데, 따릉이 반납 후 30분 이내에 대중교통을 이용하면 환승 마일리지가 적립된다. 버스나 지하철을 이용한 후 30분 이내에 따릉이를 이용할 때에도 물론 적립된다. 적립된 환승 마일리지는 365일 정기권 구입시 결제금액 대신 사용할 수 있다.

> 在首爾市運行的「따릉이」（dda-leung-yi）無人公共腳踏車租借服務，從2015年起正式營運。可以在따릉이專用網站或따릉이應用程式租借。若使用따릉이的1年定期票，可累積換乘點數。若在歸還따릉이後30分鐘以內搭乘大眾交通，可累積點數。搭乘公車或地下鐵後30分鐘以內使用따릉이，當然也可以累積。所累積的換乘點數，可在購買365日定期票時使用。

① 따릉이를 대여하려면 서울시 사이트에 접속해야 한다. (×)
　要租借따릉이需要到首爾市網站。（專用網站或APP）

② 버스나 지하철로 갈아타면 무조건 환승 마일리지가 적립된다. (×)
　換乘公車或地下鐵的話，都可以累積換乘里程。（30分以內）

③ 적립된 환승 마일리지로만 1년 정기권을 살 수 있다. (×)
　只有所累積的換乘點數，才可以購買1年定期票。

④ 따릉이를 이용하고 30분 이내에 환승해야 마일리지가 적립된다.
　使用따릉이後，30分鐘以內換乘才可能累積點數。

　'따릉이'는 서울시에서 운영하는 자전거 대여 서비스로, 따릉이를 이용 후 30분 안에 버스나 지하철로 환승하면 마일리지가 적립됩니다. 적립된 마일리지는 정기권을 구매할 때 결제금액으로 사용할 수 있습니다. 따라서 정답은 ④입니다.

　「따릉이」是首爾市政府營運的腳踏車租借服務，使用따릉이後30分鐘內換乘公車或地下鐵時可以累積點數。買定期票時可以拿累積的點數來結帳。答案是④。

題型（十一）掌握主題 [題號35～38]

[35～38] 掌握主題

・屬於讀完文章後要找主題，也就是找到文章中心思想的題目。

・文章的形式大致上分為頭括式和尾括式，頭括式的主題位於前面；尾括式的主題位於後面。

・頭括式是先提到主題，接著補充說明，來支持主題；尾括式是先說明相關的內容，最後再寫主題來收尾。

・還有要注意接續副詞。應該要注意讀轉移話題的「그런데」（不過），前後相反的「그러나」（可是）、「하지만」（但是），結論的「따라서」（因此）、「그러므로」（因此）這些接續副詞。

實戰演練

※ [35~38] 다음 글의 주제로 가장 알맞은 것을 고르십시오.(각 2점)

36.

> 　환율이란 국가 간 통화의 교환 비율을 말하는데, 현재 미국 달러가 세계의 기축통화 역할을 하므로 환율을 나타낼 때는 달러를 기준으로 삼는 것이 일반적이다. 환율이 경제에 미치는 영향이 큰 까닭에 우리나라처럼 수출 주도형 경제구조를 가진 국가는 환율에 민감할 수밖에 없다. 따라서 그간 우리 정부에서는 여러 수단을 동원해 시장에 개입함으로써 고환율 기조를 유지시키는 경우가 적지 않았다. 하지만 이러한 정부 정책은 환율조작국이라는 오명을 쓰는 동시에 시장경제 원칙에 위배되는 행위라고 할 수 있으므로 폐기해야 마땅하다.

① 환율이 경제에 미치는 중요성을 기억하라.

② 우리 정부는 계속 수출 주도형 경제구조를 유지하도록 하라.

③ 정부가 환율 시장에 개입하는 정책을 없애라.

④ 시장경제 원칙에 맞는 고환율 정책을 세워라.

題型分析

※ [35~38] 請選出最符合下面文章主題的選項。（各2分）

36.

> 　환율이란 국가 간 통화의 교환 비율을 말하는데, 현재 미국 달러가 세계의 기축통화 역할을 하므로 환율을 나타낼 때는 달러를 기준으로 삼는 것이 일반적이다. 환율이 경제에 미치는 영향이 큰 까닭에 우리나라처럼 수출 주도형 경제구조를 가진 국가는 환율에 민감할 수밖에 없다. 따라서 그간 우리 정부에서는 여러 수단을 동원해 시장에 개입함으로써 고환율 기조를 유지시키는 경우가 적지 않았다. 하지만 이러한 정부 정책은 환율조작국이라는 오명을 쓰는 동시에 시장경제 원칙에 위배되는 행위라고 할 수 있으므로 폐기해야 마땅하다.

> 　所謂的匯率，是指國家間貨幣交換比率的詞彙。現在美金扮演著世界主要貨幣的角色，出現匯率時普遍以美金做為基準。匯率是影響經濟的大原因，如我國，是以出口做為主要經濟結構的國家，所以對匯率十分敏感。因此，我國政府在這段期間動用了許多方法介入市場，讓匯率長時間維持在高點的情況不少見。但這樣的政府政策卻背上匯率操作國的汙名，應該要摒除這種違反市場經濟原則的行為。

① 환율이 경제에 미치는 중요성을 기억하라. (×)

要記住匯率對經濟影響的重要性。（匯率政策的重要性）

② 우리 정부는 계속 수출 주도형 경제구조를 유지하도록 하라. (×)

我國政府要繼續維持以輸出為主的經濟結構。

③ 정부가 환율 시장에 개입하는 정책을 없애라.

政府要除去介入匯率市場的政策。

④ 시장경제 원칙에 맞는 고환율 정책을 세워라. (×)

要建立符合市場經濟原則的高匯率政策。（應交給市場）

환율은 국가 경제에 미치는 영향이 크므로, 수출 위주의 경제구조를 가진 우리나라에서는 그 동안 환율 시장에 개입하여 고환율을 유지하도록 하였습니다. 이러한 정책은 시장경제 원칙에 위배되므로 해서는 안되는 것입니다. 따라서 정답은 ③입니다.

匯率對國家經濟有很大的影響，因此以出口為主要經濟結構的韓國，長時間介入匯率市場，以維持高匯率。這樣的政策違反市場經濟，是不應該的。答案是③。

題型（十二）掌握前後文脈絡＋邏輯性 ［題號39～41］

［39～41］邏輯性、掌握文章脈絡、因果關係

- 這題要求邏輯性思考，屬於高級程度的題目。

- 為了找出能夠置入＜範例＞的地方，首先應該察看前後文脈絡，找到最適合呈現因果關係的地方。

- 需要注意接續副詞。例如補充前面內容的「또한」（而且），還有在前面內容又附加其他內容的「그리고」（還有）等。

- 還有一個重要的東西，就是表示因果關係的「왜냐하면…-기 때문이다」（因為是～的緣故），或者是「왜냐하면…-(으)ㄴ/는 것이다」（因為是～）這一類有呼應關係的語尾表現。

※ [39~41] 다음 글에서 〈보기〉의 문장이 들어가기에 가장 알맞은 곳을 고르십시오.
　(각 2점)

39.

한국의 〈콩쥐팥쥐〉와 서양의 〈신데렐라〉는 서로 닮은 점이 많은데, 일단 "착한 일은 권장하고 나쁜 일은 나무란다"는 주제가 같다. (㉠) 결말 역시 마음씨 고운 콩쥐가 계모와 팥쥐의 구박에도 불구하고 결국 행복해지고, 신데렐라도 계모와 새 언니의 구박을 받았으나 결국 왕자님을 만나 행복하게 된다. (㉡) 재미있는 사실은 유사한 내용의 동화가 세계적으로 존재한다는 것이다. (㉢) 이에 반해 지역적으로 각각의 이야기 속에서 보이는 문화의 차이점을 '특수성'이라고 한다. (㉣) 세계의 문화는 서로 비슷한 '보편성'과, 각기 다른 특성을 보이는 '특수성'을 함께 가지고 있다.

──────── 〈보기〉 ────────
이렇듯 서로 다른 나라에서 비슷하게 발견되는 문화의 모습을 '보편성'이라고 한다.

① ㉠　　　　　　② ㉡　　　　　　③ ㉢　　　　　　④ ㉣

※ [39~41] 請在下面文章中選出最適合填入＜範例＞的選項。（各2分）

39.

한국의 <콩쥐팥쥐>와 서양의 <신데렐라>는 서로 닮은 점이 많은데, 일단 "착한 일은 권장하고 나쁜 일은 나무란다"는 주제가 같다. (㉠) 결말 역시 마음씨 고운 콩쥐가 계모와 팥쥐의 구박에도 불구하고 결국 행복해지고, 신데렐라도 계모와 새 언니의 구박을 받았으나 결국 왕자님을 만나 행복하게 된다. (㉡) 재미있는 사실은 유사한 내용의 동화가 세계적으로 존재한다는 것이다. (㉢**이렇듯 서로 다른 나라에서 비슷하게 발견되는 문화의 모습을 '보편성'이라고 한다.**) 이에 반해 지역적으로 각각의 이야기 속에서 보이는 문화의 차이점을 '특수성'이라고 한다. (㉣) 세계의 문화는 서로 비슷한 '보편성'과, 각기 다른 특성을 보이는 '특수성'을 함께 가지고 있다.

韓國的《土豆紅豆》與西洋的《灰姑娘》彼此有許多相似之處。首先是「勉勵做善事與批判做壞事」的主題相同，（　㉠　）結局同樣的，心地善良的土豆，就算受到繼母與紅豆的欺負，終究變得幸福，而灰姑娘也是受盡繼母與新姊姊折磨，最後遇到王子而變得幸福。（　㉡　）有趣的是，世界各地都有內容相似的童話。（㉢像這樣在不同國家卻發現相似文化面貌，稱為「普遍性」。）與此相反，以地區而言，能在每個故事當中都看到文化的差異點，這就所謂的「特殊性」。（　㉣　）也就是世界文化都擁有彼此相似的「普遍性」和各自不同的「特殊性」。

〈보기・範例〉

이렇듯 서로 다른 나라에서 비슷하게 발견되는 문화의 모습을 '보편성'이라고 한다.

像這樣在不同國家卻發現相似文化面貌，稱為「普遍性」。

①㉠　　②㉡　　③㉢　　④㉣

<보기>에서 주의해 할 단어는 지시어입니다. '이렇듯'은 "앞 부분에 나왔던 내용과 마찬가지로"의 뜻이므로 앞 문장에서 <보기> 중에 나온 '비슷하게'와 관련된 단어를 찾으면 됩니다. 바로 ㉢ 앞에 '유사한'이란 단어가 나옵니다. 그리고 ㉢ 뒷 문장은 '이에 반해'로 시작하는데, 이는 앞의 내용과 상반된 내용이라는 뜻이므로 <보기>와 순서가 맞지 않습니다. 정답은 ③입니다.

<範例>中要注意的單字是指示語，「이렇듯」（像這樣）是「跟前面出現的內容一樣」的意思，因此在前面的文章中，應該找出與<範例>當中和「비슷하게」（相似的）有關的句子，也就是㉢前有出現「유사한」（類似的）的句子。還有㉢的後面，開頭是「이에 반해」（與此相反）的句子，這個詞彙的意思是「跟前面的內容相反」，順序上與<範例>不符。答案是③。

題型（十三）掌握主題＋掌握內容①
［題號44～45］（綜合性題目）

〔44～50〕題的共同點，是皆為複合式，也就是將前面出現過的題型組合起來，變成複合性的題型。

［44］掌握主題

・這一題與〔35～38〕是一樣的題目。
・應該先掌握主題是位於前面的頭括式，還是位於最後的尾括式。

［45］掌握前後文脈絡

・這一題與〔16～18〕是一樣的題目。
・不管怎麼樣，正確答案就在文章裡面。對照本文和選項，就可以找到適當的答案。

實戰演練

※ [44~45] 다음을 읽고 물음에 답하십시오. (각 2점)

나치 독일의 만행과 홀로코스트를 대표하는 상징물인 아우슈비츠는 유네스코 세계문화유산에 등재되어 다시는 되풀이되지 말아야 할 역사적 교훈을 되새기고 있다. 원래 폴란드군의 병영이었던 이 수용소는 전체 28동으로 되어 있었는데, 지금은 박물관과 전시관으로 꾸며져 있다. 1941년 9월, 소련군 포로와 유대인 수용자들이 처음으로 독가스실에서 학살당한 이래 한 번에 약 2,000여 명의 수용자가 죽음을 당했는데, 대부분의 피해자들은 노동력이 없는 노인과 여성, 그리고 어린이들이었다. 나치는 수용자들에게 샤워를 시켜주겠다며 옷을 벗게 한 후 샤워실 모양으로 위장한 독가스실로 들여보내 죽여버렸다. 학살 피해자들의 시체는 시체 소각로에서 대량으로 불태워졌는데 하루에 약 1,500구에서 2,000구까지의 시체가 소각되었다. 이러한 나치의 만행은 가해자인 독일의 현재 역사교과서에 자세히 서술되어 불행한 역사를 반성하고 (   ) 이바지하고 있다.

44. 이 글의 주제로 알맞은 것을 고르십시오.

① 아우슈비츠는 독일의 역사교과서에만 서술되어 있다.

② 나치 독일은 사람들을 학살하기 위해 아우슈비츠를 새로 지었다.

③ 아우슈비츠는 전쟁에서 죽은 사람들을 기념하는 장소이다.

④ 인류는 아우슈비츠를 통해 전쟁의 잔인함을 배울 수 있다.

45. (   )에 들어갈 내용으로 가장 알맞은 것을 고르십시오.

① 평화의 중요성을 일깨워 주는 데에

② 아우슈비츠를 홍보하는 데에

③ 유네스코 세계문화유산을 알리는 데에

④ 희생자들을 기록하는 데에

※ [44～45] 請閱讀下面文章，並回答問題。（各2分）

　　나치 독일의 만행과 홀로코스트를 대표하는 상징물인 아우슈비츠는 유네스코 세계문화유산에 등재되어 다시는 되풀이되지 말아야 할 역사적 교훈을 되새기고 있다. 원래 폴란드군의 병영이었던 이 수용소는 전체 28동으로 되어 있었는데, 지금은 박물관과 전시관으로 꾸며져 있다. 1941년 9월, 소련군 포로와 유대인 수용자들이 처음으로 독가스실에서 학살당한 이래 한 번에 약 2,000여 명의 수용자가 죽음을 당했는데, 대부분의 피해자들은 노동력이 없는 노인과 여성, 그리고 어린이들이었다. 나치는 수용자들에게 샤워를 시켜주겠다며 옷을 벗게 한 후 샤워실 모양으로 위장한 독가스실로 들여보내 죽여버렸다. 학살 피해자들의 시체는 시체 소각로에서 대량으로 불태워졌는데 하루에 약 1,500구에서 2,000구까지의 시체가 소각되었다. 이러한 나치의 만행은 가해자인 독일의 현재 역사교과서에 자세히 서술되어 불행한 역사를 반성하고 (평화의 중요성을 일깨워 주는 데에) 이바지하고 있다.

　　奧許維茲（Auschwitz）是代表德國納粹暴行與猶太人大屠殺（Holocaust）的象徵物，被聯合國教科文組織（UNESCO）登記為世界遺產，成為警醒世人不要再犯的歷史教訓。原本是波蘭軍營的這個收容所，全部共有28棟，現在是博物館與展示館。1941年9月，自從蘇聯軍俘虜與猶太人收容者第一次進入毒氣室遭受虐殺之後，每次約有2,000名收容者遭到殺害。大部分被害的收容者都是沒有勞動力的老人或女性，還有幼童。納粹以要讓收容者們沖澡為說詞，讓他們脫去衣物後，進入偽裝成淋浴間模樣的毒氣室殺害他們。被虐殺的收容者的屍體，在屍體焚化爐中被大量燒毀，一天約有1,500具到2,000具的屍體被燒掉。身為加害者的德國，將納粹這般暴行的歷史仔細地敘述在現在的歷史教科書中，反省這不幸的歷史並為（對提醒和平的重要性）做貢獻。

---

44. 이 글의 주제로 알맞은 것을 고르십시오.

　　請選出符合此文章主題的選項。

　　① 아우슈비츠는 독일의 역사교과서에만 서술되어 있다. （×）

　　　奧許維茲只有德國的歷史教科書中有提到。

② 나치 독일은 사람들을 학살하기 위해 아우슈비츠를 새로 지었다. (×)

德國納粹為了虐殺人興建了奧許維茲。（是波蘭軍的軍營）

③ 아우슈비츠는 전쟁에서 죽은 사람들을 기념하는 장소이다. (×)

奧許維茲是紀念戰爭中死去人們的場所。（德國納粹暴行和猶太人大屠殺）

④ 인류는 아우슈비츠를 통해 전쟁의 잔인함을 배울 수 있다.

人類可以透過奧許維茲認識到戰爭的殘忍。

　　아우슈비츠는 2차세계대전 기간 나치의 유대인 학살이라는 전쟁의 잔인함을 기억하기 위한 역사적 교훈의 장소입니다. 따라서 정답은 ④입니다.

　　奧許維茲是為了記住第2次世界大戰期間，納粹虐殺猶太人這戰爭的殘忍，以及記取歷史教訓的場所。答案是④。

45. ( )에 들어갈 내용으로 가장 알맞은 것을 고르십시오.

請選出適合填入（ ）中的選項。

① 평화의 중요성을 일깨워 주는 데에

對提醒和平的重要性

② 아우슈비츠를 홍보하는 데에

對宣傳奧許維茲

③ 유네스코 세계문화유산을 알리는 데에

對告知聯合國教科文組織世界文化遺產

④ 희생자들을 기록하는 데에

對紀錄犧牲者們

　　아우슈비츠는 우리 인류에게 나치의 만행을 되새기고 평화의 중요성을 일깨워 주는 장소입니다. 따라서 정답은 ①입니다.

　　奧許維茲是讓我們人類反覆思索納粹暴行且提醒和平重要性的地方。答案是①。

題型（十三）掌握主題＋掌握內容②
［ 題號48～50 ］（綜合性題目）

［ 48 ］寫文章的目的

- 這題是新的題型。

- 寫文章的目的就是筆者的意圖是什麼。

- 大部分題目會在前面提出問題，順著該問題，會在後半部展開作者的看法。因此要注意看表示結論的副詞「그러므로」（如此一來）、「따라서」（因此），而敘述語的部分，要注意「-(으)ㄹ 필요가 있다」（需要～）、「-아/어/여야 한다」（應該要～）、「되어야 한다」（要～）這一類的意志表現。

［ 49 ］掌握前後文脈絡

- 這題與〔16～18〕是一樣的題目。

- 要察看前後的因果關係，找出適合的答案。（　　）在前面的話，正確的答案就在前面的句子裡。

［ 50 ］對於核心內容筆者的態度（想法）

- 這題是新的題型。

- 所謂態度，大致可分為正面還是負面。

- 表現出正面態度的文章，會使用正面的詞彙；而表現負面態度的文章，則使用負面的詞彙。例如：

例

正面的表現	負面的表現
시의적절하다（符合時宜）	不行～（-아/이/어서는 안 될 것이다）
고무적이다（鼓舞人心的）	（어떤 문제가）끊임없이 발생한다 （一直不斷發生（某種問題））

實戰演練

※ [48~50] 다음을 읽고 물음에 답하십시오. (각 2점)

'김영란법'이라 불리는 청탁금지법, 즉 부정청탁 및 금품 등 수수의 금지에 관한 법률은 부정부패를 방지하기 위해 만들어진 법률이다. 공무원이나 공공기관 임직원, 언론인, 국공사립학교 임직원, 유치원 교사가 예를 들어 식사대접 3만원, 선물 5만원, 경조사비 10만원 이상을 받으면 직무 관련성이 없다 하더라도 처벌하는 것을 골자로 하고 있다. 이 법이 제정된 이후 각종 신문이나 뉴스에서는 김영란법으로 인해 경제가 위축될 수 있다고 우려했으나 달리 생각하면 그만큼 우리 사회에 뒷돈, 뇌물, 각종 향응과 같은 불법적인 요소들이 만연하고 있다는 증거가 되는 셈이어서 그런 반대여론이 오히려 김영란법의 필요성을 강화시켜주는 역효과를 가져오게 되었다. 김영란법은 부정청탁행위를 14가지로 명확하게 정했다. 이렇게 (　　) 이유는 죄형법정주의와 명확성의 원칙 때문이다. 죄가 아무리 밉더라도 법률에 정해진 바에 의해서만 처벌이 가능하므로 그 한도를 분명하게 해 놓은 것이다.

48. 위 글을 쓴 목적으로 알맞은 것을 고르십시오.
　① 청탁금지법을 어기면 어떤 처벌을 받는지 경고하려고
　② 법을 제정하고 실행하는 일의 과정을 설명하려고
　③ 부정한 돈이 없어지는 공정 사회의 중요성을 제기하려고
　④ 매스컴에서 우려하는 부정적 요인을 소개하려고

49. (　　)에 들어갈 내용으로 알맞은 것을 고르십시오.
　① 자세히 이 법을 알려주는　　　　　② 부정청탁행위를 자세히 정한
　③ 어려운 법률이 제정된　　　　　　④ 처벌이 엄하게 된

50. 밑줄 친 부분에 나타난 필자의 태도로 알맞은 것을 고르십시오.
　① 김영란법이 필요하다는 대중의 의견을 확인하고 있다.
　② 김영란법을 반대하는 여론이 강화될까 봐 경계하고 있다.
　③ 김영란법 때문에 발생하게 될 여러 문제점을 고민하고 있다.
　④ 김영란법 제정 후 생길 수 있는 부정적 효과를 인정하고 있다.

※ [48～50] 請閱讀下面文章，並回答問題。（各2分）

　　'김영란법'이라 불리는 청탁금지법, 즉 부정청탁 및 금품 등 수수의 금지에 관한 법률은 부정부패를 방지하기 위해 만들어진 법률이다. 공무원이나 공공기관 임직원, 언론인, 국공사립학교 임직원, 유치원 교사가 예를 들어 식사대접 3만원, 선물 5만원, 경조사비 10만원 이상을 받으면 직무 관련성이 없다 하더라도 처벌하는 것을 골자로 하고 있다. 이 법이 제정된 이후 각종 신문이나 뉴스에서는 김영란법으로 인해 경제가 위축될 수 있다고 우려했으나 달리 생각하면 그만큼 우리 사회에 뒷돈, 뇌물, 각종 향응과 같은 불법적인 요소들이 만연하고 있다는 증거가 되는 셈이어서 그런 반대여론이 오히려 김영란법의 필요성을 강화시켜주는 역효과를 가져오게 되었다. 김영란법은 부정청탁행위를 14가지로 명확하게 정했다. 이렇게 (**부정청탁행위를 자세히 정한**) 이유는 죄형법정주의와 명확성의 원칙 때문이다. 죄가 아무리 밉더라도 법률에 정해진 바에 의해서만 처벌이 가능하므로 그 한도를 분명하게 해 놓은 것이다.

　　所謂的「金英蘭法」就是禁止不當請託法，也就是禁止不當請託、錢財等收受之相關法律，是為防止腐敗墮落所制定的法律。如公務員或公共機關職員、新聞工作者、國公私立學校職員、幼稚園教師，若收受請客吃飯3萬元，禮物5萬元，禮金10萬元，就算職務上沒有相關，也會被列為懲處關鍵。此法條制定後，各家媒體報導，擔心可能會因為金英蘭法造成經濟萎縮；從另一個角度想，這也是我們社會充斥著賄款、賄賂物、各種宴會等成為不法因素的證據。因此，像那樣的反對輿論，反而帶來強化金英蘭法必要性的效果。金英蘭法明確定義了14種不當請託行為，這樣（**仔細訂定不當請託行為的**）理由，是因為罪行法定主義與明確性的原則。無論有多痛恨犯罪，顯然也只能依靠所制定的法律來懲罰。

48. 위 글을 쓴 목적으로 알맞은 것을 고르십시오.

請選出寫出上面文章目的正確的選項。

① 청탁금지법을 어기면 어떤 처벌을 받는지 경고하려고 (×)

為警告違反禁止請託法會遭受到什麼懲罰

② 법을 제정하고 실행하는 일의 과정을 설명하려고 (×)

為說明法律制定及施行的過程

③ 부정한 돈이 없어지는 공정 사회의 중요성을 제기하려고

為提出滅絕不正當金錢的公正社會的重要性

④ 매스컴에서 우려하는 부정적 요인을 소개하려고 (×)

為介紹在大眾傳播媒體所憂慮的不正當因素

> 김영란법은 쉽게 말해 청탁금지법입니다. 이 법의 취지는 부정한 돈이 없는 공정한 사회를 만드는 것이므로, 필자는 이 법의 중요성을 독자들에게 제기하고자 하는 것입니다. 정답은 ③입니다.
>
> 金英蘭法簡單來說，就是禁止不當請託法。這條法律的主旨是為打造沒有黑金的公正社會，筆者想向讀者提出這條法律的重要性。答案是③。

49. ( )에 들어갈 내용으로 알맞은 것을 고르십시오.

請選出適合填入（ ）中的選項。

① 자세히 이 법을 알려주는

仔細告知這個法律的

② 부정청탁행위를 자세히 정한

仔細訂定不當請託行為的

③ 어려운 법률이 제정된

制定艱難的法律的

④ 처벌이 엄하게 된

變成嚴刑峻法的

'죄형법정주의'나 '명확성의 원칙'은 처벌은 법에 의해서만 가능하다는 뜻입니다. 따라서 모든 범죄 행위를 법에 자세히 정해 놓아야 합니다. 정답은 ②입니다.

「罪行法定主義」和「明確性的原則」意味著可以依據法律處罰。因此法律上必須詳細規定所有的犯罪行為。答案是②。

50. 밑줄 친 부분에 나타난 필자의 태도로 알맞은 것을 고르십시오.

請選出符合畫下線部分筆者態度的選項。

① 김영란법이 필요하다는 대중의 의견을 확인하고 있다.

確認大眾對金英蘭法是必要的意見。

② 김영란법을 반대하는 여론이 강화될까 봐 경계하고 있다. (×)

提防反對金英蘭法的輿論變得強勢。

③ 김영란법 때문에 발생하게 될 여러 문제점을 고민하고 있다. (×)

煩惱因金英蘭法會產生的各種問題點。（依法處罰）

④ 김영란법 제정 후 생길 수 있는 부정적 효과를 인정하고 있다. (×)

承認金英蘭法制定後會產生的負面效果。

김영란법이 제정되기 전에 많은 반대 여론이 있었습니다. 그러나 그러한 반대 여론 때문에 오히려 그 법의 필요성이 더 강조되었습니다. 즉, 이 법에 반대하는 여론이 높을수록 일반 민중의 법 제정 요구는 더욱 더 강해지기 때문입니다. 따라서 정답은 ①입니다.

制定金英蘭法之前有很多反對的輿論，不過卻因為這樣反對的輿論，反而更強調這條法律的必要性。也就是說，反對這條法律的輿論越高，一般民眾對制定法律的要求也越高。答案是①。

第四週

模擬考試＋綜合診斷

◎模擬考試

　　聽力

　　寫作

　　閱讀

◎綜合診斷：TOPIK II 聽力模擬考試完全解析

◎綜合診斷：TOPIK II 寫作模擬考試完全解析

◎綜合診斷：TOPIK II 閱讀模擬考試完全解析

한국어능력시험 (실전 모의고사)

TOPIK II

1교시	듣기, 쓰기 (Listening, Writing)

수험번호(Registration No.)		
이 름 (Name)	한국어(Korea)	
	영 어(English)	

유의사항
Information

1. 시험 시작 지시가 있을 때까지 문제를 풀지 마십시오.

   Do not open the booklet until you are allowed to start.

2. 수험번호와 이름을 정확하게 적어 주십시오.

   Write your name and registration number on the answer sheet.

3. 답안지를 구기거나 훼손하지 마십시오.

   Do not fold the answer sheet; keep it clean.

4. 답안지의 이름, 수험번호 및 정답의 기입은 배부된 펜을 사용하여 주십시오.

   Use the given pen only.

5. 정답은 답안지에 정확하게 표시하여 주십시오.

   Mark your answer accurately and clearly on the answer sheet.

   marking example

6. 문제를 읽을 때에는 소리가 나지 않도록 하십시오.

   Keep quiet while answering the questions.

7. 질문이 있을 때에는 손을 들고 감독관이 올 때까지 기다려 주십시오.

   When you have any questions, please raise your hand.

TOPIK II 듣기(1번 ~ 50번)

※ [1~3] 다음을 듣고 알맞은 그림을 고르십시오. (각 2점) ▶MP3-27

1. ①

②

③

④

2. ① ② ③ ④

3. ①

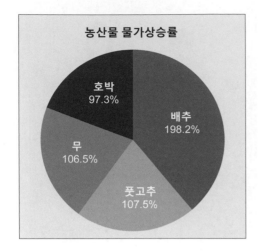

②

② 농산물 물가상승률

③

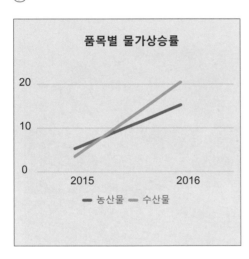

④

※ [4~8] 다음 대화를 잘 듣고 이어질 수 있는 말을 고르십시오. (각 2점)

4. ① 그럼 내일 5시에 만나요. ▶MP3-30
   ② 내일 시간이 있어요?
   ③ 저는 내일 계획이 없어요.
   ④ 야구 경기가 참 재밌네요.

5. ① 아니에요, 다시 쓸게요. ▶MP3-31
   ② 중요한 거라서 꼭 찾아야 돼요.
   ③ 쓰레기통을 꼭 치우세요.
   ④ 청소를 깨끗이 했네요.

6. ① 네, 책 다섯 권 주세요. ▶MP3-32
   ② 네, 제가 빌려 드릴게요.
   ③ 네, 다음에 오겠습니다.
   ④ 네, 여기 회원카드 있어요.

7. ① 정말요? 그럼 빨리 퇴근하세요. ▶MP3-33
   ② 그래요, 그럼 저녁부터 먹고 일하세요.
   ③ 맞아요, 시간이 너무 늦었어요.
   ④ 글쎄요, 아마 꼭 해야 할 일이 있을 거예요.

8. ① 민속촌은 한국사람만 갈 수 있어. ▶MP3-34
   ② 친구하고 같이 체험해야지.
   ③ 금요일에는 수업 때문에 안 돼.
   ④ 그럼 우리도 한번 가보자.

※ [9~12] 다음 대화를 잘 듣고 여자가 이어서 할 행동으로 알맞은 것을 고르십시오.
   (각 2점)

9. ① 의사를 부른다.   ② 보험 회사에 전화한다. ▶MP3-35
    ③ 치료를 한다.   ④ 운전 면허를 신청한다.

10. ① 문으로 들어간다.   ② 표를 산다. ▶MP3-36
    ③ 매표소를 찾는다.   ④ 왼쪽으로 간다.

11. ① 포장을 다시 한다.   ② 상자를 가지고 나간다. ▶MP3-37
    ③ 내용물을 버린다.   ④ 소포 위에 주소를 쓴다.

12. ① 주문을 취소한다.   ② 그냥 계속 기다린다. ▶MP3-38
    ③ 택배기사에게 전화한다.   ④ 다시 주문한다.

※ [13~16] 다음을 듣고 내용과 일치하는 것을 고르십시오. (각 2점)

13. ① 남자는 선물을 주러 왔다. ▶MP3-39
  ② 여자는 출장을 간 사람과 모르는 사이다.
  ③ 남자는 다음 주에 다시 올 것이다.
  ④ 여자는 친구에게 남자의 말을 전해줘야 한다.

14. ① 연휴에는 누구나 여가생활을 즐긴다. ▶MP3-40
  ② 외로운 독거노인은 관리가 필요하다.
  ③ 고령화 시대에는 노년기가 외롭다.
  ④ 독거노인은 모두 우울증을 겪고 있다.

15. ① 기러기는 아프거나 지치면 대열을 이탈한다. ▶MP3-41
  ② 기러기는 항상 두 마리가 서로를 의지하며 난다.
  ③ 대기업과 중소기업이 서로 협력하면 나라의 미래가 밝다.
  ④ 기업이 튼튼하면 동반성장을 할 수가 있다.

16. ① 새 옷에는 화학 약품이 남아 있다. ▶MP3-42
  ② 옷은 병충해가 많은 목화로 만든다.
  ③ 구입한 후 세탁을 하고 입으면 나쁜 습관이다.
  ④ 피부가 민감한 사람은 새 옷을 입어야 한다.

17. ① 지속적인 운동만이 효과가 있다. ▶MP3-43
    ② 운동한 지 열흘밖에 안 돼서 빠져도 괜찮다.
    ③ 운동을 계속 해도 반밖에 효과가 없다.
    ④ 감기에 걸리면 운동을 쉬어야 한다.

18. ① 임산부는 노약자석에 앉으면 안 된다. ▶MP3-44
    ② 노인이 임산부를 폭행한 것은 분노조절장애 때문이다.
    ③ 노인에게는 배려하고 양보하는 따뜻한 마음이 없다.
    ④ 노약자석의 의미는 배려와 양보이다.

19. ① 남이 입던 교복은 입기가 찜찜하다. ▶MP3-45
    ② 깨끗한 교복은 다른 사람에게 물려줘도 된다.
    ③ 가난하면 남이 입던 교복을 입어야 한다.
    ④ 교복 물려주기 행사가 많아지면 돈 걱정이 없어진다.

20. ① 골목 어귀에는 쓰레기를 버려도 된다. ▶MP3-46
    ② 쓰레기 무단투기는 주민들의 삶의 질을 떨어뜨린다.
    ③ 쓰레기는 악취가 나서 버려도 치워가지 않는다.
    ④ 청소하는 분이 쓰레기를 안 치워가서 환경이 더러워졌다.

※ [21~22] 다음을 듣고 물음에 답하십시오. (각 2점) ▶MP3-47

21. 남자의 중심 생각으로 맞는 것을 고르십시오.

　① 재개발을 해서 깨끗한 건물들이 다 사라졌다.

　② 과거와 현재가 공존하는 재개발은 좋지 않다.

　③ 전통적인 한국의 모습을 좋아하는 관광객이 많다.

　④ 예전의 낭만이나 추억이 사라지면 깨끗하게 바뀐다.

22. 들은 내용으로 맞는 것을 고르십시오.

　① 여자는 관광객이 오는 것을 좋아한다.

　② 여자는 지저분한 곳에 살고 있다.

　③ 남자는 깨끗한 환경을 싫어한다.

　④ 남자는 재개발에 불만이 많다.

※ [23~24] 다음을 듣고 물음에 답하십시오. (각 2점) ▶MP3-48

23. 남자가 무엇을 하고 있는지 맞는 것을 고르십시오.

　① 팩스를 보내는 방법을 묻고 있다.

　② 팩스를 받는 방법을 묻고 있다.

　③ 팩스 번호가 몇 번인지 확인하고 있다.

　④ 신청서 쓰는 방법에 대해 문의하고 있다.

24. 들은 내용으로 맞는 것을 고르십시오.

　① 팩스는 여섯 장만 보낼 수 있다.

　② 신청서를 쓰는 것은 무료이다.

　③ 남자는 직원에게 팩스 번호를 물어봤다.

　④ 팩스 비용은 낼 필요가 없다.

25. 남자의 중심 생각으로 맞는 것을 고르십시오.

① 탄수화물을 적게 섭취해도 건강에는 해롭지 않다.

② 다이어트를 하더라도 적당량의 탄수화물 섭취는 필요하다.

③ 체내 탄수화물이 부족하면 체중이 줄어든다.

④ 건강을 지키기 위해서는 다이어트가 필요하다.

26. 들은 내용으로 맞는 것을 고르십시오.

① 남자는 탄수화물이 필요 없다고 말하고 있다.

② 남자는 올바른 식습관을 강조하고 있다.

③ 남자는 비만이 병의 원인임을 설명하고 있다.

④ 남자는 다이어트의 중요성을 얘기하고 있다.

※ [27~28] 다음을 듣고 물음에 답하십시오. (각 2점) ▶MP3-50

27. 여자가 남자에게 말하는 의도를 고르십시오.

① 회사 일이 얼마나 힘든지 알려 주려고

② 외국 영화가 얼마나 재미있는지 가르쳐 주려고

③ 외국어 공부의 중요성을 강조하려고

④ 글로벌 시대가 다가왔음을 일깨워 주려고

28. 들은 내용으로 맞는 것을 고르십시오.

① 언어는 그 나라의 문화와 관계가 있다.

② 외국어는 회사 일에 꼭 필요하다.

③ 여자는 남자와 영화를 보고 싶어한다.

④ 여자는 늘 가이드 없이 여행한다.

※ [29~30] 다음을 듣고 물음에 답하십시오. (각 2점) ▶MP3-51

29. 남자는 누구인지 고르십시오.

　　① 세탁소를 홍보하는 사람

　　② 세탁소를 광고하는 사람

　　③ 세탁소를 찾는 사람

　　④ 세탁소에서 일하는 사람

30. 들은 내용으로 맞는 것을 고르십시오.

　　① 남자는 드라이클리닝을 권하고 있다.

　　② 여자의 집에서는 빨래를 하지 못 한다.

　　③ 여벌이 없는 옷은 빨리 와서 부탁해야 한다.

　　④ 맡긴 옷은 내일 모레까지 다 된다.

※ [31~32] 다음을 듣고 물음에 답하십시오. (각 2점) ▶MP3-52

31. 남자의 생각으로 맞는 것을 고르십시오.

　　① 취미는 나이에 걸맞지 않으면 안 된다.

　　② 취미는 사회적 분위기에 영향을 받는다.

　　③ 취미는 다른 사람과 관계가 없을 때 가치가 있다.

　　④ 취미는 개인적인 취향이므로 존중해주어야 한다.

32. 여자의 태도로 맞는 것을 고르십시오.

　　① 전문적인 지식을 강조하고 있다.

　　② 사회부적응자의 격리를 촉구하고 있다.

　　③ 사회성이 결여된 취미를 비판하고 있다.

　　④ 세대간의 문제를 경계하는 데 대해 염려하고 있다.

33. 무엇에 대한 내용인지 맞는 것을 고르십시오.

　　① 팩션과 소설의 관계

　　② 역사적 사실의 중요성

　　③ 팩션의 정의와 특징

　　④ 역사성과 오락성

34. 들은 내용으로 맞는 것을 고르십시오.

　　① 팩션의 영역이 점차 확대되고 있다.

　　② 팩션은 문학적 상상력이 없다.

　　③ 오락성에 치우친 드라마는 문제가 많다.

　　④ 역사를 재해석하면 팩트가 왜곡된다.

35. 여자는 무엇을 하고 있는지 고르십시오.

　　① 음주운전자가 무슨 짓을 하는지 설명하고 있다.

　　② 혈중알코올농도의 측정 방법을 알려주고 있다.

　　③ 음주운전으로 인한 피해를 예시하고 있다.

　　④ 음주운전은 소중한 생명을 해친다고 경고하고 있다.

36. 들은 내용으로 맞는 것을 고르십시오.

　　① 혈중알코올농도가 0.03%면 운전면허가 정지된다.

　　② 혈중알코올농도가 0.1%면 운전면허가 취소된다.

　　③ 여자는 음주운전을 해서 사람을 해친 적이 있다.

　　④ 여자는 술에 취하면 운전을 하곤 한다.

※ **[37~38] 다음은 교양 프로그램입니다. 잘 듣고 물음에 답하십시오. (각 2점)** ▶MP3-55

37. 남자의 중심 생각으로 맞는 것을 고르십시오.

　　① 무대 위에서는 참가자들의 사연을 표현해야 한다.

　　② 참가자들 각자의 개성이 잘 드러나도록 무대를 만들 계획이다.

　　③ 심사위원들의 엄격한 심사에 초점을 맞추고자 한다.

　　④ 배틀 콘셉트를 통해 경쟁이 없는 경연 방식으로 바꾸겠다.

38. 들은 내용과 일치하는 것을 고르십시오.

　　① 심사위원 숫자가 그전보다 늘었다.

　　② 참가자들은 다양한 사연을 준비해야 한다.

　　③ 이 남자는 새로운 경연 방식에 부정적이다.

　　④ 이 남자는 공정한 경쟁을 하겠다고 다짐하고 있다.

※ **[39~40] 다음은 대담입니다. 잘 듣고 물음에 답하십시오. (각 2점)** ▶MP3-56

39. 이 대담 앞의 내용으로 알맞은 것을 고르십시오.

　　① 지진이 발생한 후 몇 번의 여진이 있었다.

　　② 많은 사람들이 강력한 여진이 발생할까 봐 걱정하고 있다.

　　③ 지진 발생과 관련하여 분석 결과 발표가 있었다.

　　④ 한 달 이상 5.8 규모의 지진이 계속되고 있다.

40. 들은 내용과 일치하는 것을 고르십시오.

　　① 지진이 나고 여진이 발생하는 것은 자연스런 일이다.

　　② 모든 지진은 두 달 이상 지속되기 마련이다.

　　③ 지진의 규모가 크면 클수록 여진은 일어나지 않는다.

　　④ 지진이 한번 발생하면 횟수와 규모가 점점 커진다.

※ [41~42] 다음은 강연입니다. 잘 듣고 물음에 답하십시오. (각 2점) ▶MP3-57

41. 여자의 중심 생각으로 맞는 것을 고르십시오.

　① 설계는 자연 환경과 조화를 고려해야 한다.

　② 설계는 자연 환경을 있는 그대로 이용해야 한다.

　③ 설계를 할 때 사용할 재료는 많으면 많을수록 좋다.

　④ 설계할 집은 천혜의 자연 환경을 가진 곳이어야 한다.

42. 들은 내용과 일치하는 것을 고르십시오.

　① 필요한 재료가 많을수록 좋은 집이 지어진다.

　② 'ㄱ'자형 배치는 조망권과 관련이 있다.

　③ 제주도의 집은 모두 자연 환경과 조화롭게 설계되었다.

　④ 자연 환경과 어울리는 집은 색깔이 없어야 한다.

※ [43~44] 다음은 다큐멘터리입니다. 잘 듣고 물음에 답하십시오. (각 2점) ▶MP3-58

43. 이 이야기의 중심 내용으로 맞는 것을 고르십시오.

　① 홍수는 문명 발생의 필수조건이다.

　② 신석기 시대에 이미 고대 도시 문명이 형성되었다.

　③ 모든 도시가 한데 뭉쳐 하나의 통일 국가를 만들어냈다.

　④ 농업 혁명을 통해 문명 발생이 가능하게 되었다.

44. 큰 강 주변에서 4대 문명이 발생한 이유로 맞는 것을 고르십시오.

　① 다른 곳보다 홍수가 많이 났기 때문에

　② 모든 사람들이 농업에 종사했기 때문에

　③ 생산의 증가로 인구가 늘어나 도시가 형성되었기 때문에

　④ 문명 발달에 필요한 문자를 사용했기 때문에

※ [45~46] 다음은 강연입니다. 잘 듣고 물음에 답하십시오. (각 2점) ▶MP3-59

45. 들은 내용과 일치하는 것을 고르십시오.

　① 이 법은 서비스 산업과 관련된 것이다.

　② 이 법을 제정하기 위해서는 노인들이 앞장서야 한다.

　③ 이 법은 국민들의 노후 준비를 위해 마련되었다.

　④ 이 법은 사회적 논의를 거친 후에야 고려해 볼 수 있다.

46. 여자의 태도로 가장 알맞은 것을 고르십시오.

　① 노인만을 위한 법 제정을 강력히 촉구하고 있다.

　② 노후준비를 위한 법률이 없음을 걱정하고 있다.

　③ 다음 법률안에 추가해야 할 내용을 소개하고 있다.

　④ 이 법이 추구하는 바에 대해 상세하게 설명하고 있다.

※ [47~48] 다음은 대담입니다. 잘 듣고 물음에 답하십시오. (각 2점) ▶MP3-60

47. 들은 내용과 일치하는 것을 고르십시오.

　① 이 책이 세계에서 최고 베스트셀러가 됐다.

　② 기대보다는 책의 판매가 훨씬 좋았다.

　③ 지구의 미래를 위해 유언장을 썼다.

　④ 우리가 사는 세계는 결국 다 망가지게 될 것이다.

48. 남자의 태도로 가장 알맞은 것을 고르십시오.

　① 지구의 지속가능성을 극단적으로 예측하고 있다.

　② 지구의 지속가능성에 대해 분석하고 있다.

　③ 책을 더 많이 팔아 연구가 계속되기를 기대하고 있다.

　④ 지구의 미래에 대해 걱정을 하고 있다.

49. 들은 내용과 일치하는 것을 고르십시오.

    ① 내가 나를 아는 것만큼 중요한 것은 없다.

    ② 나 자신만의 행복을 추구하는 것이 중요하다.

    ③ 가진 것을 알아야 자기 스스로를 알 수 있다.

    ④ 행복의 출발은 내가 무엇을 원하는지 아는 것이다.

50. 여자가 말하는 방식으로 가장 알맞은 것을 고르십시오.

    ① 모든 것의 출발이 행복임을 증명하고 있다.

    ② 다른 사람의 예를 들어 결론을 유도하고 있다.

    ③ 행복을 얻기 위해 자기 성찰이 필요함을 설득하고 있다.

    ④ 살아가면서 생길 수 있는 일에 대해 분석하고 있다.

➡答案見P363
➡解析見P239

TOPIKⅡ 쓰기(51번 ~ 54번)

※ [51~52] 다음을 읽고 ㉠과 ㉡에 들어갈 말을 각각 한 문장으로 쓰십시오. (각 10점)

51.

공고
그동안 직원과 상사간의 불통이 많이 지적되어 왔습니다. 따라서 우리 회사의 발전과 직원간 화합을 위해 사원 여러분의 (㉠). 모집 내용은 각 부서 내에서 직원과 상사간의 (㉡) 방안입니다. 좋은 의견 부탁 드립니다.

주관식 답안은 정해진 답란을 벗어나거나 답란을 바꿔서 쓸 경우 점수를 받을 수 없습니다. (Answers written outside the box or in the wrong box will not be graded.)		
51	㉠	
	㉡	

52.

낮잠의 효용성
오후에 피곤함을 호소하는 사람들이 많다. 이런 사람들은 (㉠) 낮잠을 피한다고 말한다. 그러나 낮잠을 자는 것은 밤의 숙면을 방해하지 않을 뿐만 아니라 오히려 밤에 더 깊은 잠을 잘 수 있도록 도움을 준다. 또한 낮잠을 자고 나면 기억력이 좋아지는 것은 물론이고 집중력도 높아진다고 한다. 그러므로 낮에 졸음이 온다면 애써 참기보다는 (㉡) 낫다.

주관식 답안은 정해진 답란을 벗어나거나 답란을 바꿔서 쓸 경우 점수를 받을 수 없습니다. (Answers written outside the box or in the wrong box will not be graded.)		
52	㉠	
	㉡	

53. 다음을 참고하여 '연령대 별 독서 특징과 남녀 중 누가 책을 더 많이 읽을까'에 대한 글을 200～300자로 쓰십시오. (30점)

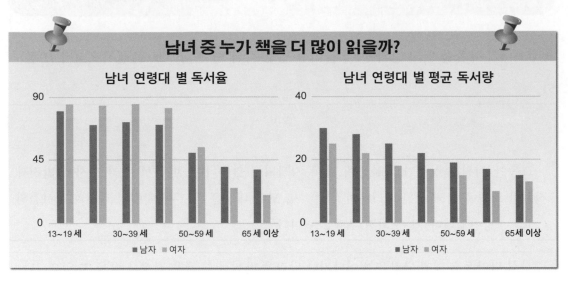

53	아래 빈칸에 200자에서 300자 이내로 작문하십시오 (띄어쓰기 포함).
	(Please write your answer below; your answer must be between 200 and 300 letters including spaces)

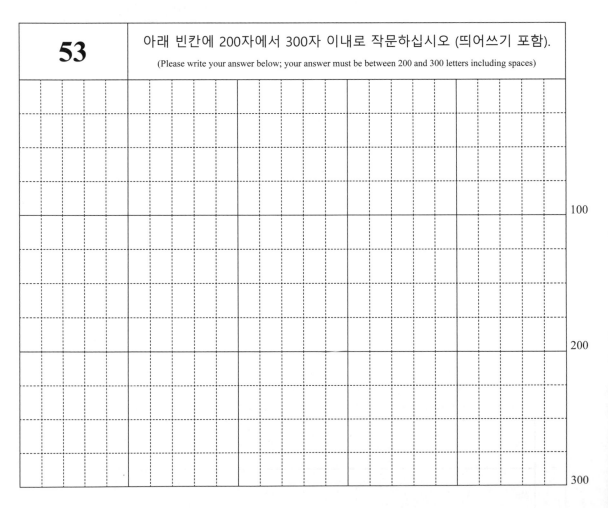

54. 다음을 주제로 하여 자신의 생각을 600~700자로 글을 쓰십시오. 단, 문제를 그대로 옮겨 쓰지 마십시오. (50점)

> 지금 우리 사회는 양극화 문제, 세대간의 갈등, 지역 감정 등의 이유로 서로 갈라져 사사건건 충돌을 하고 있습니다. 이런 위기를 극복하고 더불어 사는 사회를 만들기 위하여 우리는 무엇을 해야 할까요? 아래의 내용을 중심으로 자신의 생각을 쓰십시오.
>
> · 더불어 사는 사회란 무엇입니까?
> · 사회적 약자를 위한 정책의 예를 드십시오.(두 개 이상)
> · 바람직한 사회의 모습을 제시하십시오.

* 원고지 쓰기의 예

	사	람	의		손	에	는		눈	에		보	이	지		않	는		세
균	이		많	다	.	그	래	서		병	을		예	방	하	기		위	해

> 제1교시 듣기, 쓰기 시험이 끝났습니다. 제2교시는 읽기 시험입니다.

아래 빈칸에 600자에서 700자 이내로 작문하십시오 (띄어쓰기 포함).

(Please write your answer below; your answer must be between 600 and 700 letters including spaces)

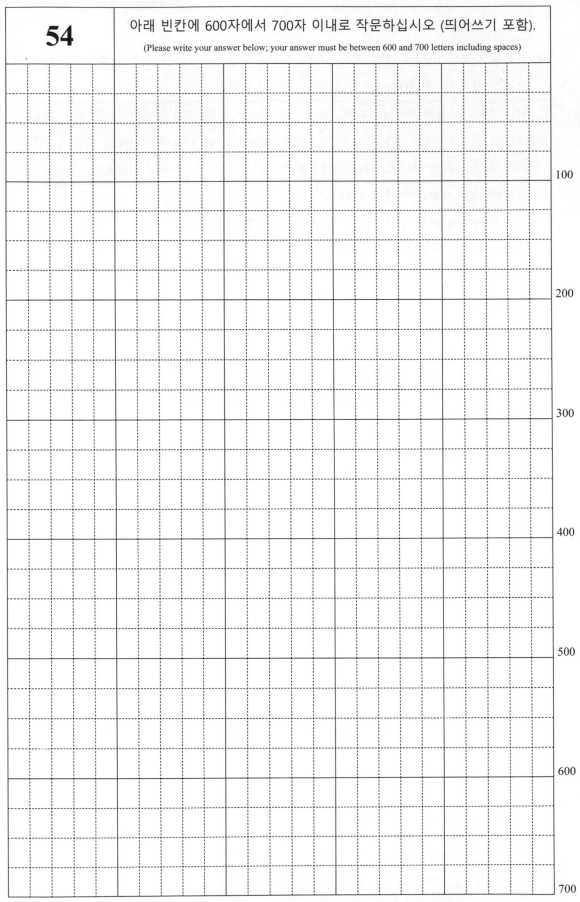

100

200

300

400

500

600

700

➡解析見P289

한국어능력시험 (실전 모의고사)

TOPIK II

2교시	읽기 (Reading)

수험번호(Registration No.)	
이 름 (Name)	한국어(Korea)	
	영 어(English)	

第一週 聽力

第二週 寫作

第三週 閱讀

第四週 模擬考試＋綜合診斷

유 의 사 항
Information

1. 시험 시작 지시가 있을 때까지 문제를 풀지 마십시오.

    Do not open the booklet until you are allowed to start.

2. 수험번호와 이름을 정확하게 적어 주십시오.

    Write your name and registration number on the answer sheet.

3. 답안지를 구기거나 훼손하지 마십시오.

    Do not fold the answer sheet; keep it clean.

4. 답안지의 이름, 수험번호 및 정답의 기입은 배부된 펜을 사용하여 주십시오.

    Use the given pen only.

5. 정답은 답안지에 정확하게 표시하여 주십시오.

    Mark your answer accurately and clearly on the answer sheet.

    marking example

6. 문제를 읽을 때에는 소리가 나지 않도록 하십시오.

    Keep quiet while answering the questions.

7. 질문이 있을 때에는 손을 들고 감독관이 올 때까지 기다려 주십시오.

    When you have any questions, please raise your hand.

※ [1~2] (   )에 들어갈 가장 알맞은 것을 고르십시오. (각 2점)

1. 요즘 너무 피곤해 집에 들어오자마자 침대에 (   ).
    ① 쓰러져 간다   ② 쓰러져 본다
    ③ 쓰러져 버린다   ④ 쓰러져 둔다

2. 내 친구가 나에게 거짓말을 (   ) 생각조차 하지 못 했다.
    ① 할수록   ② 하기에는
    ③ 하리라고는   ④ 하는 편이

※ [3~4] 다음 밑줄 친 부분과 의미가 비슷한 것을 고르십시오. (각 2점)

3. 어제 저녁부터 지금까지 밥은커녕 물도 한 모금 못 마셨다.
    ① 밥은 당연하고   ② 밥은 고사하고
    ③ 밥 대신에   ④ 밥은 사양하고

4. 피곤해서 잠을 좀 잘라치면 자꾸 전화가 와서 방해한다.
    ① 자더니   ② 잘 수 있으면
    ③ 자느라   ④ 자려고 하면

5.

자동차에 앉는 순간, 잊지 마세요!
당신의 생명을 지켜 드립니다.

① 안전띠　　　　② 좌석　　　　③ 장갑　　　　④ 선글라스

6.

자연과 함께 하는
아름다운 여행을 위한 특별한 만남

① 도서관　　　　② 펜션　　　　③ 수영장　　　　④ 학교

7.

젖니가 튼튼해야
영구치도 튼튼!
치아 관리는 영유아 때부터

① 자연 보호　　　　② 구강 검진　　　　③ 수질 관리　　　　④ 건물 수리

8.

· 분말을 컵에 따릅니다.
· 뜨거운 물 150ml를 붓습니다.
· 15초를 저은 후 1분간 기다렸다 드시면 됩니다.

① 식사 순서　　　　② 조작 방식　　　　③ 주의 사항　　　　④ 음용 방법

※ [9~12] 다음 글 또는 도표의 내용과 같은 것을 고르십시오. (각 2점)

9.

> ### 한국대학교 제51회 워크숍 공연
>
> ### 연극 맥베스
>
> 기간 : 2016년 11월 28일(월) ~ 12월 3일(토)
>
> 장소 : 한국대학교 예술관 소극장
>
> 시간 : 평일 7시 반
>
> 　　　주말 3시 / 7시
>
> ※사전 예매시 1000원 할인 혜택이 있습니다.
>
> *William Shakespeare*

① 공연에서 연극을 감상할 수 있다.　② 공연은 일주일 동안 진행된다.

③ 공연을 보려면 사전 예매를 해야 한다.　④ 공연은 이번에 처음으로 열린다.

10.

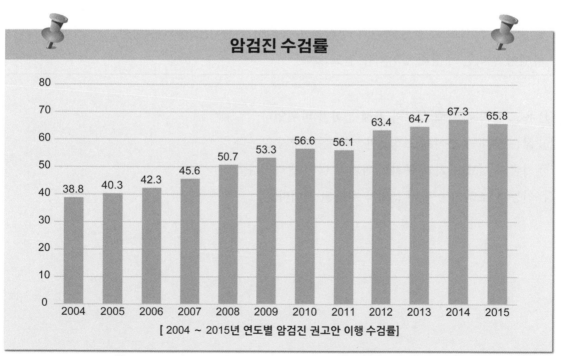

[2004 ~ 2015년 연도별 암검진 권고안 이행 수검률]

① 전체 수검률은 매년 별 차이가 없다.　② 수검률은 2012년보다 2015년이 더 높았다.

③ 2010년을 기준으로 수검률이 계속 높아졌다.　④ 암검진에 대한 관심이 점차 줄어들고 있다.

11.

2016년 9월 12일 대한민국 경상북도 경주시 남서쪽 8km 지역에서 규모 5.8의 지진이 발생했다. 이번 지진은 1978년 대한민국 지진 관측 이래 역대 최고로 강력한 지진이다. 대한민국 내 육상지진으로는 1978년 충청북도 속리산에서 규모 5.2, 충청남도 홍성군에서 규모 5.0의 지진 발생 후 38년 만의 대형 지진이다. 한반도 전체로 보면 1980년 북한 지역인 평안북도 의주-삭주-귀성 지역에서 규모 5.3의 지진 발생 후 36년 만의 대형 지진이다.

① 지진은 이번에 처음 일어난 것이다.
② 지진은 주로 북한 지역에서 발생한다.
③ 지진은 관측을 시작한 지 38년이 되었다.
④ 지진은 경주 지진의 규모가 가장 크다.

12.

추석에는 많은 사람들이 성묘를 다녀오고 조상에게 차례를 지낸다. 이러한 풍습은 유교 문화의 영향으로 오랜 시간 우리가 지켜온 전통이다. 그런데 성묘와 차례가 시대상에 따라 바뀔 조짐을 보이고 있다. 한두 세대가 지나면 전통적인 성묘와 차례 문화는 계속되지 않을지도 모르므로 젊은 세대의 생각을 수용해서 전통과 조화되는 방향으로 장례 문화를 바꿔야 한다는 주장이 설득력을 얻고 있다.

① 유교 문화로 인해 성묘와 차례 문화가 바뀌었다.
② 젊은 세대는 추석에도 성묘와 차례를 지내지 않는다.
③ 지금의 성묘와 차례 문화는 과거와 많이 달라졌다.
④ 전통과 조화되는 장례 문화가 계속될 것이다.

※ [13~15] 다음을 순서대로 맞게 배열한 것을 고르십시오. (각 2점)

13.

(가) 얼굴이나 입 주변을 핥는 행동은 개에게 남아 있는 야생적 습성이다.

(나) 따라서 그 행위를 거절하면 개를 혼란에 빠뜨리게 된다.

(다) 개는 강아지 때부터 사람의 입 주변을 핥으려고 한다.

(라) 이러한 습성은 리더나 가족에 대한 충성과 애정의 행위라고 볼 수 있다.

① (나)-(다)-(가)-(라)　　　　② (나)-(다)-(라)-(가)

③ (다)-(라)-(가)-(나)　　　　④ (다)-(가)-(라)-(나)

14.

(가) 소나무 목재는 단단하고 잘 썩지 않으며 휘거나 갈라지지도 않는다.

(나) 그 이유는 춘양목의 결이 최고로 곱기 때문이다.

(다) 그래서 궁궐이나 사찰을 만드는 데 많이 쓰였다.

(라) 특히 궁궐을 지을 때는 춘양목이 주로 사용되었다.

① (가)-(다)-(라)-(나)　　　　② (가)-(라)-(다)-(나)

③ (다)-(가)-(나)-(라)　　　　④ (다)-(나)-(가)-(라)

15.

(가) 그래서 아무리 위대한 업적을 남겼어도 사후 수여는 하지 않는다.

(나) 노벨상은 살아 있는 사람에게만 주어진다.

(다) 따라서 노벨상이 수여된 후 지금까지 사후 수상자는 세 명에 불과하다.

(라) 단, 수상자로 선정된 후 사망한 경우에는 수상할 수 있다.

① (나)-(가)-(라)-(다)　　　　② (나)-(라)-(가)-(다)

③ (다)-(가)-(라)-(나)　　　　④ (다)-(라)-(나)-(가)

※ [16~18] 다음을 읽고 (   )에 들어갈 내용으로 가장 알맞은 것을 고르십시오. (각 2 점)

16.

사람들은 흔히 눈을 영혼의 창이라고 말한다. 그렇다면 피부는 (   ) 창이라 부를 수 있겠다. 많은 피부 전문가들은 갑자기 얼굴색이 나빠지거나 여드름이 생기는 것은 몸에 이상이 생겼을 때 나타나는 신호라고 한다. 몸 안에서 벌어지는 많은 일들은 겉으로 드러난 피부의 색과 상태에 영향을 준다.

① 사람의 영혼을 드러내는   ② 얼굴색을 표현하는

③ 몸의 건강을 나타내는   ④ 몸 상태에 영향을 주는

17.

생물의 뼈를 비롯한 신체 부위, 혹은 생물의 발자국과 같은 흔적이 돌이 되어 남은 것을 화석이라고 한다. 흔히 뼈가 그대로 남았다고 착각하는 경우가 많은데, 사실 (   ) 돌이다. 뼈의 형태에 광물이 스며들어서 돌로 변질되어 남게 된 것이다. 단단한 뼈가 없더라도 사체 위에 퇴적물이 쌓인 뒤 그 사체가 썩어 부패하면서 퇴적물 사이에 공간을 남긴 것이 화석으로 변하기도 한다.

① 화석은 뼈가 아니라   ② 생물의 뼈가 변한

③ 뼈로 변해서 된   ④ 사체의 퇴적물이 아니라

18.

교통기관이 발달하기 이전에는 말이 육로 교통에서 가장 중요한 역할을 담당하였다. 소를 타고 다니는 것은 풍류적인 멋일 뿐이고, 말은 그야말로 (   ) 교통수단이었다. 특히 중앙과 지방정부 사이에 공문서를 전달하거나 사신과 관원의 왕래, 그리고 물자를 운반할 때 이 모든 것을 신속히 하기 위해서 없어서는 안 될 교통통신 수단이었다.

① 남자다운 멋을 보여주기 위한

② 소보다 더 풍류적인 멋이 있는

③ 목적지에 빨리 가기 위한

④ 다른 교통수단이 없기 때문에 이용한

※ **[19~20] 다음을 읽고 물음에 답하십시오. (각 2점)**

> 최근 우리나라에서도 물에 대한 관심이 날로 높아지고 있다. (　　) 한국의 지형학적 특성상 산악지대가 많아 하천의 길이가 짧고 물이 금방 바다로 흘러 들어가는 까닭에 수자원 관리에 상당한 어려움이 있기 때문이다. 한국의 한 해 총 강수량 1267억m² 가운데 45%(570억m²)는 증발되어 이용할 수 없으며, 또한 총 강수량의 31%(396억m²)는 그대로 바다로 흘러 들어간다. 따라서 우리가 실제 사용하고 있는 물의 양은 나머지 24% 정도이다.

19. (　　)에 들어갈 알맞은 것을 고르십시오.

① 그러나 ② 하지만 ③ 고로 ④ 왜냐하면

20. 이 글의 내용과 같은 것을 고르십시오.

① 일인당 사용할 수 있는 물의 양은 24%다.
② 물이 부족한 이유는 수자원 관리 때문이다.
③ 증발되는 물의 양이 제일 많다.
④ 대부분의 물은 바다로 흘러 들어간다.

영화 〈조스〉에 등장하는 상어는 (   ) 존재이지만, 상어 중에서 사람을 해치는 종류는 10종 내외이고, 실제 사람이 상어에 물려 사망한 사례는 일 년에 5명 내외에 불과하다. 가장 큰 물고기이기도 한 고래상어처럼 플랑크톤을 먹는 순한 상어도 있다. 그러나 삭스핀이나 이빨 채취, 스포츠 낚시 등으로 인간에 의해 포획되거나 사살되는 상어는 일 년에 수천만 마리가 넘는다.

21. (   )에 알맞은 것을 고르십시오.

① 귀에 못이 박히는
② 간담이 서늘해지는
③ 배꼽이 빠지는
④ 친근감을 주는

22. 이 글의 중심 생각을 고르십시오.

① 상어가 인간에게 해를 끼치는 경우가 많다.
② 인간이 상어에게 주는 해가 더 크다.
③ 상어는 위험하므로 모두 죽여 없애야 한다.
④ 일 년에 수천만 마리의 상어가 죽는다.

※ **[23~24] 다음을 읽고 물음에 답하십시오. (각 2점)**

매서운 겨울 바람 사이로 가슴 깊숙이 밀려드는 바다의 모습은 그 동안의 수고를 말끔히 씻어줄 만큼 장관이었다. 밤 바다를 지켜본 사람이면 안다. 어둠과 동화된 검디 검은 한 가지 빛으로 보는 이들을 얼마나 무섭도록 압도하는가를. 우리들은 밤 바다 앞에 서서 바다가 주는 힘에 넋을 잃은 채 먼 수평선을 바라보았다. 세상 만물이 모두 잠에 빠져 있는 겨울의 한 모퉁이에서 오로지 철썩이며 용트림하는 파도와 우리 셋만이 살아 숨쉬는 존재인 양 느껴져 순간 가슴이 벅차왔다. 우리들은 힘겨웠던 지난 1년을 안주 삼아 밤새껏 소주잔을 기울이며 앞으로 닥쳐올 미래를 얘기했다. 소박하지만, 결코 비겁하게 살지 않겠다는 삶에 대한 열정으로 우리들의 밤은 뜨거웠다.

23. 밑줄 부분에 나타난 '나'의 심정으로 알맞은 것을 고르십시오.

    ① 당황스럽다.
    ② 고통스럽다.
    ③ 공포스럽다.
    ④ 감격스럽다.

24. 이 글의 내용과 같은 것을 고르십시오.

    ① 수평선을 바라보며 잠이 들었다.
    ② 우리들은 마주앉아 밤바다의 장관을 얘기했다.
    ③ 겨울이었지만 밤의 날씨는 뜨거웠다.
    ④ 밤에 바라보는 바다는 사람들을 압도한다.

※ [25~27] 다음 신문 기사의 제목을 가장 잘 설명한 것을 고르십시오. (각 2점)

25.

> 얼어 붙은 코스피, 시가 총액 65조 증발

① 투자가 너무 없어서 코스피의 시가 총액이 날아가 버렸다.
② 투자 심리 위축으로 코스피의 시가 총액이 65조 원 줄어들었다.
③ 투자와 관계 없이 코스피의 시가 총액이 그대로 남아 있다.
④ 투자 심리는 위축되었지만 코스피의 시가 총액은 문제가 없다.

26.

> 청문회장에서 흘린 '악어의 눈물', 본인의 법적 책임은 모르쇠

① 청문회장에서 본인의 잘못을 몰라서 눈물을 흘렸다.
② 청문회장에서 본인의 잘못을 부인하면서 흘린 눈물은 거짓이다.
③ 청문회장에서 본인이 흘린 눈물이 무엇 때문인지 모른다.
④ 청문회장에서 본인의 법적 책임을 묻자 눈물이 났다.

27.

> '법보다 주먹'이 통하는 사회, 폭력 사용은 그만

① 법보다 주먹이 통하면 폭력 사용이 없어진다.
② 법하고 주먹을 비교하면 폭력이 더 위험하다.
③ 법보다 폭력이 앞서는 사회가 되면 안 된다.
④ 법이 주먹과 통하므로 폭력을 사용할 수 있다.

※ [28~31] 다음을 읽고 ( )에 들어갈 내용으로 가장 알맞은 것을 고르십시오.
　(각 2점)

28.

> 　보건복지부는 어린이집에 고해상도급 폐쇄회로TV 설치를 의무화하는 영유아보육법 시행규칙 일부 개정령안을 19일부터 시행한다고 밝혔다. 이 시행규칙에 따르면 어린이집은 60일 이상의 저장 용량을 갖춘 폐쇄회로TV를 각 보육실, 공동놀이실, 놀이터 등 ( ) 공간에 설치해야 한다. 자녀의 학대, 안전 사고 등이 의심되면 부모는 어린이집에 열람요청서나 의사소견서를 제출, 폐쇄회로TV 영상 정보 열람을 요청할 수 있다.

① 선생님들이 근무하는
② 부모님이 늘 볼 수 있는
③ 영유아가 주로 생활하는
④ 보건복지부가 관리하는

29.

> 　저염식은 소금, 특히 나트륨의 섭취량을 제한한 식사이다. 나트륨을 많이 섭취하면 고혈압, 위암, 뇌졸중 등 ( ) 확률이 높다. 실제 성인병 환자들이 대부분 음식을 짜게 먹는다. 또한 나트륨 과다 섭취는 갈증을 유발시켜 수분 섭취를 증가시키고 과도한 탄산음료 등을 소비하게 되는 원인이 되기도 한다.

① 성인병에 걸릴
② 암에 걸릴
③ 불치병에 걸릴
④ 비만증에 걸릴

30.

> 인간은 의식주를 통하여 기후와 밀접한 관계를 맺고 있을 뿐만 아니라, 다른 사회적 조건과도 결합되어 체질이나 기질에도 그 영향이 미치고 있다. 특히 의복·모자·신발 등은 기후와 밀접한 관계가 있다. 우리 나라와 같이 겨울철에 몹시 춥고, 여름철에 몹시 무더운 곳에서는 여기에 알맞은 옷을 만들어 입어야 한다. 즉, (   ) 옷보다는 조금 헐렁한 것이 공간적 여유가 있어서 여름철에는 선선하고 겨울철에는 따뜻하다.

① 몸에 꼭 끼는
② 움직이기 편한
③ 기후에 어울리는
④ 체질과 딱 맞는

31.

> 김치는 우리 나라 특유의 채소 가공 식품 중 하나이다. 김치를 담그는 것은 채소를 오래 저장하기 위한 수단이 될 뿐 아니라 저장 중 여러 가지 미생물의 번식으로 유기산과 특유의 향을 만들고 (   ) 방법이 된다. 김치는 각종 무기질과 비타민의 공급원이며, 발효에 의한 젖산균이 장 건강에 도움을 주고, 식욕을 증진시켜 주기도 한다.

① 독특한 맛을 내는
② 저장하기 쉬운
③ 건강에 도움을 주는
④ 발효식품을 만드는

※ [32~34] 다음을 읽고 내용이 같은 것을 고르십시오. (각 2점)

32.

> 　장마는 6월 말부터 7월 말, 오래 가면 8월 초까지의 우기철을 말하는 것으로, 한국의 대표적인 여름 기상 기후이다. 장마로 인해 토양의 과다한 무기염류가 씻겨가거나 가뭄이 해결되어 농사에 도움이 되며, 사실상 1년치 강수량의 대부분인 만큼 물 걱정을 덜게 되고, 습도로 인해 미세먼지와 산불 걱정도 덜게 된다. 그러나 너무 지나치면 강과 바다의 높이가 높아져 홍수가 나게 되며 그로 인한 자연 재해를 유발하게 된다.

① 장마로 인해 생기는 폐해가 너무 많아서 문제이다.
② 장마는 물 문제를 해결해주지만 자연 재해를 일으키기도 한다.
③ 미세먼지와 산불 문제는 장마가 오면 다 사라진다.
④ 장마 기간에는 홍수가 나기 때문에 자연이 파괴된다.

33.

> 　매미의 수컷은 배 안쪽에 특수한 기관이 있어서 소리를 내는데, 매미의 종류별로 발성기관의 구조와 소리가 다르다. 암컷은 발성기관이 없어 소리를 내지 않는다. 수컷 매미의 소리는 거의 종족 번식을 위하여 암컷을 불러들이는 것이 목적이다. 매미는 유충이 7년간 땅속에 있으면서 나무 뿌리의 수액을 먹고 자라다가 지상으로 올라와 성충이 되는 특이한 생태로 유명한데, 무려 7년에 달하는 유충 때의 수명에 비해 성충의 수명은 매우 짧아 한달 남짓밖에 안 된다.

① 매미가 내는 소리는 모두 똑같아 구분이 안 된다.
② 성충 때의 수명이 유충 때의 수명보다 길다.
③ 매미는 지상으로 올라와 있는 동안에 짝짓기를 한다.
④ 성충 때의 매미는 나무 뿌리를 먹고 자란다.

34.

> 중동에서 유럽으로 이동하는 난민들의 규모가 커짐에 따라 단순히 인도주의 차원에서 받아주기에는 버거운 규모가 되었다. 난민 문제는 장기간에 걸친 유럽 경제위기로 외국인 혐오 범죄가 늘어나고, 다문화주의에 대한 반감이 늘어난 상태에서 이슬람 근본주의에 대한 공포와 맞물리며 이제 유럽인들의 가장 큰 고민거리이자 뜨거운 감자가 되었다.

① 난민들에 대한 유럽인들의 반감이 점점 커지고 있다.
② 난민들은 모두 이슬람 근본주의자여서 위험하다.
③ 난민 문제는 유럽의 경제 위기 때문에 더욱 늘어났다.
④ 난민 문제는 인도주의와 관계가 없는 민족 문제이다.

※ [35~38] 다음 글의 주제로 가장 알맞은 것을 고르십시오. (각 2점)

35.

나물은 한국 요리의 하나로, 식물을 데치거나 볶거나 말리거나 찌거나, 혹은 조리 과정을 거치지 않은 날것의 상태로 양념을 하여 무친 음식이다. 먹을 수 있는 식물은 거의 모두 재료로 사용된다. 외국에서는 식용 식물의 대부분은 약초로 사용되는 데 비해 한국은 채집된 식용 식물을 나물이라는 요리를 통해서 널리 사용하고 있다는 점에서 한국만의 독특한 현상이라고 할 수 있다.

① 식물은 다 나물로 만들어 먹을 수 있다.

② 한국에서는 외국과 비교해 먹을 수 있는 식물이 많다.

③ 나물은 한국만의 독특한 식생활 문화이다.

④ 나물로 먹는 것이 약초로 먹는 것보다 낫다.

36.

유엔은 국제연합을 말하는데, 주권국으로 인정되는 거의 대부분의 국가를 아우르는 국제 기구이다. 제2차 세계 대전 종전 이후인 1945년 10월 24일에 출범했다. 기존의 국제연맹은 국제 사회 내 영향력을 잃어 결국 세계대전이 다시 일어나는 것을 막지 못했고, 이에 유엔이 국제법 준수, 국제적 안보 공조, 경제 개발 협력 증진, 인권 개선으로 세계 평화를 유지한다는 목적으로 국제연맹을 대체하게 되었다.

① 유엔은 세계 평화를 유지하기 위해 설립되었다.

② 국제연합은 세계대전을 예방하기 위해 만들어진 기구이다.

③ 국제연맹과 달리 국제연합은 세계 모든 국가가 회원국이다.

④ 유엔이 출범한 이후 세계 평화가 줄곧 유지되고 있다.

37.

> 영국의 유럽연합 탈퇴, 즉 '브렉시트'는 원래 영국의 일부 개인·정당·단체가 추진하던 정치적 목표로 영국을 뜻하는 브리튼과 탈퇴를 뜻하는 엑시트의 합성어이다. 탈퇴를 주장하는 측은 유럽연합에 속해 있으면서 생기는 배당금 부담과 규제, 그리고 이민, 난민 문제 등으로 인한 자국의 손해를 줄이고 탈퇴시 발생할 경제적 이득을 재투자함으로써 영국의 이익이 극대화 될 것이라고 주장하였다. 결국 2016년 6월 열린 국민투표 개표 결과 72.2%의 투표율에 51.9%의 찬성으로 영국의 유럽연합 탈퇴가 결정되었다.

① 영국의 유럽연합 탈퇴는 국민투표에 의해 결정되었다.
② 브렉시트는 영국이 추구하는 정치적 목표이다.
③ 유럽연합에 속해 있는 동안 영국의 이익이 극대화 되었다.
④ 영국의 위기는 모두 유럽연합 때문에 발생한 것이다.

38.

> 깨진 유리창처럼 어쩌면 사소해 보이는 일들을 방치해두면 나중에는 더 큰 결과로 확대되어 나타날 수 있다는 '깨진 유리창 이론'이 있다. 즉, 건물 주인이 건물의 깨진 유리창을 그대로 방치하면, 지나가는 행인들은 관리를 포기한 건물로 판단하고 장난 삼아 나머지 유리창에도 돌을 던져서 모조리 깨뜨리는 행동을 하게 되고, 이러한 건물을 중심으로 범죄가 발생할 확률도 높아진다는 것이다.

① '깨진 유리창 이론'은 범죄에서 느끼는 죄의식에 대한 것이다.
② '깨진 유리창 이론'은 범죄가 발생하는 이유를 설명한 것이다.
③ '깨진 유리창 이론'은 범죄 현장에서 발생한 사고에 대한 것이다.
④ '깨진 유리창 이론'은 범죄 사건의 폭력성을 표현한 것이다.

※ [39~41] **다음 글에서 〈보기〉의 문장이 들어가기에 가장 알맞은 곳을 고르십시오.**
　　(각 2점)

39.

올림픽은 4년마다 각 대륙의 수천 명의 선수들이 모여서 여름과 겨울 두 차례 치르는 국제적인 스포츠 경기 대회이다. (㉠) 의사 결정 기구인 IOC는 올림픽 개최 도시를 선정하며 올림픽 종목도 IOC에서 결정한다. (㉡) 올림픽은 전세계 거의 모든 나라가 참여할 정도로 규모가 크다. (㉢) 게다가 전세계 언론에서 올림픽 경기를 중계하기 때문에 이름 없는 선수가 개인적, 국가적, 세계적으로 명성을 얻을 수 있는 기회가 된다. (㉣) 명예와 함께 금전적인 부도 쌓을 수가 있다.

─────── 〈보기〉 ───────

특히, 금메달 수상자는 그 종목에서 세계 최고 선수라는 명예를 얻는다.

① ㉠　　　　　　② ㉡　　　　　　③ ㉢　　　　　　④ ㉣

40.

가을이 오면 산과 가로수가 오색 단풍으로 물든다. (㉠) 여기에서 말하는 단풍이란 낙엽 직전에 일어나는, 녹색이었던 식물의 잎이 빨간색이나 노란색, 갈색으로 변하는 현상을 말한다. (㉡) 각 색을 나타내는 색소가 많을수록 그 색이 더욱 도드라지는데, 여러 색이 혼합된 경우도 있다. (㉢) 붉은색을 내는 대표적 나무로는 단풍나무가 있고, 노란색을 내는 대표적인 나무는 은행나무가 있다. (㉣)

─────── 〈보기〉 ───────

이런 변화는 여름에서 가을로 접어드는 계절에 따른 날씨 변화로 인해 생긴다.

① ㉠　　　　　　② ㉡　　　　　　③ ㉢　　　　　　④ ㉣

41.

근래 들어 '혼밥', '혼밥족'이라는 신조어가 유행하고 있다. (㉠) 1인 가구가 급속도로 증가하고, 개인적인 사정이나 바쁜 스케줄로 인해 혼자 밥을 먹는 경우가 점차 늘고 있기 때문이다. (㉡) 그동안은 혼자 밥을 먹는 행위가 현대 사회가 필연적으로 가지는 경쟁 구도 안에서 개인간의 유대감이 사라진 까닭이라고 보았다. (㉢) 따라서 이러한 새로운 문화를 부정적으로만 볼 것이 아니라 변화하는 사회에 적응하는 하나의 새로운 문화 현상으로 인정하는 자세가 필요할 것이다. (㉣) 하나의 시각만을 강요하는 사회는 더 이상 건강하지 않기 때문이다.

〈보기〉

그러나 개인주의 성향이 강해지면서 다른 사람을 의식하지 않고 혼자 살 수 있다는 의식 때문이라는 주장도 있다.

① ㉠   ② ㉡   ③ ㉢   ④ ㉣

※ **[42~43] 다음을 읽고 물음에 답하십시오. (각 2점)**

기차 연결 칸으로 나오니 덜컹거림은 더 심하다. 나 말고도 남자 두어 명이 밖이 보이는 출입문 창에 기대 서서 담배를 피우고 있다. 나는 네 곳의 출입문 중 하나에 기대 선다. 어느 누구도 다른 사람에게 눈길을 주지 않는다. 여기 나와 있는 사람들은 다른 사람들에게는 관심이 없고 오직 담배를 피우기 위해서만 존재한다. 나 역시도 <u>담배를 다 피우면 입맛을 쩍쩍 다시거나 늘어지게 하품을 하고는</u> 객실 안으로 들어가 버릴 것이다. 그러나 다시 담배가 생각이 나면 문을 열고 나와 똑 같은 장소에 기대 서서 똑 같은 자세로 똑 같은 담배를 피우다가 똑 같은 자리로 돌아가 앉겠지.

내뿜는 담배 연기는 갈 곳을 모르는 듯 뭉게뭉게 위로 피어 올랐다가 이내 조그만 틈새로 순식간에 빨려 들어간다. 아니, 빨려 나간다. 공중에서 방황하던 담배 연기가 그야말로 조금의 여유도 없이 일제히 몰려 나가는 광경은 정말 신기하다.

기차 여행을 하든 버스 여행을 하든 자기 옆자리가 비어 있을 때면 누구나 기대를 가진다. 누가 내 옆에 앉을까 하고. 물론 그 누군가는 아무나가 아니라 자기 마음에 어느 정도 호감을 가질 만한 상대를 뜻한다. 아무도 앉지 않으면 모를까 영 마음에 들지 않는 사람이 털썩 곁에 앉으면 차라리 혼자 가는 것만 못 하다. 지금껏 쭉 내 옆에 앉아 있던 아주머니는 먼저 역에서 내렸다. 내 옆자리는 지금 비어 있다.

---

42. 밑줄 친 부분에 나타난 나의 심정으로 알맞은 것을 고르십시오.

① 우울하다   ② 피곤하다

③ 짜증난다   ④ 무료하다

43. 이 글의 내용과 같은 것을 고르십시오.

① 내 옆에는 처음부터 끝까지 아무도 앉지 않았다.

② 나는 혼자 기차 여행을 하면서 자주 담배를 피운다.

③ 나는 연결 칸에 서 있던 사람들하고 원래 아는 사이다.

④ 누가 옆자리에 앉든 혼자 가는 여행보다는 낫다.

※ [44~45] 다음을 읽고 물음에 답하십시오. (각 2점)

1950년대까지만 해도 미국을 비롯한 서방자본주의 국가들은 소련을 미국에 대항할 만한 위협적인 존재로 여기지 않았다. 당시 미국은 장거리 미사일 같은 무기체계와 과학기술 전반에 걸쳐서 당연히 자신들이 앞서 있다고 생각하고 있었다. 그런 와중에 1957년 10월 4일 소련은 스푸트니크1호 발사에 성공했다. 이 일은 미국에게 엄청난 충격을 주었다. 소련이 세계 최초로 인공위성을 쏘아 올렸다는 사실 뿐만 아니라 대륙을 넘어설 수 있는 로켓 기술을 소련이 먼저 보유하면서 핵탄두를 장착한 미사일로 선제공격을 가할 수 있다는 사실이 (　　) 것이다. 이것을 '스푸트니크 충격'이라고 하는데, 그 결과 미국은 우주개발이나 군비 확장과 관련한 과학·기술 분야는 물론 교육 분야에서도 다양한 변화를 보이게 된다.

44. 이 글의 주제로 알맞은 것을 고르십시오.

① 스푸트니크 발사에 성공한 소련은 미국의 과학을 앞질렀다.

② 스푸트니크라는 장거리 미사일은 미국을 위협하는 무기가 되었다.

③ 스푸트니크 충격은 인류가 핵무기에 가지는 공포감이다.

④ 스푸트니크 충격은 소련의 과학 발전에 대한 미국의 위기감이다.

45. (　　)에 들어갈 내용으로 가장 알맞은 것을 고르십시오.

① 공포와 위기감을 준

② 우울함과 전율을 준

③ 당당함과 계기를 준

④ 슬픔과 당혹감을 준

※ [46~47] 다음을 읽고 물음에 답하십시오. (각 2점)

　　사람의 수면 시간은 체질이나 건강, 환경 등에 따라 다르지만 대개 하루에 4~10시간은 반드시 자야 다음날 활동할 수 있는 에너지가 생긴다. (㉠) 사람이 꼬박꼬박 잠을 자야 하는 이유가 정확히 밝혀진 바는 없으나 최근 흥미로운 이론이 등장하였다. (㉡) 신생아는 하루의 대부분인 20시간 정도를 잠만 자고, 한 돌이 될 때까지 하루에 평균 14~18시간 동안 잠을 잔다. (㉢) 이후 잠자는 시간은 조금씩 줄어 어른이 되면 평균 7~8시간을 잔다. (㉣) 신생아의 20시간 수면 중 절반 가까이가 렘수면인데, 사람의 경우 렘수면은 막 태어났을 때 가장 길고 5살 정도가 되면 두 시간 정도로 줄어드므로 렘수면을 취하는 이유가 성장 때문이라는 것이다.

46. 다음 문장이 들어가기에 가장 알맞은 곳을 고르십시오.

―――――――――――― 〈보기〉 ――――――――――――

수면 중에는 성장호르몬 분비가 원활하게 이루어져 사람이 성장을 할 수 있게 해준다는 것이다.

① ㉠　　　　　　　② ㉡　　　　　　　③ ㉢　　　　　　　④ ㉣

47. 이 글의 내용과 같은 것을 고르십시오.
　① 사람의 성장 속도는 잠자는 시간과는 관계가 없다.
　② 사람이 잠을 자는 이유가 명확히 밝혀졌다.
　③ 수면 시간이 길면 길수록 렘수면도 같이 길어진다.
　④ 수면이 부족하면 성장에 장애가 생길 수 있다.

인터넷 용어에 '낚시'라는 것이 있다. 이는 그럴듯하게 다른 사람을 속여 특정한 행동을 하게 하는 것을 뜻한다. 이렇게 다른 사람으로 속이거나 속임을 당하는 데는 '낚다', '낚였다'라는 표현을 쓰고, 다른 사람을 속이기 위해 이용한 내용은 '떡밥' 또는 '미끼'라고 부른다. 처음에는 일부 누리꾼들이 장난으로 시작했으나, 최근에는 그저 우스개로 지어낸 사소한 이야기에서부터 사기에 가까울 만큼 치밀한 조작으로까지 점점 범위가 넓어지고 있다. 이들은 충격적이거나 귀가 솔깃해지는 제목으로 위장하여 해당 기사를 읽게 하는 교활한 수법을 사용한다. 예를 들어 "담뱃값 인상", "ㅇㅇㅇ 결혼"과 같이 읽는 사람의 (   ) 제목을 만들어서 내용을 열어보게 하지만, 내용은 그것과 전혀 상관없는 글 혹은 그림이 들어 있는 방식이다. 그러면 해당 기사의 하단에는 "낚였다"는 댓글이 여럿 달리게 된다. 수많은 사람들이 각자 저마다의 장난에 이런 기사를 인용하고, 따라서 이런 기사의 댓글란에는 수많은 다른 제목으로 낚여서 들어온 사람들이 댓글을 남기는데, 어떤 기사로 속아서 들어왔는지를 '어종'이라고 표현하기도 한다.

48. 필자가 이 글을 쓴 목적을 고르십시오.

① 자기가 사기 당한 일을 고발하려고

② 낚시와 관련된 인터넷 용어를 설명하려고

③ 인터넷에서 유행하는 부정적 용어를 소개하려고

④ 인터넷 댓글을 남길 때 주의해야 할 점을 알려주려고

49. (   )에 들어갈 내용으로 알맞은 것을 고르십시오.

① 호기심을 자극하는   ② 공포를 유발하는

③ 지식을 자랑하는   ④ 개인 생활과 관련 있는

50. 밑줄 친 부분에 나타난 필자의 태도로 알맞은 것을 고르십시오.

① 내용상 문제가 있는 기사에 속지 말도록 경계하고 있다.

② 내용과 부합하지 않는 기사는 모두 가짜라고 주의를 주고 있다.

③ 내용과 맞지 않는 제목으로 누리꾼을 속이는 것을 비판하고 있다.

④ 내용이 지나치게 과장되어 제목과 연관성이 없음을 나무라고 있다.

➡答案見P363
➡解析見P295

綜合診斷：TOPIK II 聽力模擬考試完全解析

※ **[1 ~ 3] 다음을 듣고 알맞은 그림을 고르십시오. (각 2점)**
　　請聽下面內容，並選出符合的圖畫。（各2分）

1.

남자 : 상은 다 차렸는데, 밥은 다 됐어요?
여자 : 밥솥에서 김이 빠지고 있으니까 조금만 기다리세요.
남자 : 음, 밥 냄새가 너무 좋네요.
男生：餐桌都擺好了，飯煮好了嗎？
女生：飯鍋裡的熱氣正在散去，請稍等一下。
男生：嗯，飯的味道真香。

> 　'상을 차리다'는 말은 식사할 준비가 다 됐다는 뜻인데, 가장 중요한 밥이 빠진 상황입니다. 여자는 지금 밥솥에서 김이 빠지는 것을 기다리고 있는 중입니다.
>
> 　「擺餐桌」的意思是已經準備好吃飯，但目前的情況是少了最重要的飯。女生在等電鍋裡熱氣散去。答案是④。

2.

| 여자 : 여기는 자전거 전용도로예요. 애완동물 데리고 오시면 안 돼요. |
| 남자 : 그래요? 제가 이곳이 처음이라서요. 죄송합니다. |
| 여자 : 산책을 하시려면 저쪽 공원으로 가세요. |
| 女生：這裡是腳踏車專用道路，不能帶寵物進來。 |
| 男生：這樣啊？我第一次來這裡，很抱歉。 |
| 女生：要散步的話，請到那邊的公園。 |

'자전거 전용도로'는 자전거만 다닐 수 있는 길입니다. 따라서 이 도로에서는 애완동물을 데리고 산책할 수가 없습니다. 애완동물을 데리고 산책할 수 있는 곳은 저쪽에 있는 공원입니다.

「腳踏車專用道路」是只有腳踏車才能通行的路。所以這條路不能帶寵物來散步。可以帶寵物散步的地方是在那邊的公園。答案是③。

3. ① ②

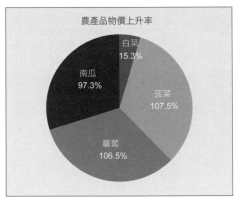

③ ④

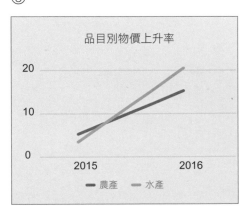
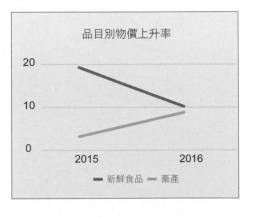

240

남자 : 길고 혹독했던 폭염의 영향으로 가을철 장바구니 물가가 큰 폭으로 올라 김장철을 맞은 가계에 큰 부담이 될 것으로 보입니다. '9월 소비자물가 동향'을 보면, 농산물 등 신선식품 물가는 지난 달보다 20.5%나 뛰어올랐습니다. 품목별로는 농산물이 15.3% 상승하여 가장 많이 올랐습니다. 그 중 배추가 198.2%로 가장 많이 뛰었고, 이어 풋고추(109.1%), 시금치(107.5%), 무(106.5%), 호박(97.3%) 등도 크게 올랐습니다. 축산물과 수산물도 각각 3.8%, 6.8%가 올랐습니다.

男生：受到長時間炎熱高溫的影響，秋季菜價大幅上漲，醃泡菜季節顯然將會成為家計的一大負擔。觀看「9月消費者物價指數」，農產品等新鮮食品物價比起上個月飆漲了20.5%。依產品別，農產品上升15.3%漲幅為最高，其中大白菜以198.2%上漲最多，其次是青辣椒（109.1%）、菠菜（107.5%）、蘿蔔（106.5%）、南瓜（97.3%）等漲幅較高。畜產品及水產品也分別上漲了3.8%、6.8%。

소비자 물가 동향에 대한 통계 자료입니다. 여기서는 몇 가지 중요한 통계 숫자가 제시되어 있습니다. 생산 단위별로 따지면 농산물이 15.3% 올랐습니다. 축산물과 수산물도 각각 3.8%, 6.8%가 올랐습니다. → **농산물이 가장 많이 올랐습니다.** 개별 품목으로는 배추가 198.2% 올랐고, 이어 풋고추(109.1%), 시금치(107.5%), 무(106.5%), 호박(97.3%) 등의 순서입니다. → **배추가 가장 많이 올랐습니다.** 생산 단위별 상승률과 개별 품목의 상승률이 다른 것을 주의 깊게 들어야 합니다.

這是有關消費者物價動向的統計資料，在這裡提出幾個重要的統計數字。關於各個生產類別，農產品漲了15.3%，畜產品和水產品也分別漲了3.8%、6.8%，由此可見農產品的漲幅最大。關於個別的品項，大白菜漲了198.2%，接著依序是青辣椒（109.1%）、菠菜（107.5%）、蘿蔔（106.5%）、南瓜（97.3%）等，因此大白菜的漲幅最大。得注意聽生產單位別的上漲比例，和個別品項的上漲比例不一樣。答案是③。

請仔細聽下面的對話，並選出可以銜接的話。（各2分）

4.

| 여자 : 내일 다른 계획 없으면 같이 야구장에 갈래요? |
| 남자 : 잘 됐네요. 그렇지 않아도 뭘 할까 생각하던 참인데. |
| 여자 : _____ |
| 女生：如果明天沒有其他計畫，要一起去棒球場嗎？ |
| 男生：太好了。正好在想要做什麼好呢。 |
| 女生：_____ |

❶ 그럼 내일 5시에 만나요. 那麼明天5點見。

② 내일 시간이 있어요? 明天有時間嗎？

③ 저는 내일 계획이 없어요. 我明天沒有計畫。

④ 야구 경기가 참 재밌네요. 棒球比賽真有趣。

　　이 문제의 핵심 문장은 바로 남자의 첫 대답입니다. 여기서는 "잘됐네요"로 긍정이므로 서로 약속을 정하는 문장이 정답입니다.

　　這題的關鍵句就是男生的第一個回答。這裡的「잘 됐네요.」（太好了。）是肯定，所以互相約定的句子為正確答案。答案是①。

5.

| 남자 : 여기 책상 위에 전화번호 적힌 쪽지 못 봤어요? |
| 여자 : 쪽지요? 아까 청소할 때 본 것 같은데 쓰레기인 줄 알고 버렸나　봐요. |
| 남자 : _____ |
| 男生：有看到桌上寫著電話號碼的便條紙嗎？ |
| 女生：便條紙嗎？剛才打掃時好像有看到，但以為是垃圾所以丟掉了。 |
| 男生：_____ |

① 아니에요, 다시 쓸게요. 沒有，我再寫一次。

❷ 중요한 거라서 꼭 찾아야 돼요. 因為是重要的東西一定要找到。

③ 쓰레기통을 꼭 치우세요. 請一定要將垃圾桶清乾淨。

④ 청소를 깨끗이 했네요. 打掃得真乾淨。

여자가 "쪽지요?"하고 반문하는 이유는 쪽지가 중요하다고 생각하지 않아서입니다. 그러나 남자가 쪽지를 찾는 이유는 그것이 중요한 것이기 때문입니다.

女生反問了「쪽지요?」（便條紙嗎？）是因為她以為便條紙不重要。不過男生認為便條紙很重要，所以一定要找到。答案是②。

6.

여자 : 이 책 다섯 권 좀 빌리려고요. 남자 : 또 오셨네요. 지난 번에 회원 가입하셨지요? 여자 : ＿＿＿＿＿＿＿＿＿＿＿＿＿
女生：我要借這五本書。 男生：又來了呢。妳上次加入會員了嗎？ 女生：＿＿＿＿＿＿＿＿＿＿＿

① 네, 책 다섯 권 주세요. 是，請給我五本。

② 네, 제가 빌려 드릴게요. 是，我借給你。

③ 네, 다음에 오겠습니다. 是，下次再來。

❹ 네, 여기 회원카드 있어요. 是，我有會員卡。

남자의 말 중에 "또 오셨네요"와 "회원 가입하셨지요?"라고 반문하므로 여자는 이미 회원임을 알 수 있습니다.

男生説「또 오셨네요.」（又來了。），並問「회원 가입하셨지요?」（妳加入會員了嗎？）由此可知女生已經是會員。答案是④。

7.

남자 : 어, 시간이 이렇게 늦었는데 퇴근 안 하세요?
여자 : 오늘까지 꼭 해야 할 일이 있는데 아직 다 못 했거든요. 너무 바빠서 저녁도 못 먹었어요.
남자 : _____
男生 : 喔，時間這麼晚了，還不下班嗎？
女生 : 有些事情今天一定要完成，但還沒做完。太忙了，連晚餐都沒吃。
男生 : _____

① 정말요? 그럼 빨리 퇴근하세요.

真的嗎？那麼快點下班吧。

❷ 그래요? 그럼 저녁부터 먹고 일하세요.

是嗎？那麼先吃晚餐再工作吧。

③ 맞아요, 시간이 너무 늦었어요.

對啊，時間太晚了。

④ 글쎄요, 아마 꼭 해야 할 일이 있을 거예요.

這個嘛，可能還有需要做的事情。

여자가 퇴근을 못 한 이유는 아직 할 일이 남아 있기 때문입니다. 그런데 아직 저녁을 먹지 못했으므로 한편으로는 놀라고, 다른 한편으로는 저녁부터 해결하고 일하라는 남자의 격려가 들어 있는 문장이 정답입니다.

여女生還沒有下班的原因，是因為還有該做的事。不過因為還沒吃晚餐，所以有男生嚇到，還有先解決晚餐再工作的鼓勵的句子才是正確答案。

8.

여자 : 이번 주 금요일에 수업이 없는데 우리 뭐 할까?
남자 : 민속촌 어때? 친구가 그러는데 거기 가면 한국의 전통 문화를 체험할 수 　　　있대.
여자 : ＿＿＿＿＿＿＿＿＿＿＿＿＿＿＿＿.
女生 : 這個星期五沒有課，我們要做什麼呢？
男生 : 去民俗村怎麼樣？朋友說，到那裡可以體驗韓國傳統文化。
女生 : ＿＿＿＿＿＿＿＿＿＿＿＿.

① 민속촌은 한국사람만 갈 수 있어.

　民俗村只有韓國人才能去。

② 친구하고 같이 체험해야지.

　應該要跟朋友一起體驗。

③ 금요일에는 수업 때문에 안 돼.

　因為星期五要上課沒辦法。

❹ 그럼 우리도 한번 가보자.

　那麼我們也去看看吧。

　금요일에 수업이 없는 여자는 "뭐 할까?"라고 남자에게 묻고, 남자는 민속촌을 추천하고 있습니다. 따라서 여자가 남자의 말에 긍정적으로 반응하는 문장이 나와야 합니다.

　因為週五沒有課，所以女生問男生「뭐 할까?」（要做什麼？）。男生推薦了民俗村，所以應該出現女生同意男生說話的句子。答案是④。

請仔細聽下面對話，並選出女生接下來會做出行動的正確選項。（各2分）

9.

여자 : 죄송해요, 어디 다친 데 없으세요?
남자 : 그렇게 갑자기 끼어드시면 어떡합니까?
여자 : 정말 죄송합니다. 면허 딴 지가 얼마 안 돼서 제 운전이 많이 서툴러요.
남자 : 다친 데가 없어서 다행이에요. 앞 범퍼만 약간 긁혔네요.
女生：對不起，請問有沒有受傷的地方？
男生：怎麼可以突然擠進來？
女生：真的很對不起。因為剛拿到駕照沒多久，開車還不太熟悉。
男生：還好沒有受傷。只有保險桿稍微被刮到。

① 의사를 부른다. 叫了醫生。

❷ 보험 회사에 전화한다. 打電話給保險公司。

③ 치료를 한다. 做治療。

④ 운전 면허를 신청한다. 申請駕照。

> 먼저 어떤 상황인지부터 파악해야 합니다. '다치다', '면허', '운전이 서툴다', '범퍼가 긁히다'와 같은 단어, 문장을 보면 지금 교통 사고가 일어났음을 알 수 있습니다. 교통 사고가 나면 가장 먼저 보험 회사에 연락을 해야 합니다.
>
> 先掌握發生了什麼事情。看到「다친 데」（受傷的地方）、「면허」（駕照）、「운전 서툴러요」（開車不熟）、「범퍼 긁혔다」（保險槓被刮到）這一類的單字和句子，就可以知道發生了車禍。一旦發生車禍，如果沒有受傷，通常會先打電話給保險公司。答案是②。

10.

여자 : 죄송한데요, 민속박물관은 어디로 들어가요?
남자 : 저쪽 문으로 들어가서 왼쪽으로 가면 돼요.
여자 : 아, 그래요? 그럼 어디에서 표를 사요? 표를 파는 곳이 안 보이는데요.
남자 : 아, 거기는 무료 입장이에요. 그냥 들어가서 보세요.
女生：不好意思，民俗博物館要往哪裡進去？
男生：從那邊的門進去後，往左邊走就可以了。
女生：喔，這樣嗎？那麼要在哪裡買票呢？沒看到售票口呢。
男生：啊，那裡是免費入場。請直接進去看吧。

❶ 문으로 들어간다. 向門進去。

② 표를 산다. 買票。

③ 매표소를 찾는다. 找售票口。

④ 왼쪽으로 간다. 往左邊去。

> 　　민속박물관에 가는 길을 묻고 있습니다. 그런데 무료 입장이므로 표를 살 필요가 없습니다. 따라서 먼저 문을 통과해야 입장할 수 있습니다.
>
> 　　女生正在問去民俗博物館的路，不過因為是免費進場，所以不用買門票。要先通過正門後才可以進場。答案是①。

11.

남자 : 소포를 부치려고 하는데요.
여자 : 그럼 여기에 자세한 사항을 기입하십시오. 내용물이 뭔지 꼭 쓰세요.
남자 : 여기 있습니다. 이렇게 쓰면 되나요?
여자 : 네, 맞아요. 그런데 상자를 그렇게 포장하시면 내용물이 빠져나올 수도 있어요.

男生：我要寄包裹。
女生：那麼請在這裡填寫詳細內容。一定要寫裡面是什麼東西。
男生：寫好了。這樣寫就可以嗎？
女生：是的，沒錯。不過箱子那樣包裝的話，東西有可能會掉出來。

❶ 포장을 다시 한다. 再包裝一次。

② 상자를 가지고 나간다. 帶箱子出去。

③ 내용물을 버린다. 丟掉內容物。

④ 소포 위에 주소를 쓴다. 在包裹上面寫上地址。

남자는 소포를 부치려고 합니다. 그런데 여자(직원) 말이 상자를 잘 못 포장해서 잘못하면 물건이 빠져나올 수가 있다고 합니다. 그렇다면 당연히 상자 포장을 다시 해야겠습니다.

男生要寄包裹。不過女生（員工）說包裝包得不好，裡面的東西有可能會掉出來，那麼當然再包裝一次才對。答案是①。

12.

남자 : 안녕하십니까? 무엇을 도와드릴까요?
여자 : 일주일 전에 주문한 상품이 아직 도착을 안 해서요.
남자 : 네, 그러십니까? 이번 주에 추석 연휴가 끼어서 배송이 조금 늦어지는 것 같습니다. 양해해 주십시오.
여자 : 그래도 일주일이나 지났는데 너무 한 거 아니에요? 정확한 도착 날짜를 좀 알고 싶은데요.
남자 : 택배 기사 전화번호를 알려드리겠습니다. 죄송합니다.
男生 : 您好？請問需要什麼服務嗎？
女生 : 一個星期前訂購的商品還沒有收到。
男生 : 是的，是這樣嗎？因為這星期剛好有中秋節連假，所以配送可能會稍微延遲。還請您諒解。
女生 : 雖然這樣，但也過了一個星期，會不會太誇張了呢？我想知道確切的收件日期。
男生 : 我將宅配人員的電話給您。真的很抱歉。

① 주문을 취소한다. 取消訂購。

② 그냥 계속 기다린다. 就繼續等待。

❸ 택배 기사에게 전화한다. 打電話給宅配人員。

④ 다시 주문한다. 再次訂購。

> 주문한 상품이 일주일이나 지났는데 아직 도착하지 않아 항의 전화를 했습니다. 그런데 남자(직원) 말이 추석 연휴 때문에 배송이 밀려 늦는다고 합니다. 정확한 도착 날짜를 알기 위해서는 택배 기사에게 연락을 해서 문의를 해야겠습니다.
>
> 訂購的商品已經過了一個星期都還沒到，所以打電話抗議。不過男生（員工）說，因為剛好中秋節連假，所以會比較晚到。為了知道正確的收件日期，要跟宅配人員聯絡後詢問。答案是③。

13.

여자 : 그 집에 무슨 볼 일 있으신 건가요? 남자 : 네, 맞습니다. 이 서류를 직접 전해드려야 되는데 집에 사람이 없는 것 　　　같네요. 여자 : 아, 거기 사는 사람이 제 친군데요. 갑자기 출장을 가게 됐어요. 다음 주에나 　　　돌아올 거예요. 남자 : 그렇습니까? 혹시 연락이 되시면 다음 주 금요일까지 꼭 경찰서로 나와 　　　달라고 전해주십시오.
女生：有什麼事情要找那戶人家嗎？ 男生：是的，沒錯。這份文件應該要直接給他才行，但好像沒有人在家。 女生：啊，住那裡的人是我的朋友。他突然出差去了，可能下星期才會回來。 男生：這樣啊？如果可以聯絡上他，請轉達他，下星期五之前一定到警察局。

① 남자는 선물을 주러 왔다.

　　男生來送禮物了。

② 여자는 출장을 간 사람과 모르는 사이다.

　　女生不認識去出差的人。

③ 남자는 다음 주에 다시 올 것이다.

　　男生下星期會再來。

❹ 여자는 친구에게 남자의 말을 전해줘야 한다.

　　女生應該轉告朋友男生所說的話。

　　여자의 친구 집에 경찰서에서 온 사람이 서류를 전달해 주러 왔습니다. 그러나 여자의 친구는 출장 중입니다. 그래서 경찰은 여자에게 친구가 경찰서에 나와야 한다는 말을 전해달라고 합니다.

　　從警察局來的男生為了轉交文件，所以來到女生的朋友家。不過女生的朋友正在出差中，所以男生請女生轉達，要朋友到警察局。答案是④。

14.

남자 : 가을철 연휴를 맞아 가족·친구들과 여가생활을 즐기는 사람이 증가하고 있지만, 연휴 때일수록 독거노인 등 노년층은 우울증을 더욱 심하게 겪을 수 있으므로 주의가 요구됩니다. 고령화 시대를 맞아 지난해 국내 독거노인 수가 137만8천명으로 추정될 정도로 외로운 노년기를 보내는 사람이 많으므로 더욱 세심한 관리가 필요하겠습니다.
男生：適逢秋季連假，享受與家族、朋友閒暇生活的人正在增加，但越到連假，獨居老人等老年層憂鬱症就越嚴重，因此要多加注意。迎接高齡化社會，去年國內獨居老人人口推測約有137萬8千人，許多人度過孤獨的老年，更需要細心的關懷。

① 연휴에는 누구나 여가생활을 즐긴다.

在連假，每個人都享受休閒生活。

❷ 외로운 독거노인은 관리가 필요하다.

孤單的獨居老人需要關懷。

③ 고령화 시대에는 노년기가 외롭다.

高齡化時代，老年很孤單。

④ 독거노인은 모두 우울증을 겪고 있다.

所有的獨居老人都有憂鬱症。

　　사회 문제를 보도하는 뉴스입니다. 여기서 남자는 독거노인이 증가함에 따른 사회 문제를 말하고 있습니다. '독거'라 함은 혼자 산다는 뜻으로, 혼자 노년을 보내는 노인수가 갈수록 증가하므로 그들을 위한 특별한 관리가 필요하다는 것을 강조하고 있습니다.

　　這是報導社會問題的新聞。在這裡，男生說獨居老人增加帶來的社會問題。「독거」（獨居）是一個人住的意思，單獨度過老年的老人人口越來越多，因此他強調說，需要特別關懷老人。答案是②。

15.

> 여자 : 기러기는 수천킬로미터의 머나먼 길을 옆에서 함께 날개짓을 하는 동료를 의지하며 날아갑니다. 만약 어느 기러기가 아프거나 지쳐서 대열에서 이탈하게 되면 다른 동료 두 마리도 함께 대열에서 이탈해 지친 동료가 원기를 회복해 다시 날 수 있을 때까지 함께 지키다 다같이 무리로 돌아옵니다. 대기업도 중소기업도 서로 협력할 때, 더 튼튼한 기업이 될 수 있습니다. 대기업과 중소기업이 공정하고 균형 있게 동반성장 하는 나라. 우리 대한민국의 미래가 더욱 밝아집니다.
>
> 女生：大雁倚靠著身旁一起振翅飛翔的夥伴們，飛越數千公里遠的路。如果有一隻大雁因為生病或疲倦而脫離行列，會有其他兩個夥伴一起脫離行列，直到疲倦的夥伴恢復，能夠再次飛翔時，一起守護牠，一同歸隊。大企業也好，中小企業也好，互相協助時，才能成為更牢固的企業。若是大企業與中小企業能夠公正和均衡地共同成長，我們大韓民國的未來會更加光明。

① 기러기는 아프거나 지치면 대열을 이탈한다.

大雁生病或疲倦的話會脫離隊伍。

② 기러기는 항상 두 마리가 서로를 의지하며 난다.

大雁經常是兩隻彼此倚靠飛行。

❸ 대기업과 중소기업이 서로 협력하면 나라의 미래가 밝다.

若大企業與中小企業互相協力，國家的未來就會光明。

④ 기업이 튼튼하면 동반성장을 할 수가 있다.

企業很堅實的話，可以達成共同成長。

> 기러기 무리의 행렬을 비유해서 대기업과 중소기업의 동반성장이 우리나라의 밝은 미래를 위해 꼭 필요하다는 것을 강조하고 있습니다.
>
> 把雁群的行列，拿來比喻大企業和中小企業之間的共同成長。為了我國光明的未來，強調共同成長的必要性。答案是③。

16.

| 남자 : 새 옷을 사고 바로 입으면 안 된다면서요? 저는 새 옷의 감촉이나 냄새가 참 좋기만 하던데. |
| 여자 : 그건 나쁜 습관이에요. 특히 면 제품은 그 원료인 목화가 다른 식물보다 병충해가 많아서 재배 과정에 살충제를 많이 뿌려요. 그리고 옷의 마감 처리 화학 약품도 문제입니다. 대표적으로 포름알데이드는 민감한 피부에 심각한 피부 질환을 일으킬 수도 있거든요. 물론 염색·가공 과정에서 세탁을 하긴 하지만 살충제의 잔유물이 다 빠지지 않을 수도 있으니 구입 후 꼭 빨아서 입어야 해요. |
| 男生 : 聽說新衣服買來不能直接穿？我喜歡新衣服的觸感還有味道呢。 |
| 女生 : 那是不好的習慣。尤其，棉製品的原料棉花比起其他，植物病蟲害更多，所以種植過程使用許多殺蟲劑。還有最後處理衣服的化學藥品也是問題。尤其是甲醛可能會使敏感性肌膚引發皮膚病。當然染色、加工過程中已經經過了洗滌，但殺蟲劑的殘留物仍然無法完全去除，因此買了新衣服後一定要洗過再穿。 |

❶ 새 옷에는 화학 약품이 남아 있다.

新衣服殘留化學藥品。

② 옷은 병충해가 많은 목화로 만든다.

衣服是由病蟲害嚴重的棉花製成。

③ 구입한 후 세탁을 하고 입으면 나쁜 습관이다.

買了新衣服洗後再穿是壞習慣。

④ 피부가 민감한 사람은 새 옷을 입어야 한다.

皮膚敏感的人應該要穿新衣服。

　새 옷을 사고 반드시 한 번 빨고 입으라는 것을 강조하는 대화입니다. 그 이유는 면 제품의 원료인 목화에 살충제가 포함되어 있고, 옷을 마감할 때도 화학 약품을 많이 사용하기 때문입니다.

　這段對話強調的是買新的衣服後一定要洗。其理由是棉的原料棉花含有殺蟲劑，衣服做最後處理時也使用很多化學藥品。答案是①。

17.

남자 : 운동 갈 준비 안 해? 여자 : 오늘 감기 기운이 좀 있어서 같이 운동을 못 갈 것 같아. 자꾸 빠지게 돼서 　　　미안해. 남자 : 아니, 벌써 몇 번째야? 이제 운동 시작한 지 열흘밖에 안 됐는데 빠진 날이 　　　반이야. 운동은 지속적으로 해야 효과가 있는데 이런저런 이유로 자꾸 　　　빼먹으면 어떻게 해?
男生：不準備去運動嗎？ 女生：今天有點感冒，所以可能沒辦法一起去運動。常常這樣很對不起。 男生：哎呀，這已經是第幾次了？不過才開始運動十天，就有一半的時間沒去。要 　　　持續運動才會有效果，老是用各種理由不運動該怎麼辦？

❶ 지속적인 운동만이 효과가 있다.

　 只有持續地運動才有效果。

② 운동한 지 열흘밖에 안 돼서 빠져도 괜찮다.

　 才開始運動十天，沒去也沒關係。

③ 운동을 계속 해도 반밖에 효과가 없다.

　 就算持續運動，也只有一半的效果。

④ 감기에 걸리면 운동을 쉬어야 한다.

　 感冒的話就要停止運動。

> 　남자는 여자와 같이 운동을 하고 싶어하는데, 여자는 핑계를 대고 자꾸
> 운동을 빠집니다. 남자의 "운동은 지속적으로 해야 효과가 있다"는 말 속에 답이
> 있습니다.
>
> 　男生很想和女生一起運動，女生一直找藉口不運動。答案就是男生所説的
> 「운동 지속적으로 해야 효과가 있다」（要持續運動才會有效果）這句話。答
> 案是①。

18.

남자 : 다음 소식은 참 충격적이죠?

여자 : 네, 최근 분노를 조절하지 못 하고 타인을 폭행하는 일이 자주 발생하는데요. 엊그제는 지하철에서 임산부를 폭행하는 사건이 또 일어났습니다.

남자 : 70대 노인분이 노약자석에 있는 임산부에게 일어나라고 요구했다가 듣지 않으니까 임산부인지 확인을 해야겠다며 실랑이를 하다가 폭행에 이르게 됐다고 하는데요. 지하철의 노약자석은 노인만을 위한 자리가 아니라 장애인, 노인, 임산부, 영유아 동반자까지 포함하는 것입니다. 지금 우리 사회에 필요한 것은 서로 배려하고 양보하는 따뜻한 마음이라는 걸 알아주셨으면 좋겠습니다.

男生 : 接下來這則消息真是令人震驚對吧？

女生 : 沒錯，最近經常發生因無法調節憤怒而對他人施暴的事情，前天在地鐵站又發生了對孕婦施暴的事件。

男生 : 年約70歲的老人要求坐在博愛座上的孕婦起來，但因為對方不聽，竟要求要確認是不是孕婦而起爭執毆打對方。地鐵的博愛座不只是老年人的位子，身障、老人、孕婦、嬰幼兒的同行者都包含在內。希望大家能了解，我們的社會需要的是彼此關懷禮讓的那顆溫暖的心。

---

① 임산부는 노약자석에 앉으면 안 된다.

　孕婦不能坐在博愛座。

② 노인이 임산부를 폭행한 것은 분노조절장애때문이다.

　老人對孕婦施暴是因為憤怒調節障礙。

③ 노인에게는 배려하고 양보하는 따뜻한 마음이 없다.

　對老人沒有關懷禮讓溫暖的心。

❹ 노약자석의 의미는 배려와 양보이다.

　博愛座的意義是關懷與禮讓。

　노약자석은 노인, 장애인, 노인, 임산부, 영유아 동반자까지 포함하는 것으로, 그 의미는 바로 배려와 양보의 마음입니다.

　博愛座的使用對象，包括老人、身障、孕婦、嬰幼兒同行者。其代表著關懷和禮讓的心意。答案是④。

19.

여자 : 내일 구청에서 교복 물려주기 행사를 한다는데?

남자 : 응, 나도 알아. 나도 내가 입던 고등학교 때 교복을 기증하려고. 1년밖에 안 입어서 멀쩡한데 집에 두면 뭐 하겠어?

여자 : 그래도 남이 입던 것인데 기분이 좀 찜찜하지 않을까?

남자 : 학생들이 입을 옷은 상태가 좋은 옷을 골라 깨끗하게 손질했기 때문에 그런 걱정은 안 해도 돼. 요즘 교복값이 많이 비싸서 사정이 넉넉하지 못 한 학생들에게는 큰 도움이 될 거야. 자기에게는 쓸모 없더라도 누군가에게는 꼭 필요한 것이 될 수 있으니까 교복 물려주기 같은 행사가 더 많아졌으면 좋겠어.

女生 : 聽說明天在區公所有校服流傳的活動？

男生 : 對，我也知道那個活動。我也要捐出穿過的高中校服。只穿了1年所以還很完整，放在家能做什麼呢？

女生 : 但畢竟還是別人穿過的東西，心裡不會覺得有顧慮嗎？

男生 : 會挑選狀況好的衣服洗乾淨讓學生穿，所以不必擔心。最近校服的價格很高，對經濟狀況不好的學生們是一大幫助。自己用不到的東西，對他人而言卻可能是很需要的東西，如果能有更多像校服流傳的活動就好了。

① 남이 입던 교복은 입기가 찜찜하다.

別人穿過的校服穿起來不爽。

❷ 깨끗한 교복은 다른 사람에게 물려줘도 된다.

可以將乾淨的校服留給別人。

③ 가난하면 남이 입던 교복을 입어야 한다.

窮人就是要穿別人穿過的校服。

④ 교복 물려주기 행사가 많아지면 돈 걱정이 없어진다.

校服流傳的活動變多的話，就不會有金錢的擔憂。

'교복 물려주기' 행사는 남이 입었던 교복 중에 깨끗한 교복을 골라 사정이 어려운 학생들에게 물려주는 것입니다. 이것은 꼭 그래야만 하는 것이 아니라 자발적인 행사입니다.

「교복 물려주기」（校服流傳）活動，是在他人穿過的校服當中挑選乾淨的，再將校服留給有困難的學生的活動。這不是非做不可的事情，而是主動參與的活動。答案是②。

20.

여자 :	오늘도 집 앞에 쓰레기가 버려져 있네요. 집이 골목 입구다 보니 지나가던 사람들이 슬쩍 버리고 가나 봐요.
남자 :	양심 없는 사람들이 참 많아요. 골목 어귀에 쓰레기가 쌓여 있으면 무엇보다 보기도 안 좋고, 악취가 나서 다니기가 불편하잖아요? 더 큰 문제는 무단 투기한 쓰레기는 청소하시는 분이 치워가지 않으니까 그 폐해가 고스란히 우리 동네에 미치게 되어 결국 여기 사는 사람들의 삶의 질을 떨어뜨리게 되는 거죠. 아무 생각 없이 버리는 쓰레기가 우리 주변의 환경을 더럽히고 쾌적한 삶을 해친다는 생각을 왜 못 하는지 모르겠어요.
女生：	今天家門前也被丟垃圾呢。看來是因為家在巷口，被路過的人偷丟垃圾的樣子。
男生：	沒有良心的人還真多。如果巷口堆積垃圾，怎麼看都不好，還會有惡臭，不會覺得不舒服嗎？更大的問題是，因為清潔工不清理隨便丟棄的垃圾，直接造成我們社區的困擾，結果讓住在這裡的人生活品質下降。為什麼都沒想到隨意丟棄的垃圾會造成環境髒亂，侵害舒適的生活呢？

① 골목 어귀에는 쓰레기를 버려도 된다.

可以在巷口丟垃圾。

❷ 쓰레기 무단투기는 주민들의 삶의 질을 떨어뜨린다.

隨便丟垃圾會讓居民的生活品質下降。

③ 쓰레기는 악취가 나서 버려도 치워가지 않는다.

因為垃圾產生惡臭，所以丟了也不會清理。

④ 청소하는 분이 쓰레기를 안 치워가서 환경이 더러워졌다.

因為清潔工沒有將垃圾清理走，所以造成環境髒亂。

쓰레기 무단투기로 인해 환경이 더럽혀지고 쾌적한 삶을 해치게 되므로, 이는 곧 우리 삶의 질을 떨어뜨리는 결과를 가져옵니다.

因隨意丟棄垃圾造成環境髒亂，而侵害舒適生活，這就是造成我們生活品質下降的結果。答案是②。

※ [21～22] 다음을 듣고 물음에 답하십시오. (각 2점)

請聽下面內容，並回答問題。（各2分）

> 여자 : 여기는 원래 오래 되고 지저분한 건물들이 많았는데, 재개발을 해서 너무 깨끗해졌어요.
>
> 남자 : 깨끗해지기는 했지만, 전통 양식의 한옥 건물들이 다 없어져서 예전의 낭만이나 추억은 다 사라져버린 것 같아요. 재개발이라고 해서 무조건 옛날 것을 다 없애고 새로 짓는 것보다는 일부는 옛건물을 개량하는 방식으로 보존해서 과거와 현재가 함께 존재하는 쪽이 좋지 않을까요?
>
> 여자 : 그래도 '보기 좋은 떡이 먹기도 좋다'고 깨끗하게 바뀌면 관광객들도 많이 몰릴 텐데요?
>
> 남자 : 글쎄요, 제가 생각할 때 관광객들은 한국의 전통적인 모습을 더 보고 싶어할 것 같아요.

> 女生：這裡原本有很多老舊髒亂的建築物，因為都更所以變乾淨了。
>
> 男生：雖然變乾淨，但因為傳統韓屋建築都不見了，所以以往的浪漫或回憶似乎全都消失了。因為是都更，比起將老東西全都清除，將部分的老建築以改良的方式保存，讓過去與現在並存不也很好嗎？
>
> 女生：但「看起來好的年糕，吃起來也好吃」，煥然一新的話也會有更多觀光客來吧？
>
> 男生：這個嘛，我認為觀光客們會更想看到韓國傳統的樣貌呢。

21. 남자의 중심 생각으로 맞는 것을 고르십시오.

請選出符合男生中心思想的選項。

① 재개발을 해서 깨끗한 건물들이 다 사라졌다.

　因為都更所以乾淨的建築物都不見了。

② 과거와 현재가 공존하는 재개발은 좋지 않다.

　過去與現在並存的都更並不好。

❸ 전통적인 한국의 모습을 좋아하는 관광객이 많다.

　許多觀光客喜歡傳統的韓國樣貌。

④ 예전의 낭만이나 추억이 사라지면 깨끗하게 바뀐다.

　以往的浪漫或回憶消失的話，都變成乾淨的樣子。

남자는 전통을 줄곧 강조하고 있습니다. 외국인들이 진짜 보고 싶어하는 것은 재개발된 깨끗한 도시가 아니라 한국의 전통적인 모습이라는 것입니다.

男生一直強調傳統。因此他認為外國人真正想看的不是都更過的乾淨城市，而是韓國傳統的樣子。答案是③。

22. 들은 내용으로 맞는 것을 고르십시오.

請依據聽到的內容，選出正確的選項。

① 여자는 관광객이 오는 것을 좋아한다.

女生喜歡觀光客來。

② 여자는 지저분한 곳에 살고 있다.

女生居住在髒亂的地方。

③ 남자는 깨끗한 환경을 싫어한다.

男生討厭乾淨的環境。

❹ 남자는 재개발에 불만이 많다.

男生對於都更有很大的不滿。

남자는 재개발로 인해 사라져 가는 옛모습에 불만을 가지고 있습니다. 깨끗하게 새로 지은 건물도 좋지만 전통적인 모습을 간직한 옛건물은 외국인들이 좋아하는 한국의 문화라는 것입니다.

男生對於都更後傳統建築的消失感到不滿。雖然又乾淨又新蓋的建築物也不錯，但保存著的傳統樣子，才是外國人喜歡的韓國文化。答案是④。

※ **[23～24] 다음을 듣고 물음에 답하십시오. (각 2점)**

請聽下面內容，並回答問題。（各2分）

남자 : 직원분에게 물어보니까 여기에서 팩스를 보낼 수 있다고 해서요.

여자 : 네, 몇 장이나 보내실 건가요?

남자 : 모두 여섯 장입니다. 팩스 번호 여기 있습니다.

여자 : 먼저 여기 신청서를 보시고 보내시는 분의 성함, 서류 제목, 그리고 받는 분의 팩스 번호를 기재해 주세요.

남자 : 비용은 어떻게 계산하죠?

여자 : 비용은 계산하실 필요 없습니다. 이곳은 모두 무료 서비스예요.

男生 : 問了職員，他說這裡可以傳真？

女生 : 是的，請問要傳幾張呢？

男生 : 全部六張。傳真號碼在這裡。

女生 : 請先看這張申請表，請寫上送件人的姓名、文件標題，還有收件人的傳真號碼。

男生 : 費用怎麼算呢？

女生 : 不需要結算費用。這裡全都是免費服務。

---

23. 남자는 무엇을 하고 있는지 맞는 것을 고르십시오.

　　男生正在做什麼，請選出正確的選項。

　❶ 팩스를 보내는 방법을 묻고 있다.

　　正在問傳送傳真的方法。

　② 팩스를 받는 방법을 묻고 있다.

　　正在問收傳真的方法。

　③ 팩스 번호가 몇 번인지 확인하고 있다.

　　正在確認傳真號碼。

　④ 신청서 쓰는 방법에 대해 문의하고 있다.

　　正在問申請書的填寫方法。

남자의 말 중 "여기에서 팩스를 보낼 수 있다고 해서요" 안에 답에 대한 힌트가 숨어 있습니다. 여자는 남자에게 팩스 보내는 방법을 알려 주고 있습니다.

　　男生的話中「여기에서 팩스를 보낼 수 있다고 하다」（聽説這裡可以傳真），這裡隱藏著答案的提示。而女生則是告訴男生使用傳真機的方法。答案是①。

24. 들은 내용으로 맞는 것을 고르십시오.
　　請依據聽到的內容，選出正確的選項。

　①팩스는 여섯 장만 보낼 수 있다.
　　傳真只能傳六張。

　②신청서를 쓰는 것은 무료이다.
　　寫申請書是免費的。

　③남자는 직원에게 팩스 번호를 물어봤다.
　　男生問職員傳真號碼。

　❹팩스 비용은 낼 필요가 없다.
　　不需要給傳真的費用。

　　팩스를 몇 장까지 보낼 수 있다는 규정은 전혀 언급이 없습니다. 팩스를 받는 사람의 번호는 남자가 알려준 것입니다. 그리고 팩스를 보낼 때 비용이 전혀 없는 무료 서비스입니다.

　　這裡沒有提到使用傳真機時可以傳多少張的規定。收件人的號碼是男生告訴女生的。還有傳真時不用付錢，是免費服務。答案是④。

※ [25～26] 다음을 듣고 물음에 답하십시오. (각 2점)

請聽下面內容，並回答問題。（各2分）

여자 : 요즘 다이어트에 대한 관심이 대단한데요. 비만의 원인으로 탄수화물 과다 섭취가 가장 큰 요인이라는 지적이 많습니다.

남자 : 그렇습니다. 매일 권장량 이상으로 탄수화물을 먹으면 혈액 속에 중성지방이 증가하고, 오랫동안 방치하면 뇌혈관 질환과 심근경색 등의 질병이 발생하게 됩니다. 그러나 체내 탄수화물이 부족할 경우 장단기적으로 심각한 건강 장애를 일으킬 수 있습니다. 가장 먼저 저혈당이 찾아와 활력 저하, 피로감 호소, 수면 부족 등을 일으킵니다. 너무 많이 섭취해도 문제지만 또 너무 적게 섭취해도 건강에 적신호가 오는 것입니다. 탄수화물은 우리 몸에 꼭 필요한 영양소이므로 건강하고 올바른 식습관을 통해 건강을 지키며 체중도 줄여나가시기를 당부드립니다.

女生：最近減肥引起不少關注。許多人指出，攝取過量的碳水化合物是造成肥胖的最大因素。

男生：是的。如果吃超過每日建議攝取量的碳水化合物，會使血液中中性脂肪增加，長時間下來會造成腦血管疾病及心肌梗塞等疾病。但是，體內碳水化合物不足的情況下，長期或短期時間下，會導致嚴重的健康問題。最先產生的是低血糖及活動力下降，引起疲勞感、睡眠不足。雖然攝取太多也是問題，但攝取太少也會讓健康亮起紅燈。因為碳水化合物是我們身體必須的營養素，在此叮嚀，要透過健康且正確的飲食習慣維持健康，並慢慢地減少體重。

---

25. 남자의 중심 생각으로 맞는 것을 고르십시오.

請選出符合男生中心思想的選項。

① 탄수화물을 적게 섭취해도 건강에는 해롭지 않다.

　少量攝取碳水化合物，對健康不會有害。

❷ 다이어트를 하더라도 적당한 탄수화물 섭취는 필요하다.

　就算是減肥，也需要攝取適量的碳水化合物。

③ 체내 탄수화물이 부족하면 체중이 줄어든다.

　體內碳水化合物不足的話，體重會下降。

④ 건강을 지키기 위해서는 다이어트가 필요하다.

　為維持健康需要減重。

탄수화물은 비만과 관계가 있지만 그것은 과다섭취가 그 원인으로, 다이어트 때문에 탄수화물을 멀리 한다면 건강에 큰 문제가 생깁니다. 다이어트를 하더라도 적당량의 탄수화물은 꼭 섭취해야 합니다.

雖然碳水化合物與肥胖有關，但那是因為過度攝取的關係，為了減肥而對碳水化合物敬而遠之，對健康會產生很大的問題。就算要減肥，也一定要攝取適量的碳水化合物。答案是②。

26. 들은 내용으로 맞는 것을 고르십시오.

請依聽到的內容，選出正確的選項。

① 남자는 탄수화물이 필요 없다고 말하고 있다.

男生正在說不需要碳水化合物。

❷ 남자는 올바른 식습관을 강조하고 있다.

男生正在強調正確的飲食習慣。

③ 남자는 비만이 병의 원인임을 설명하고 있다.

男生正在說明肥胖是疾病的原因。

④ 남자는 다이어트의 중요성을 얘기하고 있다.

男生正在說減肥的重要性。

탄수화물은 우리 몸에 꼭 필요한 영양소이지만 너무 과다하거나, 너무 모자라면 오히려 건강을 해칩니다. 따라서 건강도 지키고 체중도 줄이려면 올바른 식습관을 가지는 것이 중요합니다.

碳水化合物是我們的身體必須的營養素，但太過量或太缺少反而會傷害健康。因此要維持健康及減重的話，有正確的飲食習慣十分重要。答案是②。

※ [27～28] 다음을 듣고 물음에 답하십시오. (각 2점)

請聽下面內容，並回答問題。（各2分）

남자 : 외국어를 배운다면서요? 회사 일하고 관계가 있어요?
여자 : 아니요, 그냥 배우려는 거예요. 글로벌 시대에 적어도 한 가지 외국어는 배워둬야 하지 않겠어요?
남자 : 좋기는 하겠지만 꼭 필요한 것 같지는 않은데요.
여자 : 모르는 소리 하지 마세요. 외국어를 배우면 그 나라의 사회, 문화를 더 깊게 이해할 수 있어요. 제 목표는 외국 영화를 볼 때 자막 없이 그대로 대사를 알아들을 수 있는 거예요. 또 그 나라를 여행할 때 가이드 없이 혼자 다녀보고 싶어요.
男生：聽說妳在學外語？是因為工作的關係嗎？
女生：不是，只是單純想學。在全球化的時代，至少也要學一種外語不是嗎？
男生：雖然好是好，但也不一定需要的樣子。
女生：不要說你不懂。如果學外語，就可以更深入了解那個國家的社會、文化。我的目標是看外國電影時，可以不需要字幕就能聽懂台詞。還有到那個國家旅遊時，想試著沒有導遊獨自一人去。

27. 여자가 남자에게 말하는 의도를 고르십시오.

請選出女生對男生說話的意圖。

① 회사 일이 얼마나 힘든지 알려 주려고

要告訴他工作多麼累

② 외국 영화가 얼마나 재미있는지 가르쳐 주려고

要告訴他外國電影多麼有趣

❸ 외국어 공부의 중요성을 강조하려고

要強調學習外語的重要性

④ 글로벌 시대가 다가왔음을 일깨워 주려고

要提醒全球化時代的來臨

여자가 외국어를 배우려는 목적은 회사일하고는 관계가 없습니다. 외국어를 배우게 되면 그 나라의 사회와 문화를 더 깊이 이해할 수 있기 때문입니다.

女生想要學外語的目的與工作無關。因為學會外語，可以更了解那個國家的社會和文化。答案是③。

28. 들은 내용으로 맞는 것을 고르십시오.

請依聽到的內容，選出正確的選項。

❶ 언어는 그 나라의 문화와 관계가 있다.

語言與那個國家的文化有關係。

② 외국어는 회사 일에 꼭 필요하다.

外語在公司工作是必備的。

③ 여자는 남자와 영화를 보고 싶어한다.

女生想和男生看電影。

④ 여자는 늘 가이드 없이 여행한다.

女生常常沒有導遊就旅遊。

한 나라의 언어에는 그 나라 사람들의 생활과 문화가 녹아 들어 있습니다. 따라서 언어를 배우면 그만큼 그 나라 사람들과 가까워질 수가 있는 것입니다.

一個國家的語言，融入了那個國家人民的生活和文化。因此學會語言，就能更接近那個國家的人民。答案是①。

※ [29～30] 다음을 듣고 물음에 답하십시오. (각 2점)

請聽下面內容，並回答問題。（各2分）

여자 : 옷 좀 맡기려고요. 집에서는 세탁할 수 없는 것들이라서요.

남자 : 그럼요, 이런 옷들은 다 드라이 클리닝을 해야 돼요. 정장 한 벌에, 모직 코트 두 개, 스웨터 세 개, 맞죠?

여자 : 네, 그럼 잘 부탁드립니다. 정장은 여벌이 없으니까 좀 빨리 해 주시면 고맙겠네요.

남자 : 알겠습니다. 정장 먼저 해드리죠. 내일 모레 이 시간에 다시 오세요.

女生：我要送洗衣服。因為是在家中無法洗的衣服。

男生：沒問題，這種衣服全都需要乾洗。套裝一件、毛料外套兩件、毛衣三件，對嗎？

女生：是的，那麼就拜託您了。因為沒有多的套裝，如果能快點給我，那就太感謝了。

男生：我知道了。會先給您套裝。後天這個時間請再過來一趟。

---

29. 남자는 누구인지 고르십시오.

請選出男生是誰。

① 세탁소를 홍보하는 사람

　宣傳洗衣店的人

② 세탁소를 광고하는 사람

　廣告洗衣店的人

③ 세탁소를 찾는 사람

　去洗衣店的人

❹ 세탁소에서 일하는 사람

　在洗衣店工作的人

여자는 세탁소에 옷을 맡기러 왔습니다. 그리고 남자는 드라이 클리닝을 해주겠다고 했습니다. 따라서 남자는 세탁소에서 일하는 사람이라는 것을 알 수 있습니다.

女生去洗衣店送洗衣服，還有男生説要幫她的衣服乾洗。由此可知，男生是在洗衣店工作的人。答案是④。

30. 들은 내용으로 맞는 것을 고르십시오.

請依聽到的內容，選出正確的選項。

❶ 남자는 드라이 클리닝을 권하고 있다.

男生正在建議乾洗。

② 여자의 집에서는 빨래를 하지 못 한다.

女生的家裡沒辦法洗衣服。

③ 여벌이 없는 옷은 빨리 와서 부탁해야 한다.

沒有多餘的衣服，所以應該趕快來拜託。

④ 맡긴 옷은 내일 모레까지 다 된다.

送洗的衣服後天全都會好。

남자는 세탁소에 일하는 사람으로 여자가 맡긴 옷에 대해 드라이 클리닝을 권하고 있습니다. 맡긴 옷 중에서 정장은 내일 모레까지 세탁할 수 있고, 나머지는 시간이 좀 더 걸립니다.

男生是在洗衣店工作的人，建議女生送洗的衣服用乾洗。送洗的衣服當中，套裝後天可以洗好，其他的需要再花一點時間。答案是①。

※ [31～32] 다음을 듣고 물음에 답하십시오. (각 2점)

請聽下面內容，並回答問題。（各2分）

남자 : 요즘 젊은 세대는 자기가 좋아하는 일에 몰입하고, 만족을 느끼는 일에 더 많은 가치를 부여하는 것 같아요. 좋아하는 캐릭터 상품을 사 모은다든가, 어떤 분야의 전문 지식과 수집 물품을 자랑하는 등 나이와 걸맞지 않다고 여겨지는 취미도 자기가 좋아한다면 존중해 주는 사회적 분위기가 확실히 예전 세대하고는 많이 달라요.

여자 : 물론 한 분야에 깊게 빠져 전문가 못지 않은 지식을 갖춘 사람이 많기는 하죠. 하지만 그 중 적지 않은 사람들이 자기만의 세계에 빠져 세상과 어울리지 않고 스스로를 격리시키는 사회부적응자로, 사회성에 큰 문제를 보이고 있어요. 이런 사람이 많아질수록 세대간의 갈등이 더욱 깊어지는 문제를 일으킬 수 있음을 경계하지 않으면 안 된다고 생각해요.

男生：最近年輕人對自己喜歡的事情投入，而且似乎在可以感到滿足的事情上賦予更多價值。不管是蒐集喜歡角色的商品，或是展現某些領域的專業知識及蒐集品等，就算是被認為與年紀不符的興趣，只要是年輕人自己喜歡，旁人就能給予尊重的社會風氣，確實與過去世代不同。

女生：當然沉浸在一個領域，具備不亞於專家知識的人很多，但在那之中，只沉溺於自我的世界，自我隔離而不和世界融合的社會不適應者，被視為群體的大問題。我認為這種人越多，引起世代之間分歧的問題也就越深。

---

31. 남자의 생각으로 맞는 것을 고르십시오.

請選出符合男生想法的選項。

① 취미는 나이에 걸맞지 않으면 안 된다.

興趣不能與年齡不符。

② 취미는 사회적 분위기에 영향을 받는다.

興趣會受到社會風氣的影響。

③ 취미는 다른 사람과 관계가 없을 때 가치가 있다.

當興趣與他人無關時就有價值。

❹ 취미는 개인적인 취향이므로 존중해주어야 한다.

興趣是個人的喜好，所以要給予尊重。

남자가 생각하는 취미는 나이나 사회적 편견과 관계 없이 개인이 무엇을 좋아하느냐가 중요하므로 그 사람이 좋아하는 일을 할 수 있도록 존중해주어야 한다는 것입니다.

男生所認為的興趣與年齡或社會上的偏見無關，重要的是個人喜歡，因此應該要尊重他人喜歡的事。答案是④。

32. 여자의 태도로 맞는 것을 고르십시오.

請選出符合女生態度的選項。

① 전문적인 지식을 강조하고 있다.

正在強調專業的知識。

② 사회부적응자의 격리를 촉구하고 있다.

正在敦促隔離社會不適應者。

❸ 사회성이 결여된 취미를 비판하고 있다.

正在批判缺乏群體化的興趣。

④ 세대간의 문제를 경계하는 데 대해 염려하고 있다.

正在憂心世代之間的問題。

여자가 생각하는 부정적 의미의 취미는 자기만의 세계에 빠져 세상과 어울리지 못하는 사회부적응과 관계가 있습니다. 즉, 사회성이 결여된 취미는 세대간의 갈등을 일으킬 수 있음을 경고하고 있습니다.

女生認為，負面的興趣會讓人沉溺在自己的世界，以及無法與世界融合，都和社會不適應有關。也就是在警告，缺少社會性的興趣可能會造成世代之間的分歧。答案是③。

※ **[33～34] 다음을 듣고 물음에 답하십시오. (각 2점)**

請聽下面內容，並回答問題。（各2分）

남자 : 팩션이란, 영어의 팩트와 픽션을 합성한 신조어로, 역사적 사실이나 실존 인물의 이야기에 작가의 상상력을 덧붙여 새로운 사실을 재창조하는 문화예술 장르를 가리킵니다. 주로 소설의 한 기법으로 사용되었지만 영화, 드라마, 연극, 게임, 만화 등으로도 확대되는 추세이며 문화계 전체에 큰 영향을 미치고 있습니다. 팩션은 실제 역사적 사건에 문학적 상상력이 결합되어 기존의 시각과는 다른 방식으로 역사를 재해석함으로써 팩트와 픽션의 장점인 역사성과 오락성을 함께 즐길 수 있다는 장점이 있습니다. 그러나 현재 유행하는 팩션은 지나치게 오락성에 치우쳐 실제 역사적 팩트를 왜곡한다는 비판도 있어서 이 두 가지의 적절한 조화가 관건이라고 할 수 있습니다.

男生：所謂的寫實（faction），是英文的事實（fact）與虛構（fiction）結合的新造語，在歷史事實或實際人物的故事上，加上作者的想像力，也就是重建新事實的文化藝術形式。主要是小說的一種技法，但在電影、連續劇、戲劇、遊戲、漫畫等也有擴展的趨勢，正在影響著整個文化界。寫實是在實際歷史事件中結合文學的想像力，以與現有觀點不同的方式再次詮釋歷史，而事實與虛構結合的優點，是可以一次享受歷史性與娛樂性，但也有出現目前所流行的寫實太過於偏重娛樂性的批評，以及扭曲歷史事實的聲音，因此恰當地調和這兩個類型很重要。

---

33. 무엇에 대한 내용인지 맞는 것을 고르십시오.

請選出是關於什麼內容的正確選項。

① 팩션과 소설의 관계

　　寫實與小說的關係

② 역사적 사실의 중요성

　　歷史事實的重要性

❸ 팩션의 정의와 특징

　　寫實的定義與特徵

④ 역사성과 오락성

　　歷史性與娛樂性

34. 들은 내용으로 맞는 것을 고르십시오.

請依聽到的內容，選出符合的選項。

❶ 팩션의 영역이 점차 확대되고 있다.

寫實的領域正在逐漸擴大。

② 팩션은 문학적 상상력이 없다.

寫實沒有文學的想像力。

③ 오락성에 치우친 드라마는 문제가 많다.

過於娛樂性的連續劇問題很多。

④ 역사를 재해석하면 팩트가 왜곡된다.

再次詮釋歷史的話，會扭曲事實。

※ **[35～36] 다음을 듣고 물음에 답하십시오. (각 2점)**

請聽下面內容，並回答問題。（各2分）

> 여자 : 음주운전은 술에 취한 상태, 즉 운전자의 혈중알코올농도가 0.05% 이상인 상태에서 자동차 등을 운전한 것을 의미합니다. 운전자의 혈중알코올농도가 0.05% 이상 0.1% 미만인 경우에는 운전면허의 정지 사유에 해당하고, 0.1% 이상인 경우에는 운전면허의 취소사유가 됩니다. '이번 한 번은 괜찮겠지'라는 안일함이 본인뿐 아니라 타인의 소중한 생명까지 앗아갈 수 있다는 점에서 음주운전은 심각한 범죄에 해당합니다. 술을 마시게 되면 판단력, 주의력, 운동능력이 현격히 저하돼 주변 교통상황에 제대로 대처하기 어렵습니다. 즉, 술에 취한 사람이 운전대를 잡는 것은 도로 위의 살인 흉기를 마음대로 휘두르는 것과 동일한 것입니다. 술을 한 잔이라도 마셨다면 아예 운전할 생각을 하지 말고 대중교통이나 대리운전 등을 이용해 귀가하도록 해야겠습니다.

> 女生：酒駕，就是在酒醉的狀態，也就是駕駛人的血液酒精濃度在0.05%以上的狀態開車。駕駛人血液中的酒精濃度在0.05%以上未滿0.1%的情形，會被吊扣駕照；若在0.1%以上，則會被吊銷駕照。因為「就這麼一次應該沒關係」的僥倖，不只是本人，還有可能奪走他人生命，因此，酒駕相當於嚴重的犯罪。飲酒後，判斷力、注意力、運動能力會大幅降低，無法對周邊交通狀況作出正確反應。就算只喝一杯酒，乾脆不要開車，而應該搭乘大眾交通工具，或請代理駕駛駕車回家。

35. 여자는 무엇을 하고 있는지 고르십시오.

請選出女生正在做什麼的選項。

① 음주운전자가 무슨 짓을 하는지 설명하고 있다.

正在說明酒駕者在做什麼行為。

② 혈중알코올농도의 측정 방법을 알려주고 있다.

正在告知血液酒精濃度的檢測方法。

③ 음주운전으로 인한 피해를 예시하고 있다.

正在舉例示範酒駕造成的傷害。

❹ 음주운전은 소중한 생명을 해친다고 경고하고 있다.

正在警告酒駕對珍貴生命造成的傷害。

음주운전의 폐해 중에 가장 큰 문제는 바로 다른 사람의 생명에 위협을 가하는 범죄 행위라는 것입니다. 물론 범죄 행위 중에 가장 위험한 것은 아니지만 음주운전자는 잠재적 범죄행위자에 속하기 때문에 음주운전은 절대 하면 안 된다고 주장하고 있습니다.

酒駕的弊害當中，最大的問題就是傷害他人生命危險的犯罪行為。雖然在犯罪行為當中不是最危險的，但酒駕者是屬於潛在的犯罪行為者，所以她主張絕對不能酒駕。答案是④。

36. 들은 내용으로 맞는 것을 고르십시오.

請依聽到的內容，選出符合的選項。

① 혈중알코올농도가 0.03%면 운전면허가 정지된다.

血液中酒精濃度為0.03%的話，會被吊扣駕照。

❷ 혈중알코올농도가 0.1% 이상이면 운전면허가 취소된다.

血液中酒精濃度為0.1%以上的話，會被吊銷駕照。

③ 여자는 음주운전을 해서 사람을 해친 적이 있다.

女生有因為酒駕傷害過人。

④ 여자는 술에 취하면 운전을 하곤 한다.

女生喝醉的話常常酒駕。

운전자의 혈중알코올농도 0.05% 이상 ~ 0.1% 미만 : 운전면허의 정지

운전자의 혈중알코올농도 0.1% 이상 : 운전면허 취소

이 문제에서는 말하는 여자의 개인적인 문제가 아니라 일반적인 음주운전의 위험성을 경고하고 있습니다.

駕駛人的血液中，酒精濃度0.05%以上未滿0.1%：吊扣駕照。

駕駛人的血液中，酒精濃度0.1%以上：吊銷駕照。

這題的重點不是女生的個人問題，而是在警告酒駕的危險性。答案是②。

※ **[37～38]** 다음은 교양 프로그램입니다. 잘 듣고 물음에 답하십시오. (각 2점)

下面是教養節目內容。請仔細聆聽問題並回答。（各2分）

여자 : 이 프로그램은 지난 5년 동안 방영되면서 높은 인기와 시청률을 기록했는데요, 올해는 기존 3명에 새롭게 4명, 이렇게 7명의 심사위원을 모시고 거기에 새로운 경연 방식으로 지금까지와는 다른 모습을 보여주시겠다고요?

남자 : 네, 그렇습니다. 특히 올해는 참가자들의 사연보다는 무대가 중심이 돼, 다양한 실력파 참가자들을 볼 수 있을 것입니다. 따라서 올해의 키워드를 '개성'으로 잡고, 참가자들고유의 색깔이 느껴지는 음악과 다양한 무대에 좀 더 초점을 맞추려고 합니다. 또한 심사위원 구성에도 변화를 주고, 배틀 콘셉트를 선보이는 등 더욱 엄격하고 투명한 기준을 마련하여 서바이벌의 투명함을 지키고 참가자들이 공정한 경쟁을 펼칠 수 있도록 할 예정입니다.

女生 : 這個節目播出5年以來，締造了高人氣與收視率，今天從原有的3位，增加新來的4位，共請來7位評審，還要讓觀眾看到與以往不同的新型態比賽方式，對嗎？

男生 : 是的，沒錯。尤其是今年的參賽者們，比起參賽的原因，更著重於舞台，所以能夠看到許多實力派的參賽者。因此今年的關鍵字設定為「個性」，焦點將更著重於感受參賽者獨特色彩的音樂與多元的舞台。另外，評審的組織也有變化，加入戰鬥的概念，準備以更嚴格及透明的標準，維持生存者的透明度，讓參賽者能夠有更公平的競爭。

---

37. 남자의 중심 생각으로 맞는 것을 고르십시오.

請選出符合男生中心思想的選項。

① 무대 위에서는 참가자들의 사연을 표현해야 한다.

在舞台上，應該展現參賽者們的故事。

❷ 참가자들 각자의 개성이 잘 드러나도록 무대를 만들 계획이다.

將打造讓參賽者們能夠顯現自己個性的舞台。

③ 심사위원들의 엄격한 심사에 초점을 맞추고자 한다.

聚焦於評審嚴格的評分。

④ 배틀 콘셉트를 통해 경쟁이 없는 경연 방식으로 바꾸겠다.

透過戰鬥概念，要改變為沒有競爭的比賽方式。

이 문제의 핵심 단어는 '개성'과 '다양한 무대'입니다. 참가자들에 대한 개인적 이야기보다는 각 참가자들의 특징이 잘 드러나는 무대 위 표현에 더 중점을 둔다는 것입니다.

　　這題的關鍵詞是「개성」（個性）、「다양한 무대」（多元的舞台）。屬於比起針對參賽者的個人故事，更著重於顯現各參賽者特徵的舞台表演。答案是②。

38. 들은 내용과 일치하는 것을 고르십시오.
　　請選出與聽到內容一致的選項。

❶ 심사위원 숫자가 그전보다 늘었다.
　　評審的人數比之前多。

② 참가자들은 다양한 사연을 준비해야 한다.
　　參賽者應該準備多樣化的故事。

③ 이 남자는 새로운 경연 방식에 부정적이다.
　　這個男生對新的比賽方式有負面的想法。

④ 이 남자는 공정한 경쟁을 하겠다고 다짐하고 있다.
　　這個男生發誓要做公平的競爭。

　　심사위원은 당초 3명에서 4명을 더해 모두 7명입니다. 개성은 무대 위에 오른 후에야 알 수 있는 것입니다. 남자는 새로운 경연 방식에 대해 큰 기대를 가지고 공정한 경쟁을 시키겠노라 강조하고 있습니다.

　　起初的3位評審，再加上4位，總共7位。個性要上舞台後才會知道。男生強調，他對新的比賽方式有很大的期待，因為能讓參賽者公平競爭。答案是①。

※ **[39～40]** 다음은 대담입니다. 잘 듣고 물음에 답하십시오. (각 2점)

下面是對談內容。請仔細聆聽並回答問題。（各2分）

여자 : 방금 발표된 지진 발생 관련 기상청의 분석 결과에 대해 계속 말씀 나누겠습니다. 선생님, 앞으로 얼마나 더 이어질지, 혹시 더 강력한 여진이 발생하는 건 아닌지 걱정하는 분들이 많습니다.

남자 : 한참 큰 여진이 없다가 그저께 큰 여진이 있어서 다들 깜짝 놀라셨을 텐데요. 이렇게 큰 지진이 나고 그만큼 크진 않지만 상당한 규모의 여진이 발생하는 것은 전혀 특이한 상황이 아닙니다. 일반적으로 지진들은 큰 지진이 나고 점점 더 횟수와 규모가 작아지고요. 경우에 따라 기간이 한 달, 두 달 이상 지속되는 경우도 있지만 우리가 겪은 지진은 규모 5.8 정도로, 물론 우리에게는 큰일이었지만, 전 지구적으로 보면 중규모에 속하는 지진이었습니다. 짧게는 3주, 길게는 5~6주 정도 여진이 계속될 것으로 생각합니다.

女生 : 我們繼續針對剛才氣象廳所發表的地震分析結果進行討論。老師，許多人擔心的是，之後地震會有多頻繁，是否會有更強烈的餘震產生。

男生 : 好一陣子沒有餘震，大家應該都被前天的大餘震嚇到了。發生了這麼大的地震後，雖然沒有比原本的地震大，但發生相當規模的餘震並不是特殊情況。一般而言的地震，在發生地震後，餘震的次數與規模會逐漸縮小。依據情況，也有持續一個月、兩個月以上的情況，但以我們所經歷的規模5.8級地震，對我而言當然是大事，但以全球來看，是屬於中型規模地震。預估短則3週，長則5～6週會持續有餘震。

---

39. 이 대담 앞의 내용으로 알맞은 것을 고르십시오.

請選出符合此對談前面內容的選項。

① 지진이 발생한 후 몇 번의 여진이 있었다.

　發生地震後，有過幾次餘震。

② 많은 사람들이 강력한 여진이 발생할까 봐 걱정하고 있다.

　許多人擔心會發生強烈的餘震。

❸ 지진 발생과 관련하여 분석 결과 발표가 있었다.

　有與發生地震相關的分析結果的發表。

④ 한 달 이상 5.8 규모의 지진이 계속되고 있다.

　規模5.8級的地震會持續發生一個月以上。

여자가 말한 "방금 발표된 지진발생 관련 기상청의 분석 결과에 대해 계속 말씀 나누겠습니다"에 정답이 들어 있습니다. 즉, 이 대담 직전에 나눈 대화는 지진 발생과 관련된 분석 결과임을 알 수 있습니다.

女生說的「방금 발표된 지진 발생 관련 기상청 분석에 대해 계속 말씀 나누겠습니다」（我們繼續針對剛才氣象廳所發表的地震分析結果進行討論。）這句裡有答案。所以可以知道，這交談之前出現的就是與地震有關的分析結果。答案是③。

40. 들은 내용과 일치하는 것을 고르십시오.

請選出與聽到的內容一致的選項。

❶ 지진이 나고 여진이 발생하는 것은 자연스런 일이다.

發生地震後，產生餘震是很自然的事情。

② 모든 지진은 두 달 이상 지속되기 마련이다.

所有的地震都會持續兩個月以上。

③ 지진의 규모가 크면 클수록 여진은 일어나지 않는다.

地震的規模越大，餘震就越不會發生。

④ 지진이 한번 발생하면 횟수와 규모가 점점 커진다.

只要發生一次地震，地震次數與規模就會逐漸變大。

지진이 나고 뒤이어 여진이 발생하는 것은 일반적인 현상으로 특별한 일은 아니라고 설명하고 있습니다. 지진이 발생한다고 꼭 한 달 이상 지속되는 것도 아니고, 여진이 특별히 오래 계속되는 것도 아닙니다.

男生說明發生地震後接著發生餘震是一般的現象，並不是特別的事情。地震不一定持續一個月以上，餘震也沒有持續特別久。答案是①。

※ [41~42] 다음은 강연입니다. 잘 듣고 물음에 답하십시오. (각 2점)

下面是演講內容。請仔細聆聽並回答問題。（各2分）

> 여자 : 제가 이번에 설정한 설계의 주제는 '어우러짐'입니다. 최대한 색을 제한하고 무채색 계열로 사용해 녹림에 동화될 수 있게 하였습니다. 제주도의 경우 워낙 천혜의 자연 환경을 가지고 있고, 대지 주변도 이미 나무들에 둘러싸여 있어 그 자연 환경을 집에 고스란히 담아내고 싶었습니다. 먼저 밝은 톤의 외벽과 회색 톤의 지붕을 조합하여 튀거나 어색하지 않게 디자인하였으며, 건물은 조망권과 공간 활용을 위해 'ㄱ'자형으로 설계하였고, 모든 방의 창을 남향 배치하여 채광에 유리하도록 하였습니다. 내가 좋아한다고 아무 재료나 이것저것 마구 갖다 쓰는 것이 아니라, 이 건물과 주변 자연이 얼마만큼 잘 어울릴 수 있는지를 먼저 고려하여 꼭 필요한 재료만으로 적정하게 사용하는 방식이 제가 추구하는 설계관의 핵심이라는 것을 말씀드립니다.

> 女生 : 我這次設定的設計主題是「同化」。盡量限制顏色，使用能夠被綠林同化的無彩色。濟州島原本就有得天獨厚的自然環境，建地周邊已有林木環繞，所以想將那自然環境原封不動地呈現在家中。首先，將明亮色系的外牆與灰色調的屋頂做搭配，這是為了設計不會太過突兀或不自然，而為了建築物的眺望權（指從自己房屋的窗戶向外眺望不受阻礙的權利）與活用空間，採「ㄱ」字型設計，全部的房間皆是有利於採光的南向。我要説的是，不能因為自己喜歡就隨意地將材料拼湊使用，而是應該先考慮到這個建築物要與周邊自然有一定程度的融合，只適當地使用必須材料的方式，才是我所追求的設計觀的核心。

41. 여자의 중심 생각으로 맞는 것을 고르십시오.

請選出符合女生中心思想的選項。

❶ 설계는 자연 환경과 조화를 고려해야 한다.

設計需要考量與自然環境的協調。

② 설계는 자연 환경을 있는 그대로 이용해야 한다.

設計是需要依自然環境使用。

③ 설계를 할 때 사용할 재료는 많으면 많을수록 좋다.

設計的時候使用越多材料越好。

④ 설계할 집은 천혜의 자연 환경을 가진 곳이어야 한다.

所設計的房子需要有得天獨厚的自然環境。

여자가 말하는 내용의 핵심어는 '어우러짐'입니다. 즉 주변 자연 환경과 조화를 중시한다는 뜻입니다. 아무 재료나 마구 이용하기보다는 꼭 필요한 재료만으로 자연과 잘 어울릴 수 있는 설계관을 설명하고 있습니다.

女生說的關鍵詞是「어우러짐」（同化）。就是重視與周圍自然環境的調和。她說明，與其隨意使用材料，不如只用必須的材料，才能夠符合她主張的自然調和的設計觀。答案是①。

42. 들은 내용과 일치하는 것을 고르십시오.

請選出與聽到內容一致的選項。

① 필요한 재료가 많을수록 좋은 집이 지어진다.

需要的材料越多，就能蓋出好房子。

❷ 'ㄱ'자형 배치는 조망권과 관련이 있다.

「ㄱ」字型配置與眺望權有關。

③ 제주도의 집은 모두 자연 환경과 조화롭게 설계되었다.

濟州島的房子全部是與自然環境調和的設計。

④ 자연 환경과 어울리는 집은 색깔이 없어야 한다.

與自然環境調和的房子不能有顏色。

여자는 'ㄱ'자형 배치가 조망권과 공간 활용을 위한 최선의 설계임을 강조하고 있습니다. 밝은 톤의 외벽과 회색 톤의 지붕은 제주도라고 하는 천혜의 자연 환경과 잘 어울리는 색깔이라고 말합니다.

女生強調說，「ㄱ」字型配置，是為了眺望權和活動空間的最佳設計。她說明，亮色系的外牆和灰色屋頂，是與濟州島得天獨厚的自然環境最搭配的顏色。答案是②。

※ **[43～44] 다음은 다큐멘터리입니다. 잘 듣고 물음에 답하십시오. (각 2점)**

下面是紀錄片內容。請仔細聆聽並回答問題。（各2分）

남자 : 4대 문명이 발생한 지역은 기후가 따뜻하고, 큰 강을 끼고 있어 홍수 때면 상류로부터 기름진 흙이 내려 오기 때문에 식량이 풍부하다는 공통점을 갖고 있습니다. 신석기 시대 농업 혁명을 거치면서 인류의 생산력은 크게 증대하였습니다. 특히 관개 농업이 행해진 큰 강 유역은 토지가 비옥하여 생산이 늘어나 많은 인구가 한 곳에 모여 살 수 있었습니다. 그리하여 큰 촌락이 형성되었으며 청동기가 제작되었고 바퀴, 쟁기, 돛단배 등이 발명되어 생산이 늘어나고 교통도 발달하였습니다. 이리하여 촌락들이 뭉쳐 도시가 형성되었는데, 각 도시는 주변에 성을 쌓고, 제각기 독립하여 국가의 모습을 갖추었습니다. 그리고 이러한 도시 국가에서는 각종 기록을 위하여 문자가 사용되기 시작하였고, 마침내 문명의 단계에 들어서게 된 것입니다.

男生 : 4大文明發生的地區，都有氣候溫暖，由於有大條河川，所以當洪水氾濫，肥沃的泥土會從上游流下，使糧食豐富的共同點。經過新石器時代農業革命，人類的生產力大大增加。特別是施行灌溉農業的河川流域土地肥沃，能讓產物增加，讓許多人集中住在一起。就這樣形成了村落，開始了青銅器時代，發明了輪子、犁、帆船等，生產增加且交通也發達了。於是，村落聚集形成了都市，各都市周圍築了城牆，各自獨立有了國家的樣貌。還有，這樣的都市，為了國家的各種紀錄，開始使用文字，最後進入了文明的階段。

43. **이 이야기의 중심 내용으로 맞는 것을 고르십시오.**

請選出符合這故事中心思想的選項。

① 홍수는 문명 발생의 필수조건이다.

洪水是產生文明的必須條件。

② 신석기 시대에 이미 고대 도시 문명이 형성되었다.

在新石器時代，已形成古代都市文明。

③ 모든 도시가 한데 뭉쳐 하나의 통일 국가를 만들어냈다.

所有的都市團結起來，形成了一個統一的國家。

❹ 농업 혁명을 통해 문명 발생이 가능하게 되었다.

透過農業革命，文明產生成為可能。

4대 문명이 발생한 곳의 특징은 농업 혁명으로 풍족한 생활을 누리고, 인력이 풍부합니다. 이에 마을이 촌락이 되고, 촌락이 도시로 발달한 결과 문명이 탄생하게 된 것입니다.

4大文明發生地的特徵，是以農業革命帶來富足的生活，人力很豐富。因此村莊變成村落，村落發展成城市，其結果是誕生文明。答案是④。

44. 큰 강 주변에서 4대 문명이 발생한 이유로 맞는 것을 고르십시오.
請選出大河周邊符合4大文明產生理由的選項。

① 다른 곳보다 홍수가 많이 났기 때문에
因為洪水比其他地方多

② 모든 사람들이 농업에 종사했기 때문에
因為所有人都從事農業

❸ 생산의 증가로 도시가 형성되었기 때문에
因為生產增加，形成了都市

④ 문명 발달에 필요한 문자를 사용했기 때문에
因為文明發達的需要而使用文字

큰 강 주변은 상류로부터 기름진 흙이 내려와 농사가 발달하였고, 이로 인해 생산이 증가하고 인구가 늘어나 조그만 촌락들이 뭉쳐 큰 도시를 형성하게 되었습니다.

大河周邊，由於從上流流下肥沃的泥土，使農業發達，因此生產增加、人口增加，小規模的村落聚集起來，形成了大城市。答案是③。

※ [45~46] 다음은 강연입니다. 잘 듣고 물음에 답하십시오. (각 2점)

下面是演講內容。請仔細聆聽並回答問題。（各2分）

여자 : 고령화 시대에 대비하여 국민들의 노후 4고, 즉 빈곤·질병·무위·고독을 예방하고, 미리 노후 준비를 할 수 있도록 지원하기 위한 '제1차 노후준비 지원 5개년 기본계획'을 보건복지부에서 발표했습니다. 이 법에 따르면 전국민을 대상으로 건강, 여가, 대인관계 서비스를 확대하고, 관계기관 연계 및 사후관리 서비스를 추가하도록 하였다고 합니다. 그리고 이 법을 구체화하고 활성화하기 위해 인력 및 정보시스템을 확충한다는 계획입니다. 특히, 베이비부머를 우선적인 대상으로 하여 이들이 본격 은퇴하기 이전에 최소 1회 이상의 노후준비 진단, 상담, 교육 서비스를 제공함으로써 노인들이 더 오래 일할 수 있는 여건 조성, 다시 말해 정년 조정, 중장년 고용확대 방안 등에 대한 사회적 논의를 본격적으로 추진할 예정이라고 합니다.

女生：為預備高齡化時代的到來，國民們的養老4苦，也就是預防貧困、疾病、無為、孤獨，為能援助事先為養老做準備，保健福祉部宣布了「第1屆養老準備支援5年基本計畫」。依據此法規，以全國人民為對象，擴大健康、休閒、對人關係等服務，可連絡相關機關，以及增加事後管理服務。另外，為將此法規具體化且活化，計畫擴充人力及資訊系統。特別以戰後嬰兒潮（baby boomer）為優先對象，在他們正式退休以前，提供至少1次以上的養老準備診斷、諮商、教育服務，為老年人打造能長時間工作的條件，也就是説，預計正式推動退休年齡、擴大雇用中壯年齡層（中年、壯年）方案等社會議題。

45. 들은 내용과 일치하는 것을 고르십시오.

請選出與聽到內容一致的選項。

① 이 법은 서비스 산업과 관련된 것이다.

此法規與服務產業有關。

② 이 법을 제정하기 위해서 노인들이 앞장서야 한다.

為制定此法規，需要老年人站出來。

❸ 이 법은 국민들의 노후 준비를 위해 마련되었다.

此法規是為了國民養老而準備。

④ 이 법은 사회적 논의를 거친 후에야 고려해 볼 수 있다.

此法規是經過社會討論才能考慮。

283

'5개년 기본계획'은 국민들의 노후 준비를 지원하기 위해 보건복지부에서 준비한 법입니다. 이 법을 구체화하고 활성화하기 위해서는 우리 사회 구성원들이 당면 문제에 대해 깊은 논의를 해야 할 것입니다.

「5개년 기본계획」（5年基本計畫）是為了支援人民養老而準備，由保健福祉部準備的法案。為了將這法案具體化、活化，我們身為社會成員，應就眼前問題慎重討論。答案是③。

46. 여자의 태도로 가장 알맞은 것을 고르십시오.

請選出符合女生態度的選項。

① 노인만을 위한 법 제정을 강력히 촉구하고 있다.

正在強力敦促只為老年人制定的法案。

② 노후준비를 위한 법률이 없음을 걱정하고 있다.

正在擔心沒有為養老做準備的法律。

③ 다음 법률안에 추가해야 할 내용을 소개하고 있다.

正在介紹下一條法案應追加的內容。

❹ 이 법이 추구하는 바에 대해 상세하게 설명하고 있다.

正在詳細說明關於此法案所追求的事情。

이 법은 전국민을 대상으로 하는 법으로써, 노후준비를 위한 장기 계획이 필요함을 강조하고 있습니다. 또 이 법을 통해 모든 국민이 철저한 노후 준비를 할 수 있음에 긍정적으로 바라보고 있습니다.

這法律是以全國人民為對象，強調為了養老準備需要長期計畫。更以肯定的角度來看，透過這法律，所有的人民可以周全地做養老準備。答案是④。

※ **[47 ~ 48] 다음은 대담입니다. 잘 듣고 물음에 답하십시오. (각 2점)**
下面是對談內容。請仔細聆聽並回答問題。（各2分）

여자 : 선생님께서 쓰신 책이 한국에서 베스트셀러가 됐습니다. 이 같은 성공을 예상하셨나요? 그리고 지구의 지속가능성에 대해서 연구하게 된 특별한 계기가 있습니까?

남자 : 20년 전 이 책이 나오기 전에 내가 어떤 생각을 했었는지 모르겠습니다만, 한국에서 미국 시장 다음으로 큰 매출을 올릴 만큼의 인기를 얻을 것이라고는 기대하지 않았습니다. 지구 지속가능성에 대해서는 1988년에 쌍둥이 아들들을 얻고 난 다음부터 관심을 갖게 됐는데요. 아내와 내가 유언장을 쓰거나 생명보험을 들거나 하는, 어린 아이들의 미래를 위해 하는 일들도 만약 그 때의 세계가 망가진다면 아무 소용이 없는 것이라는 것을 깨닫게 된 것이 계기가 되었습니다. 그 결과 인류장래에 대한 위협을 극복하고, 지속가능한 경제개발을 추구하는 연구를 시작하게 된 것이지요.

女生 : 老師所寫的書，現在在韓國成為暢銷書了。有預料到會這麼成功嗎？還有，您對地球可持續性的研究，是有什麼特別的契機嗎？

男生 : 20年前，在這本書出版之前，不知道當時我想什麼，但是我根本沒有期待韓國的銷售僅次於美國那樣受歡迎。關於地球的可持續性，是在1988年雙胞胎兒子出生後，開始成為我所關心的事情。妻子與我不管是寫遺囑或是買保險，是在做了任何能為小孩未來所做的事以後才了解，如果那個時候世界毀滅就沒有任何意義了，也因此才成為契機。結論是我們要克服人類未來的威脅，並開始追求可持續的經濟發展。

---

47. 들은 내용과 일치하는 것을 고르십시오.

請選出與聽到內容一致的選項。

① 이 책이 세계에서 최고 베스트셀러가 됐다.

這本書在全世界成為最佳暢銷書。

❷ 기대보다는 책의 판매가 훨씬 좋았다.

書的銷售比期待中來得更好。

③ 지구의 미래를 위해 유언장을 썼다.

為了地球的未來寫了遺囑。

④ 우리가 사는 세계는 결국 다 망가지게 될 것이다.

我們所生活的世界最終都會毀滅。

남자는 한국에서 미국 시장 다음으로 큰 매출을 올릴 줄은 기대하지 않았습니다, 남자가 지구의 지속가능성에 대해 관심을 갖게 된 것은 쌍둥이 아들이 태어난 이후로, 지구의 미래를 위한 일을 미리 준비해야 한다고 강조합니다.

男生並沒有預期到，在韓國的銷售，會僅次於美國市場。男生會對地球的可持續性開始有興趣，是從雙胞胎出生以後。他強調，應該提早為地球的未來做準備。答案是②。

48. 남자의 태도로 가장 알맞은 것을 고르십시오.

請選出最符合男生態度的選項。

① 지구의 지속가능성을 극단적으로 예측하고 있다.

正在極端地預測地球的可持續性。

② 지구의 지속가능성에 대해 분석하고 있다.

正在分析關於地球的可持續性。

③ 책을 더 많이 팔아 연구가 계속되기를 기대하고 있다.

正在期待書賣越多就能夠繼續研究。

❹ 지구의 미래에 대해 걱정을 하고 있다.

正在擔心關於地球的未來。

여기서 남자는 자신의 쌍둥이 아들의 예를 들며 지구의 미래를 걱정하고 있습니다. 이것이 바로 지구의 지속가능성을 연구하게 된 계기입니다. 이 대담에서는 문제 제기만을 하고 있습니다.

在這裡，男生以自己的雙胞胎兒子為例，表示擔心地球的未來。這就是他研究地球可持續性的契機。這個交談中，只提到問題，沒有提到解決方案。答案是④。

※ [49~50] 다음은 강연입니다. 잘 듣고 물음에 답하십시오. (각 2점)

下面是演講內容。請仔細聆聽並回答問題。（各2分）

> 여자 : 행복은 내가 원하는 것이 무엇인가를 먼저 아는 것에서부터 출발한다고 생각합니다. 그리고 내가 가진 것을 아는 것도 결국엔 자기 자신을 아는 것이라고 생각합니다. 그러면 원하는 것을 아는 것도, 가진 것을 아는 것도 둘 다 자기 자신을 아는 것에서 출발하는 것이지요. 그동안 저는 '내가 정말로 원하는 것이 뭐지? 내가 정말로 하고 싶은 것이 뭐지? 나는 지금 이 순간에 무엇을 원하고 있는가?' 그런 생각을 하면서 살아왔는데, 결국에는 내가 원하는 것을 아는 것도, 내가 가진 것을 아는 것도 자기 자신을 아는 것에서 출발한다, 내가 나를 알았을 때 비로소 내 삶의 행복도 얻을 수 있는 것이다, 이것이 제가 행복에 대해서 생각해 보았을 때 얻은 결론이에요.

> 女生 : 我認為幸福，是要先從知道自己想要的是什麼為起點。還有我覺得，知道自己擁有的是什麼，也能幫助了解自己。那麼，就能知道自己想要什麼，知道自己擁有什麼，這兩個都是從認識自己出發。這段時間，我邊想著「我真正想要的是什麼？我真正想做的是什麼？我這個時候在做什麼？」而生活，最後我知道我自己要什麼，我擁有的是什麼，都是從了解自己出發，我認識了自己時，我的人生也才可以獲得幸福。這是我對於幸福做思考時，所得到的結論。

49. 들은 내용과 일치하는 것을 고르십시오.

請選出與聽到內容一致的選項。

❶ 내가 나를 아는 것만큼 중요한 것은 없다.

沒有比認識自己還重要的事。

② 나 자신만의 행복을 추구하는 것이 중요하다.

追求屬於自己的幸福是重要的。

③ 가진 것을 알아야 자기 스스로를 알 수 있다.

要知道自己所擁有的，才能認識自己。

④ 행복의 출발은 내가 무엇을 원하는지 아는 것이다.

幸福的出發點，是要知道自己想要的是什麼。

여자는 "내가 나를 알았을 때 비로서 내 삶의 행복도 얻을 수 있다"고 강조하고 있습니다. 내가 무엇을 원하는지, 내가 무엇을 가졌는지를 아는 것도 먼저 나 자신을 아는 것에서부터 출발한다는 것입니다.

女生強調「내가 나를 알았을 때 비로소 내 삶의 행복도 얻을 수 있는 것이다」（我認識了我自己時，我的人生才會得到幸福）所以要先從認識自己，才能知道自己想要什麼、擁有什麼。答案是①。

50. 여자가 말하는 방식으로 가장 알맞은 것을 고르십시오.

請選出最符合女生說話方式的選項。

① 모든 것의 출발이 행복임을 증명하고 있다.

正在證明幸福是所有事情的起點。

② 다른 사람의 예를 들어 결론을 유도하고 있다.

正在以他人做為例子引導出結論。

❸ 행복을 얻기 위해 자기 성찰이 필요함을 설득하고 있다.

正在說服為了得到幸福必須反省自己。

④ 살아가면서 생길 수 있는 일에 대해 분석하고 있다.

正在分析關於人活著會發生的事情。

여자는 "내가 나를 알았을 때 비로서 내 삶의 행복도 얻을 수 있다"고 강조하고 있습니다. 내가 무엇을 원하는지, 내가 무엇을 가졌는지를 아는 것도 먼저 나 자신을 아는 것에서부터 출발한다는 것입니다.

女生一直主張，幸福不是從別的地方來的，而是從認識自己開始。自己想要什麼、擁有什麼，都要先認識自己才有可能。答案是③。

※ [51 ~ 52] 다음을 읽고 ㉠과 ㉡에 들어갈 말을 각각 한 문장으로 쓰십시오.
(각 10분)

請閱讀下面文章，並分別寫出㉠與㉡內的句子。（各10分）

51.

공고

그동안 직원과 상사간의 의사 소통이 잘 되지 않는다는 지적이 많았습니다. 따라서 우리 회사의 발전과 직원간 화합을 위해 (㉠**직원분들의 의견을 구합니다**). 모집 내용은 각 부서 내에서 직원과 상사간의 (㉡**의사가 서로 잘 통할 수 있는**) 방안입니다. 사원 여러분들의 좋은 의견 부탁 드립니다.

公告

一直以來有許多人指出職員與上司間溝通不良，因此為了本公司的發展與和諧，（㉠**要徵求員工們的想法**）。徵求內容，由各部門提出職員與上司間（㉡**能夠互相交流意見的**）方案。還請各位社員提出好的意見。

회사에서 직원들의 의견을 듣는 공고문입니다. 이 공고문을 낸 목적은 회사의 발전과 직원간 화합을 위해서 "어떻게 하려고 하는가"입니다. 그러므로 (㉠)에는 사원(직원) 여러분의 아이디어(생각, 의견)을 모집한다는 내용이 들어가야 합니다. 직원과 상사간에 "무엇이 필요한가"가 바로 (㉡)인데, 그에 대한 힌트가 맨 첫째줄에 있습니다. 즉, '의사 소통이 잘 되지 않는다'는 지적이 그것입니다.

這是一則公司聽取職員意見的公告。提出這則公告的目的，是為了公司的發展與職員間的和諧「應該怎麼做」。因此，（ ㉠ ）應該要寫出徵求各位社員（職員）主張（想法、意見）的內容。而職員與上司間「需要什麼」就是（ ㉡ ），這個的提示在第一行，指的就是「溝通不良」。

⊙ 직원분들의 의견을 구합니다 要徵求員工們的想法
⊙ 사원 여러분의 아이디어를 모집합니다

ⓛ 의사가 서로 잘 통할 수 있는 能夠互相交流意見的
ⓛ 의사 소통을 원활히 할 수 있는

52.

낮잠의 효용성

오후에 피곤함을 호소하는 사람들이 많다. 이런 사람들은(**⊙밤에 잠이 안 올까봐**) 낮잠을 피한다고 말한다. 그러나 낮잠을 자는 것은 밤의 숙면을 방해하지 않을 뿐 아니라 오히려 밤에 더 깊은 잠을 잘 수 있게 한다. 또한 낮잠을 자고 나면 기억력이 좋아지는 것은 물론 집중력도 높아진다고 한다. 그러므로 낮에 졸음이 온다면 애써 참는 것보다는 (**ⓛ짧은 시간이라도 잠을 자는 것이**) 낫다.

睡午覺的功效

受午後睏倦之苦的人很多。這樣的人（**⊙是因為怕晚上睡不著**），所以盡量不午睡。但是午睡不但不會妨礙晚上睡眠，反而在晚上還可以睡得更好。還有，睡午覺不僅會讓記憶力變好，還能提高集中力。因此，比起強忍白天的睏意（**ⓛ就算是短時間也睡覺**）會來得更好。

(⊙) 때문에 낮잠을 피하는 사람이 있습니다. 그에 대한 힌트는 바로 다음 줄에 나옵니다. 즉 밤의 숙면을 방해하거나 밤에 깊은 잠을 잘 수 없기 때문입니다. 낮잠을 자는 일은 밤잠하고는 관계가 없고, 오히려 좋은 점이 더 많습니다. 따라서 졸음이 오는 것을 참느니 (ⓛ) 하는 것이 더 좋다는 것입니다. '졸음을 참는다'의 반대는 '잠을 잔다'인데 비유적인 표현을 알아두면 좋겠습니다.

有些人因為（ ⊙ ）所以避免在白天睡午覺，提示就出現在下一行。也就是擔心會妨礙晚上的睡眠或晚上無法熟睡。白天睡覺與晚上睡覺不僅沒有關係，反而可以讓晚上睡得更好。因此，與其忍著睡意（ ⓛ ）會更好。「졸음을 참다」（強忍睡意）的相反詞是「잠을 자다」（睡覺），如果能知道這個比喻的表現會更好。

ⓐ 밤에 잠이 안 올까 봐　是因為怕晚上睡不著
ⓐ 밤에 잠을 못 자게 될까 봐

ⓑ 짧은 시간이라도 잠을 자는 것이　就算是短時間也睡覺
ⓑ 잠깐이라도 눈을 붙이는 것이

53. 다음을 참고하여 '연령대 별 독서 특징과 남녀 중 누가 책을 더 많이 읽을까'에
　　대한 글을 200 ~ 300자로 쓰십시오. (30점)
　　請參考下面圖表，用200～300字寫出關於「年齡層閱讀特徵與男女性中誰讀的書
　　更多」的文章。（30分）

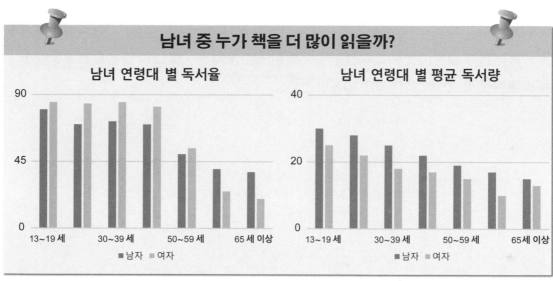

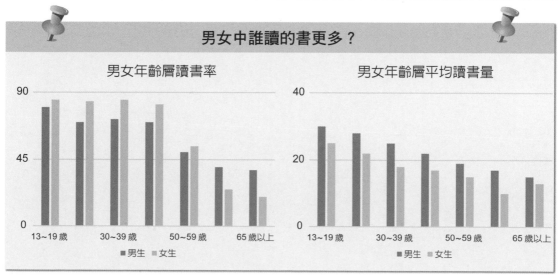

모범 정답 :

　나이가 들면 들수록 독서율과 평균 독서량 모두 줄어들었다. 10, 20대 때는 학업 과정 공부를 위한 독서가 많은 점, 노년기의 노안에 따른 독서의 불편함 등을 고려하면 이해가 된다. 장년기(50대 이후)를 제외한 연령대 모두에서 여자의 독서율이 높았다. 특히 왕성한 독서를 보이는 20, 30대의 경우에는 차이가 가장 컸다. 책을 아예 안 읽는 비율은 남자가 더 많지만, 책을 읽는 사람들만을 대상으로 집계한 평균 독서량은 남자가 여자보다 10% 이상 많다는 사실이 눈에 띄었다.

解答範例 :

　　隨著年紀的增長，讀書率與平均讀書量都下降了。10、20歲時，為了學業課程讀很多書，老年期的老花眼而造成閱讀不便等原因都可以理解。壯年期（50歲以後）以外的年齡層，皆由女性的讀書率較高。尤其是閱讀能力最好的20、30歲情況差異最大。根本就不看書的比例以男性居多，但引人注意的是，僅以閱讀者為對象做統計，平均讀書量男性卻比女性多出10%以上。

54. 다음을 주제로 하여 자신의 생각을 600~700자로 글을 쓰십시오. 단, 문제를 그 대로 옮겨 쓰지 마십시오. (50점)

以下面為主題，用600～700字將自己的想法寫成文章。請不要將題目原封不動寫上。（50分）

　　지금 우리 사회는 양극화 문제, 세대간의 갈등, 지역 감정 등의 이유로 서로 갈라져 사사건건 충돌을 하고 있습니다. 이런 위기를 극복하고 더불어 사는 사회를 만들기 위하여 우리는 무엇을 해야 할까요? 아래의 내용을 중심으로 자신의 생각을 쓰십시오.

　　現今我們社會兩極化問題，世代間的分歧、地方情感等原因，正造成彼此分裂及種種衝突。為了克服這種危機並創造一起生活的社會，我們應該做什麼呢？請以下面內容為核心，寫出自己的想法。

· 더불어 사는 사회란 무엇입니까?
· 사회적 약자를 위한 정책의 예를 드십시오.(두 개 이상)
· 바람직한 사회의 모습을 제시하십시오.

· 什麼是一起生活的社會？
· 請舉出為社會弱勢的政策。（兩個以上）
· 請提出值得期待的社會樣貌。

모범 정답 :

　　지금 우리 사회는 외적인 조건이나 경제적 능력을 최고 가치로 여기면서 못 가진 사람이나 장애가 있는 사람, 고아, 한부모 가정 등 사회적 약자로 불리는 사람들을 무시하곤 한다. 그러나 우리가 진정 원하는 사회는 사람의 외모나 가정환경, 경제력에 관계 없이 모두 함께 조화롭게 살 수 있는 사회일 것이다.

　　그렇다면 소외 받는 사회적 약자를 위한 정책에는 무엇이 있을까?

　　첫째, 사회적 약자는 경제적으로 궁핍한 경우가 대부분이다. 따라서 병에 걸려도 돈이 없어서 치료를 못 받는 경우가 많고, 심지어는 그냥 방치하여 목숨을 잃는 경우도 있다. 국가는 이들을 위한 복지 정책을 펼쳐 사소한 고통이라도 보듬어 주는 정부가 되어야 할 것이다.

　　둘째, 사회적 약자가 가난한 이유는 제대로 된 직업을 갖지 못해서이다. 국가는 그들에게 남들과 똑같이 배울 수 있는 학교 교육의 기회를 제공하고, 자력으로 먹고 살 수 있도록 지속적인 수입이 보장되는 장기적 고용을 보장해 주어야 할 것이다. 물론 이런 정책들은 사회적 배려가 없이는 불가능하므로 사회 구성원들의 끊임없는 관심과 협조가 필요하다.

우리 사회는 어느 한 계층만을 위한 사회가 되어서는 안 된다. 가진 사람이든 못 가진 사람이든, 젊은 사람이든 나이 든 사람이든, 또 그 사람이 어디에 사는 사람이든 외적인 조건을 따지지 않고 모든 차별이 없는, 공정하고 바른 사회를 만들어야 할 것이다.

解答範例：

現今我們的社會，認定外在條件或經濟能力就是最好的價值，卻無視窮困的人或有障礙的人、孤兒、單親家庭等被分類為社會弱勢的人們。但我們真正想要的社會，是無關人的外貌或家庭環境、經濟能力，而是能一起和諧生活的社會。

那麼有什麼政策能夠幫助受到冷落的社會弱勢呢？

第一，社會弱勢的經濟大多比較貧困。因此，有許多生病卻因為沒錢所以無法接受治療的情況，甚至還有任憑擱置而失去生命的情況。國家應該為了這些人施行政策，成為連微小的痛苦也能夠照顧的政府。

第二，社會弱勢窮困的原因是沒有正式的工作。國家該提供這些人能夠與他人一樣學習機會的學校教育，並確保長期就業，能夠有持續的收入，使他們能夠靠自己生活。

我們的社會不能只成為某一個階層的社會。不管是富有的人、貧窮的人、年輕人、老年人、住哪裡的人，不要計較外在條件，我們應該建立一個不受到歧視、沒有差別、公正且合理的社會。

綜合診斷：TOPIK Ⅱ 閱讀模擬考試完全解析

※ [1 ~ 2] (　　)에 들어갈 가장 알맞은 것을 고르십시오. (각 2점)

請選出最適合填入（　　）中的選項。（各2分）

1. 요즘 너무 피곤해 집에 들어오자마자 침대에 (쓰러져 버린다).

最近太累，回到家就馬上（倒下）。

① 쓰러져 간다　暈倒下去　　　　　② 쓰러져 본다　暈倒看看

❸ 쓰러져 버린다　倒下　　　　　　④ 쓰러져 둔다　倒放

> 이 문제에서 요구한 답안은 동작의 완성입니다. '-아/어/여 버리다'는 어떤 행동이 이미 끝났음을 나타내는 어미입니다.

> 這題要求的答案是動作的完成。「-아/어/여 버리다」表示某個動作已經完成的語尾，相當於中文的「掉」。答案是③。

2. 내 친구가 나에게 거짓말을 (하리라고는) 생각조차 하지 못 했다.

連想都（從沒）想到，我的朋友會對我說謊。

① 할수록　越做越　　　　　　　　② 하기에는　因為做

❸ 하리라고는　從沒做　　　　　　④ 하는 편이　通常是

> '친구가 거짓말을 한다'는 생각은 혹시나 하는 추측에 해당하므로 '-리라(추측) + -고는(인용)'이 여기에 해당합니다.

> 「朋友說謊」這種想法相當於講述者的猜測，所以「-리라 + -고는」（猜測＋引用）這樣的文法適合用在這裡。答案是③。

※ [3~4] 다음 밑줄 친 부분과 의미가 비슷한 것을 고르십시오. (각 2점)
請選出與標示下線部分意思相近的選項。（各2分）

3. 어제 저녁부터 지금까지 밥은커녕 물도 한 모금 못 마셨다.
   從昨晚開始到現在，別說是飯，連水都沒喝上一口。
   ① 밥은 당연하고 當然是飯　　　　　❷ 밥은 고사하고 不要說飯
   ③ 밥 대신에 代替飯　　　　　　　　④ 밥은 사양하고 拒絕飯

   > '-은커녕'은 사실을 부정하는 보조사로, 밥을 전혀 먹지 못 했다는 뜻입니다.
   > 이와 바꿔 쓸 수 문법은 '-은 고사하고'가 됩니다.
   >
   > 「-은커녕」是否定事實的補助詞，意思是並沒有吃飯。可以替換它的文法
   > 是「-은 고사하고」（不要說～）。答案是②。

4. 피곤해서 잠을 좀 잘라치면 자꾸 전화가 와서 방해한다.
   因為很累，只要一想睡，就老是有電話來妨礙。
   ① 자더니 想睡卻　　　　　　　　　② 잘 수 있으면 能夠睡覺的話
   ③ 자느라 因為睡覺　　　　　　　　❹ 자려고 하면 只要一想睡，就～

   > '-(으)ㄹ라치면'은 무슨 일을 하려고 하면 꼭 어떤 결과가 일어난다는 뜻을
   > 나타내는 연결어미입니다. '-(으)려고 하면'과 바꿔 쓸 수 있습니다.
   >
   > 「-(으)ㄹ라치면」這個連接語尾，表示每次要做什麼事，就一定會發生某種
   > 相反的結果。可以替換成「-(으)려고 하면」（如果想要～的話）。答案是④。

※ **[5～8] 다음은 무엇에 대한 글인지 고르십시오. (각 2점)**
請選出下面是關於什麼的句子。（各2分）

5.

자동차에 앉는 순간, 잊지 마세요! 당신의 생명을 지켜 드립니다.
坐進車子的瞬間，請不要忘了！ 保護您的生命。

❶ 안전띠　安全帶　　　　　② 좌석　座位
③ 장갑　手套　　　　　　④ 선글라스　太陽眼鏡

> 핵심 단어인 '자동차', '생명', '지키다' 등을 보면 답을 쉽게 알 수 있습니다.
>
> 看關鍵詞「자동차」（汽車）、「생명」（生命）、「지키다」（保護）等，很容易就知道答案。答案是①。

6.

자연과 함께 하는, 아름다운 여행을 위한 특별한 만남
和自然界在一起， 為美麗旅程特別的相遇

① 도서관　圖書館　　　　　❷ 펜션　豪華民宿
③ 수영장　游泳池　　　　　④ 학교　學校

> 핵심 단어인 '자연', '여행', '특별한 만남' 등을 미루어 볼 때 숙박 시설임을 유추할 수 있다.
>
> 由關鍵詞「자연」（自然界）、「여행」（旅行）、「특별한 만남」（特別的見面）等推斷，可以猜測是住宿設備。答案是②。

7.

젖니가 튼튼해야 영구치도 튼튼! 치아 관리는 영유아 때부터
乳齒堅固 恆齒才會堅固！ 牙齒護理從嬰幼兒開始

① 자연 보호 保護自然 　　　　❷ 구강 검진 口腔檢查
③ 수질 관리 管理水質 　　　　④ 건물 수리 修理建築

　'젖니', '영구치', '치아'는 모두 이와 관계가 있고, '관리'란 단어로 보아 건강과 관련된 문제입니다.

　　「젖니」（乳齒）、「영구치」（恆齒）、「치아」（牙齒）都與牙齒有關，且由「관리」（管理）這個單字，可得知是與健康有關的題目。答案是②。

8.

·분말을 컵에 따릅니다. ·뜨거운 물 150ml를 붓습니다. ·15초를 저은 후 1분간 기다렸다 드시면 됩니다.
·將粉末倒入杯中。 ·裝入150ml熱水。 ·攪拌15秒後等待1分鐘飲用。

① 식사 순서 用餐順序 　　　　② 조작 방식 操作方式
③ 주의 사항 注意事項 　　　　❹ 음용 방법 飲用方法

이 지문에서 가장 핵심 단어는 '드시다', 즉 '마시다'입니다. 분말을 어떤 방법으로 마시는가를 설명하는 문제입니다.

本文最關鍵的詞是「드시다」（吃／喝）（是「마시다」（喝）的敬語），也就是「마시다」。是說明用什麼方法喝粉末的題目。答案是④。

9.

한국대학교 제51회 워크숍 공연
연극 맥베스
기간 : 2016년 11월 28일(월)~12월 3일(토) 장소 : 한국대학교 예술관 소극장 시간 : 평일 7시 반 　　　　주말 3시 / 7시 ※사전 예매시 1000원 할인 혜택이 있습니다.
韓國大學第51屆研討會表演
馬克白話劇
時間：2016年11月28日（一）～12月3日（六） 場地：韓國大學藝術館小劇場 時間：平日7點半 　　　　週末3點 / 7點 ※預購時可享1000元優惠。

❶ 공연에서 연극을 감상할 수 있다. 這次的表演可以欣賞話劇。

② 공연은 일주일 동안 진행된다. 表演為期一個星期。

③ 공연을 보려면 사전 예매를 해야 한다. 要看表演的話需事先買票。

④ 공연은 이번에 처음으로 열린다. 這個表演是第一次演出。

　　연극 공연을 안내하는 글입니다. <맥베스>라는 연극을 공연한다는 사실 외에는 모두 사실과 다릅니다.

　　是介紹戲劇表演的文章。除了表演《맥베스》（馬克白）這個戲劇的事實，其他都不符合。答案是①。

10.

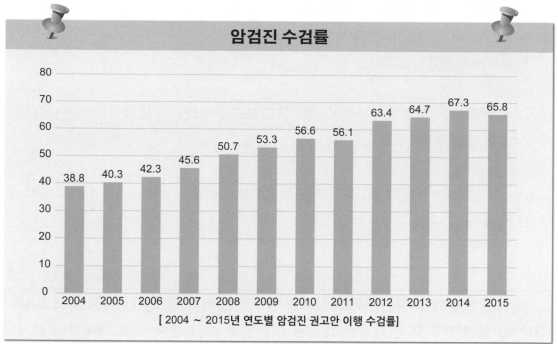

암검진 수검률

[2004 ~ 2015년 연도별 암검진 권고안 이행 수검률]

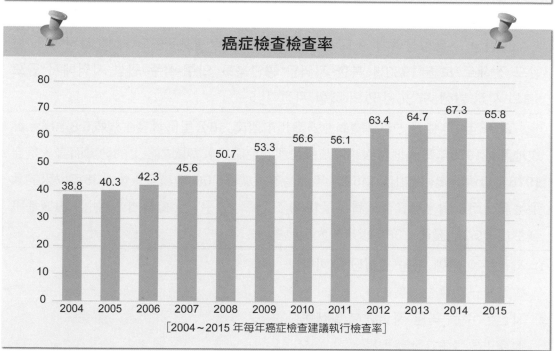

癌症檢查檢查率

[2004~2015 年每年癌症檢查建議執行檢查率]

① 전체 수검률은 매년 별 차이가 없다.

整體受檢率每年沒有什麼差別。

❷ 수검률은 2012년보다 2015년이 더 높았다.

2015年比2012年受檢率還高。

③ 2010년을 기준으로 수검률이 계속 높아졌다.

以2010年為基準，受檢率持續升高。

④ 암검진에 대한 관심이 점차 줄어들고 있다.

對癌症檢查的關注逐漸減少。

> '수검률'이란 검사를 받는 비율입니다. 도표를 보면 2015년이 2012년보다 2.4% 높음을 알 수 있습니다.
>
> 「수검률」（受檢率）也就是檢查的比率。看圖表可知，2015年比2012年高出2.4%。答案是②。

11.

> 2016년 9월 12일 대한민국 경상북도 경주시 남서쪽 8km 지역에서 규모 5.8의 지진이 발생했다. 이번 지진은 1978년 대한민국 지진 관측 이래 역대 최고로 강력한 지진이다. 대한민국 내 육상지진으로는 1978년 충청북도 속리산에서 규모 5.2, 충청남도 홍성군에서 규모 5.0의 지진 발생 후 38년 만의 대형 지진이다. 한반도 전체로 보면 1980년 북한 지역인 평안북도 의주-삭주-귀성 지역에서 규모 5.3의 지진 발생 후 36년 만의 대형 지진이다.
>
> 2016年9月12日，韓國慶尚北道慶州市西南方8公里區域發生規模5.8地震。此次地震是1978年韓國地震觀測以來最強烈的地震。就韓國內陸上的地震而言，是自1978年忠清北道俗離山規模5.2，忠清南道洪城郡5.0的地震發生後，38年以來的大型地震。而以韓半島整體來看，是1980年北韓地區平安北道義州、朔州、龜城地區發生規模5.3地震後，36年以來的大型地震。

① 지진은 이번에 처음 일어난 것이다.

這是第一次發生地震。

② 지진은 주로 북한 지역에서 발생한다.

地震主要發生在北韓地區。

③ 지진은 관측을 시작한 지 38년이 되었다.

開始地震觀測已經38年。

❹ 지진은 경주 지진의 규모가 가장 크다.

慶州地區的地震規模最大。

이 글은 경주에서 발생한 지진에 관한 것입니다. 경주 지진은 대한민국 역대 지진 중 가장 강력한 지진이었습니다.

本文是有關發生在慶州的地震。慶州地震，是大韓民國歷代地震當中最為強烈的一次。答案是④。

12.

추석에는 많은 사람들이 성묘를 다녀오고 조상에게 차례를 지낸다. 이러한 풍습은 유교 문화의 영향으로 오랜 시간 우리가 지켜온 전통이다. 그런데 성묘와 차례가 시대상에 따라 바뀔 조짐을 보이고 있다. 한두 세대가 지나면 전통적인 성묘와 차례 문화는 계속되지 않을지도 모르므로 젊은 세대의 생각을 수용해서 전통과 조화되는 방향으로 장례 문화를 바꿔야 한다는 주장이 설득력을 얻고 있다.

中秋節有許多人去掃墓並且祭祀祖先。這樣的風俗是受儒家文化的影響而長期保存下來的傳統。但是掃墓與祭祀有隨著時代改變的跡象。再過一兩個世代，傳統掃墓與祭祀文化不知道還會不會持續，因此要接納年輕世代的想法，朝著與傳統調和的葬禮文化方向改變才有說服力。

① 유교 문화로 인해 성묘와 차례 문화가 바뀌었다.
因儒家文化改變了掃墓及祭祀的文化。

② 젊은 세대는 추석에도 성묘와 차례를 지내지 않는다.
年輕一代在中秋節也不掃墓和祭祀。

❸ 지금의 성묘와 차례 문화는 과거와 많이 달라졌다.
現在的掃墓和祭祀文化與過去有許多不同。

④ 전통과 조화되는 장례 문화가 계속될 것이다.
與傳統調和的葬禮文化會持續。

성묘와 차례 문화는 유교 문화의 영향으로 생긴 것으로, 오랜 시간 지켜져 내려왔지만 지금의 상황은 과거와 많이 달라졌고 사라질 위기에 놓여져 있습니다.

掃墓和祭祀文化是受儒家文化影響而產生，雖然長時間保存下來，但現在的情況與過去不一樣，有消失的危機。答案是③。

請選出符合下面內容排序的選項。（各2分）

13.

| (가) 얼굴이나 입 주변을 핥는 행동은 개에게 남아 있는 야생적 습성이다. |
| (나) 따라서 그 행위를 거절하면 개를 혼란에 빠뜨리게 된다. |
| (다) 개는 강아지 때부터 사람의 입 주변을 핥으려고 한다. |
| (라) 이러한 습성은 리더나 가족에 대한 충성과 애정의 행위라고 볼 수 있다. |

| (가) 舔臉或嘴周圍的行為是狗保有的野生習性。 |
| (나) 因此如果拒絕那個行為會使狗陷入混亂。 |
| (다) 狗從小就會舔人嘴的周圍。 |
| (라) 這樣的習性可以說是領導或對家人忠誠的表現。 |

① (나)-(다)-(가)-(라)

② (나)-(다)-(라)-(가)

③ (다)-(라)-(가)-(나)

❹ (다)-(가)-(라)-(나)

> 첫 문장은 일반적인 상황을 설명한 (다)입니다. 다음은 이를 보충 설명하는 (가), 이유를 설명한 (라)가 세 번째, '따라서'는 결론을 표시하므로 (나)가 마지막입니다.
>
> 第一句是說明一般的情況的(다)，其次是為它補充說明的(가)，第三句是說明理由的(라)，「따라서」（因此）表示結論，所以(나)是最後一句。答案是④。

14.

(가) 소나무 목재는 단단하고 잘 썩지 않으며 휘거나 갈라지지도 않는다.
(나) 그 이유는 춘양목의 결이 최고로 곱기 때문이다.
(다) 그래서 궁궐이나 사찰을 만드는 데 많이 쓰였다.
(라) 특히 궁궐을 지을 때는 춘양목이 주로 사용되었다.
(가) 松樹木材堅固也不容易鋸斷，所以不會輕易彎曲或裂開。
(나) 其原因是春陽木（松樹的一種）的紋理是最精緻的。
(다) 所以多用在蓋宮廷或寺廟。
(라) 特別是蓋宮廷時主要使用春陽木。

❶ (가)-(다)-(라)-(나)
② (가)-(라)-(다)-(나)
③ (다)-(가)-(나)-(라)
④ (다)-(나)-(가)-(라)

소나무의 특성을 설명한 (가)가 첫 문장이고, 그 다음에 (다)가 자연스럽게 이어지며, 소나무 중에 우수한 품종을 설명한 (라), 맨 마지막이 결론 부분인 (나)입니다.

説明松樹特性的(가)是第一句，(다)在後面自然地銜接上，(라)補充特別使用春陽木的例子，而説明其理由的(나)則是結論部分。答案是①。

15.

(가) 그래서 아무리 위대한 업적을 남겼어도 사후 수여는 하지 않는다.
(나) 노벨상은 살아 있는 사람에게만 주어진다.
(다) 따라서 노벨상이 수여된 후 지금까지 사후 수상자는 세 명에 불과하다.
(라) 단, 수상자로 선정된 후 사망한 경우에는 수상할 수 있다.
(가) 所以不管留下了多麼偉大的功績，也不會在死後追授。
(나) 諾貝爾獎只給活著的人。
(다) 因此死後追授諾貝爾獎的人到現在只有三個人。
(라) 只有受獎人被選定後死亡的情況才能夠領獎。

❶ (나)-(가)-(라)-(다)

② (나)-(라)-(가)-(다)

③ (다)-(가)-(라)-(나)

④ (다)-(라)-(나)-(가)

> 첫 문장은 노벨상의 일반적 특징을 설명한 (나), 자연스럽게 (가)가 이어지고, 예외를 설명한 (라)가 그 다음, 마지막에는 앞의 내용을 보충한 (다)입니다.
>
> 第一句(나)在說明諾貝爾獎的一般特徵，自然地接續(가)，接著說明例外的(라)，最後再補充前一句內容的(다)。答案是①。

※ [16 ~ 18] 다음을 읽고 (　　)에 들어갈 내용으로 가장 알맞은 것을 고르십시오.
　　　(각 2점)
　　　請閱讀下面文章，並選出最適合填入（　　）的選項。（各2分）

16.

> 　　사람들은 흔히 눈을 영혼의 창이라고 말한다. 그렇다면 피부는 (**몸의 건강을 나타내는**) 창이라 부를 수 있겠다. 많은 피부 전문가들은 갑자기 얼굴색이 나빠지거나 여드름이 생기는 것은 몸에 이상이 생겼을 때 나타나는 신호라고 한다. 몸 안에서 벌어지는 많은 일들은 겉으로 드러난 피부의 색과 상태에 영향을 준다.
>
> 　　人們都說眼睛是靈魂之窗。那麼皮膚可以說是（**表現身體健康之**）窗。許多皮膚科專家說，臉色突然不好或是長痘痘是表示身體有異狀的信號。體內發生的許多狀況都會呈現在外表，影響皮膚的顏色或狀態。

① 사람의 영혼을 드러내는　呈現人類靈魂之
② 얼굴색을 표현하는　表現氣色之
❸ 몸의 건강을 나타내는　呈現身體健康之
④ 몸 상태에 영향을 주는　影響身體狀態之

> 　　피부의 색과 상태가 좋지 않으면 몸이 건강하지 않다는 뜻입니다. 즉, 피부가 몸의 건강 상태를 나타내주는 것입니다.
>
> 　　皮膚顏色與狀態不好的話，表示身體不太健康。也就是說，皮膚會呈現身體的健康狀態。答案是③。

17.

생물의 뼈를 비롯한 신체 부위, 혹은 생물의 발자국과 같은 흔적이 돌이 되어 남은 것을 화석이라고 한다. 흔히 뼈가 그대로 남았다고 착각하는 경우가 많은데, 사실 (**화석은 뼈가 아니라**) 돌이다. 뼈의 형태에 광물이 스며들어서 돌로 변질되어 남게 된 것이다. 단단한 뼈가 없더라도 사체 위에 퇴적물이 쌓인 뒤 그 사체가 썩어 부패하면서 퇴적물 사이에 공간을 남긴 것이 화석으로 변하기도 한다.

包括生物的骨頭等身體部位，或像生物足跡般的痕跡成為石頭所留下的東西稱為化石。常誤以為化石是過頭直接留下來的，事實上（**化石不是骨頭**）而是石頭。是礦物滲透到骨頭後變成石頭而留下的東西。就算沒有堅硬的骨頭，在屍體上的沉積物累積後，其屍體腐敗時，在沉積物空隙間留下的東西也會變成化石。

❶ 화석은 뼈가 아니라 化石不是骨頭

② 생물의 뼈가 변한 是生物的骨頭變的

③ 뼈로 변해서 된 由骨頭變成

④ 사체의 퇴적물이 아니라 不是屍體的堆積物

화석은 생물의 뼈 자체가 아니라 생물의 흔적이 변한 돌입니다. 뼈가 없더라도 생물이 화석으로 변할 수 있습니다.

化石並不是生物骨頭本身，而是由生物的痕跡變成石頭。就算沒有骨頭，生物還是可以變成化石。答案是①。

18.

> 교통기관이 발달하기 이전에는 말이 육로 교통에서 가장 중요한 역할을 담당하였다. 소를 타고 다니는 것은 풍류적인 멋일 뿐이고, 말은 그야말로 (**목적지에 빨리 가기 위한**) 교통수단이었다. 특히 중앙과 지방정부 사이에 공문서를 전달하거나 사신과 관원의 왕래, 그리고 물자의 운반을 할 때 이 모든 것을 신속히 하기 위해서 없어서는 안 될 교통통신 수단이었다.

> 在交通工具發達之前，馬在陸路交通上扮演最重要的角色。騎牛雖然看起來滿帥氣，但馬確實是（**為了快點到目的地**）的交通工具。尤其是中央與地方之間傳達公文或使臣與官員往來，還有搬運物資時，為了迅速做到這一切，馬是不可或缺的交通通信方法。

① 남자다운 멋을 보여주기 위한　為了看起來像男人一樣帥氣
② 소보다 더 풍류적인 멋이 있는　比牛還帥氣
❸ 목적지에 빨리 가기 위한　為了快點到目的地
④ 다른 교통수단이 없기 때문에 이용한　因為沒有其他交通方法而使用

> 말을 타는 주목적은 급한 용무가 있을 때 목적지에 빨리 도착하기 위해서입니다.

> 騎馬的主要目的，是為了有急事時可以很快達到目的地。答案是③。

請閱讀下面文章，並回答問題。（各2分）

　　최근 우리나라에서도 물에 대한 관심이 날로 높아지고 있다. **(왜냐하면)** 한국의 지형학적 특성상 산악지대가 많아 하천의 길이가 짧고 물이 금방 바다로 흘러 들어가는 까닭에 수자원 관리에 상당한 어려움이 있기 때문이다. 한국의 한 해 총 강수량 1267억m2 가운데 45%(570억m2)는 증발되어 이용할 수 없으며, 또한 총 강수량의 31%(396억m2)는 그대로 바다로 흘러 들어간다. 따라서 우리가 실제 사용하고 있는 물의 양은 나머지 24% 정도이다.

　　最近我們國家對水的關心也日漸高漲。（**因為**）韓國地形學的特性上，山岳地區較多，河川較短，水很快地就會流入海中的緣故，所以水資源管理相當不易。韓國一年的總降水量1267億m2，其中45%（570億m2）被蒸發所以無法使用，另外總降水量的31%（396億m2）原封不動地流入海。因此，我們實際可以使用的水量只剩下約24%。

---

19. (　　)에 들어갈 알맞은 것을 고르십시오.

　　請選出適合填入（　　）的選項。

① 그러나 可是　　　　　　　　　　② 하지만 但是

③ 고로 所以　　　　　　　　　　　❹ 왜냐하면 因為

　　문장의 맨 마지막 단어에 힌트가 있습니다. 즉, 원인과 이유를 표시하는 '-기 때문이다'에 호응하는 부사는 바로 '왜냐하면'입니다. 정답은 ④입니다.

　　該句最後一個單字是提示。和表示原因、理由的「-기 때문이다」相呼應的副詞是「왜냐하면」。答案是④。

20. 이 글의 내용과 같은 것을 고르십시오.

請選出與此文章內容一樣的選項。

① 일인당 사용할 수 있는 물의 양은 24%다.

一個人可以用水量是24%。

② 물이 부족한 이유는 수자원 관리 때문이다.

水不夠的原因是因為水資源管理。

❸ 증발되는 물의 양이 제일 많다.

蒸發掉的水量最多。

④ 대부분의 물은 바다로 흘러 들어간다.

大部分的水流入海。

총 강수량 1267억m2 중에 45%(570억m2)는 증발되어 이용할 수 없는데, 이는 가장 많은 양입니다.

總降雨量1267億m2當中，45%（570億m2）被蒸發了所以不能用，這是占比最多的數量。答案是③。

영화 <조스>에 등장하는 상어는 (**간담이 서늘해지는**) 존재이지만, 상어 중에서 사람을 해치는 종류는 10종 내외이고, 실제 사람이 상어에 물려 사망한 사례는 일 년에 5명 내외에 불과하다. 가장 큰 물고기이기도 한 고래상어처럼 플랑크톤을 먹는 순한 상어도 있다. 그러나 삭스핀이나 이빨 채취, 스포츠 낚시 등으로 인간에 의해 포획되거나 사살되는 상어는 일 년에 수천만 마리가 넘는다.

電影《大白鯊》中登場的鯊魚雖然是（**讓人喪膽的**）存在，但鯊魚中會攻擊人的種類約有10種，而實際上因被鯊魚咬而死亡的案例一年不過5個人。也有像是最大魚類的鯨鯊這種吃浮游生物的溫馴鯊魚。然而，每年因人類捕獲，像是魚翅或拔牙、運動釣魚等而被殺的鯊魚，就超過數千萬隻。

21. (   )에 알맞은 것을 고르십시오.

請選出適合填入（   ）的選項。

① 귀에 못이 박히는

耳朵長繭的

❷ 간담이 서늘해지는

讓人喪膽的

③ 배꼽이 빠지는

笑破肚皮的

④ 친근감을 주는

有親切感的

상어는 사람에게 엄청난 공포감을 주는 동물입니다. 따라서 공포, 두려움과 관련된 관용어를 찾아야 합니다.

鯊魚對人類而言，是極度恐怖的動物。因此應該找與恐怖、恐懼有關的慣用語。答案是②。

22. 이 글의 중심 생각을 고르십시오.

請選出這篇文章的中心思想。

① 상어가 인간에게 해를 끼치는 경우가 많다.

鯊魚傷害人類的情況很多。

❷ 인간이 상어에게 주는 해가 더 크다.

人類造成鯊魚的傷害更多。

③ 상어는 위험하므로 모두 죽여 없애야 한다.

鯊魚很危險所以要全部殺光才行。

④ 일년에 수천만 마리의 상어가 죽는다.

一年有數千萬隻的鯊魚死亡。

　상어가 사람에게 해를 끼친다고 알려져 있지만, 실제 해를 끼치는 상어는 10종 내외에 불과하고 해를 당하는 사람은 일 년에 5명 내외입니다. 도리어 사람이 상어에게 끼치는 해가 더 커서 사람에게 죽임을 당하는 상어는 일 년에 수 천만 마리가 넘습니다.

　一般認為鯊魚會傷害人，但實際上會傷害人的鯊魚只有10種左右，被傷害而死亡的人一年約5名。反而是人類傷害鯊魚的情況更多，被人類殺害的鯊魚一年超過數千萬隻。答案是②。

※ [23~24] 다음을 읽고 물음에 답하십시오. (각 2점)

請閱讀下面內容，並回答問題。（各2分）

매서운 겨울 바람 사이로 가슴 깊숙이 밀려드는 바다의 모습은 그 동안의 수고를 말끔히 씻어줄 만큼 장관이었다. 밤 바다를 지켜본 사람이면 안다. 어둠과 동화된 검디 검은 한 가지 빛으로 보는 이들을 얼마나 무섭도록 압도하는가를. 우리들은 밤 바다 앞에 서서 바다가 주는 힘에 넋을 잃은 채 먼 수평선을 바라보았다. 세상 만물이 모두 잠에 빠져 있는 겨울의 한 모퉁이에서 오로지 철썩이며 용트림하는 파도와 우리 셋만이 살아 숨쉬는 존재인 양 느껴져 순간 가슴이 벅차왔다. 우리들은 힘겨웠던 지난 1년을 안주 삼아 밤새껏 소주잔을 기울이며 앞으로 닥쳐올 미래를 얘기했다. 소박하지만, 결코 비겁하게 살지 않겠다는 삶에 대한 열정으로 우리들의 밤은 뜨거웠다.

在凜冽的冬風中衝進內心深處的海的樣子，好像把這段時間的辛勞洗刷乾淨般的壯觀。看過夜海的人就知道。被黑暗融合為一體，以黑壓壓的一個顏色，給這些人十足的壓迫感。我們站在夜海的前面，凝視著遠方的水平線，被大海給迷惑了。世上萬物全都入睡在冬天的某一處，看來只有驚濤駭浪與我們三個人的呼吸存在，突然胸口充滿激動。我們將過去1年的辛勞當作下酒菜，熬夜填滿酒杯，談著即將面臨的未來。雖然有些簡樸，但絕不膽怯地活著，用對於生命的熱情，讓我們的夜晚火熱。

---

23. 밑줄 부분에 나타난 '나'의 심정으로 알맞은 것을 고르십시오.

請選出符合畫下線部分「我」的心情的選項。

① 당황스럽다. 慌張。　　② 고통스럽다. 痛苦。

③ 공포스럽다. 恐懼。　　❹ 감격스럽다. 感激。

> '벅차다'의 뜻은 '감격, 기쁨, 희망 따위가 넘칠 듯이 가득하다'입니다.
>
> 「벅차다」是「充滿感激、開心、希望」的意思。答案是④。

314

24. 이 글의 내용과 같은 것을 고르십시오.

請選出與本文內容一樣的選項。

① 수평선을 바라보며 잠이 들었다.

看著水平線就睡著了。

② 우리들은 마주앉아 밤바다의 장관을 얘기했다.

我們面對面坐著，談到夜海的壯觀。

③ 겨울이었지만 밤의 날씨는 뜨거웠다.

雖然是冬天，但晚上的天氣很火熱。

❹ 밤에 바라보는 바다는 사람들을 압도한다.

在晚上看的海會壓迫人。

문학과 관련된 문제는 작품 내용 파악이 최우선입니다. 내용 파악을 위해 전개되는 상황을 재구성해봐야 합니다.

밤에 바다 앞에 서서 수평선을 바라 보다 → 밤 바다는 보는 이들을 압도한다 → 바다는 고요함에 싸여 있다 → 우리는 미래에 대해 토론하였다.

有關文學的題目，以掌握作品的內容為優先。為了掌握內容，要試著將展開的狀況重新組織。

深夜站在海前看著水平線 → 深夜的海壓迫看海的人 → 海被孤寂圍繞著 → 我們討論未來。答案是④。

25.

얼어 붙은 코스피, 시가 총액 65조 증발
凍結的KOSPI，市價總額65兆蒸發

① 투자가 너무 없어서 코스피의 시가 총액이 날아가 버렸다.

　因為沒有投資，所以KOSPI的市價總額不翼而飛。

❷ 투자 심리 위축으로 코스피의 시가 총액이 65조 원 줄어들었다.

　由於投資心理萎縮，KOSPI的市價總額減少了65兆。

③ 투자와 관계 없이 코스피의 시가 총액이 그대로 남아 있다.

　與投資無關，KOSPI的市價總額還是一樣。

④ 투자 심리는 위축되었지만 코스피의 시가 총액은 문제가 없다.

　雖然投資心理萎縮，但KOSPI的市價總額沒有問題。

> 　'얼어 붙다'는 비유적인 표현으로, 뒷 문장과 연결시켜 보면 투자 심리 위축의 뜻이고, '증발'도 역시 비유적인 표현으로 그것이 없어졌다는 뜻입니다.
>
> 　「얼어 붙다」（凍結）是比喻的說法，和後文連結起來有投資心理萎縮的意思，而「증발」（蒸發）也是比喻性的說法，是消失的意思。答案是②。

26.

청문회장에서 흘린 '악어의 눈물', 본인의 법적 책임은 모르쇠
在聽證會流下「鱷魚的眼淚」，對自己的法律責任死不承認

① 청문회장에서 본인의 잘못을 몰라서 눈물을 흘렸다.

　在聽證會因為不知道自己的錯誤，所以流下眼淚。

❷ 청문회장에서 본인의 잘못을 부인하면서 흘린 눈물은 거짓이다.

　在聽證會不但否認自己的錯誤，還流下假的眼淚。

③ 청문회장에서 본인이 흘린 눈물이 무엇 때문인지 모른다.

　在聽證會不知道自己為什麼流眼淚。

④ 청문회장에서 본인의 법적 책임을 묻자 눈물이 났다.

　在聽證會被質問自己的法律責任而哭了。

'악어의 눈물'이란 거짓 울음을 뜻하는 말입니다. '모르쇠'는 '모른 척을 한다'는 뜻입니다. 자신이 질 책임은 모른 척을 하고 거짓으로 눈물을 흘리는 상황입니다.

「악어의 눈물」（鱷魚的眼淚）意思是裝哭。「모르쇠」是「假裝不知道」的意思。這是對自己應該負的責任裝作不知道，還假哭的情況。答案是②。

27.

'법보다 주먹'이 통하는 사회, 폭력 사용은 그만
「拳頭凌駕於法律」的社會，停止使用暴力

① 법보다 주먹이 통하면 폭력 사용이 없어진다.

若拳頭凌駕於法律，使用暴力就會消失。

② 법하고 주먹을 비교하면 폭력이 더 위험하다.

若比較拳頭和法律，暴力更危險。

❸ 법보다 폭력이 앞서는 사회가 되면 안 된다.

不能成為拳頭凌駕於法律的社會。

④ 법이 주먹과 통하므로 폭력을 사용할 수 있다.

法律和拳頭互通，所以可以使用暴力。

지금 우리 사회에는 법을 준수하기보다 폭력으로 해결하려고 하는 사람들이 많습니다. 더 이상 법보다 폭력이 앞서는 사회가 되면 안되겠습니다.

現在的社會，想用暴力解決事情的人，比遵守法律的人還多。不能成為讓暴力凌駕於法律的社會。答案是③。

28.

> 보건복지부는 어린이집에 고해상도급 폐쇄회로TV 설치를 의무화하는 영유아보육법 시행규칙 일부 개정령안을 19일부터 시행한다고 밝혔다. 이 시행규칙에 따르면 어린이집은 60일 이상의 저장 용량을 갖춘 폐쇄회로TV를 각 보육실, 공동놀이실, 놀이터 등 (**영유아가 주로 생활하는**) 공간에 설치해야 한다. 자녀의 학대, 안전 사고 등이 의심되면 부모는 어린이집에 열람요청서나 의사소견서를 제출, 폐쇄회로TV 영상 정보 열람을 요청할 수 있다.

> 保健福祉部於19日公布嬰幼兒保育法實行條例部分修正案，要求幼兒園必須裝設高解析度閉路電視（監視器）。依此施行政策，幼兒園需備有60日以上儲存容量的閉路電視，安裝在各保育室、共同遊戲室、遊樂場等（**嬰幼兒主要生活的**）空間。若懷疑子女被虐待、安全事故等，父母可向幼兒園提出瀏覽申請書或醫生意見書，就可以要求瀏覽閉路電視影像。

① 선생님들이 근무하는　老師們上班的

② 부모님이 늘 볼 수 있는　父母可以經常看到的

❸ 영유아가 주로 생활하는　嬰幼兒主要生活的

④ 보건복지부가 관리하는　保健福祉部管理的

> 어린이집에 반드시 폐쇄회로 TV를 설치해야 한다는 법을 소개한 글입니다. (　　) 뒤에 '공간'이 나오는데, 이 공간은 (　　) 앞에 소개된 '보육실, 공동놀이실, 놀이터' 등으로 어린이집에 다니는 영유아가 지내는 곳입니다.
>
> 這題是說明幼稚園一定要設置閉路電視（監視器）的法律。（　　）後面有「공간」（空間），所以這空間指的是在（　　）前面介紹的「보육실、공동놀이실、놀이터」（保育室、共同遊樂室、遊樂場）等嬰幼兒生活的地方。答案是③。

29.

저염식은 소금, 특히 나트륨의 섭취량을 제한한 식사이다. 나트륨을 많이 섭취하면 고혈압, 위암, 뇌졸증 등 (**성인병에 걸릴**) 확률이 높다. 실제 성인병 환자들이 대부분 음식을 짜게 먹는다. 또한 나트륨 과다 섭취는 갈증을 유발시켜 수분 섭취를 증가시키고 과도한 탄산음료 등을 소비하게 되는 원인이 되기도 한다.

低鹽飲食，尤其是限制鈉攝取量的食物。若攝取太多納，高血壓、胃癌、腦中風等（**罹患成人病的**）機率較高。實際上，成人病病患們大部分的飲食都吃得比較鹹。還有，攝取過量的鈉就會口渴，增加攝取水分，也成為過度消費碳酸飲料的原因。

❶ 성인병에 걸릴　罹患成人病的
② 암에 걸릴　罹患癌症的
③ 불치병에 걸릴　罹患不治之症的
④ 비만증에 걸릴　罹患肥胖的

> 나트륨을 과다 섭취하면 '고혈압, 위암, 뇌졸증' 등에 걸릴 확률이 높습니다. 이러한 병들은 우리가 흔히 말하는 '성인병'에 해당하는 것입니다.
>
> 過量攝取鈉，得「고혈압、위암、뇌졸증」（高血壓、胃癌、腦中風）的機率很高。這些病都是我們常說的「성인병」（成人病）。答案是①。

30.

> 인간은 의식주를 통하여 기후와 밀접한 관계를 맺고 있을 뿐만 아니라, 다른 사회적 조건과도 결합되어 체질이나 기질에도 그 영향이 미치고 있다. 특히 의복·모자·신발 등은 기후와 밀접한 관계가 있다. 우리 나라와 같이 겨울철에 몹시 춥고, 여름철에 몹시 무더운 곳에서는 여기에 알맞은 옷을 만들어 입어야 한다. 즉, **(몸에 꼭 끼는)** 옷보다는 조금 헐렁한 것이 공간적 여유가 있어서 여름철에는 선선하고 겨울철에는 따뜻하다.

> 人類不僅透過衣食住與氣候有密切的關係，也因為與社會條件的結合，影響著體質或性格。特別是衣服、帽子、鞋子等，與氣候有密切的關係。像我們國家在冬天非常冷、夏天非常熱的地方，就要做符合當地的衣服穿。也就是説，比起（**緊身的**）衣服，有點寬鬆的衣服因為有寬裕的空間，夏天涼爽，冬天溫暖。

❶ 몸에 꼭 끼는　緊身的
② 움직이기 편한　方便活動的
③ 기후에 어울리는　適合氣候的
④ 체질과 딱 맞는　符合體質的

（　　）뒤에 보면 '보다'라는 비교격 조사가 사용되었습니다. 비교 대상은 바로 '조금 헐렁한 것'입니다. 그렇다면 '헐렁한'의 반대가 되는 단어를 찾으면 됩니다.

看（　　）後面用「보다」（比）的比較格助詞，後面的比較對象是「조금 헐렁한」（有點寬鬆的），那麼應該找與「寬鬆」相反的單字。答案是①。

31.

김치는 우리 나라 특유의 채소 가공 식품 중 하나이다. 김치를 담그는 것은 채소를 오래 저장하기 위한 수단이 될 뿐 아니라 저장 중 여러 가지 미생물의 번식으로 유기산과 특유의 향을 만들고 (**발효식품을 만드는**) 방법이 된다. 김치는 각종 무기질과 비타민의 공급원이며, 발효에 의한 젖산균이 장 건강에 도움을 주고, 식욕을 증진시켜 주기도 한다.

泡菜是我國特有的蔬菜加工食品之一。醃泡菜不僅是長時間保存蔬菜的方式，在保存過程中透過各種微生物繁殖，製造有機酸與特有的香味，成為（**製作發酵食品的**）方法。泡菜是各種無機質與維他命的來源，透過發酵所產生的乳酸菌有助腸道健康，同時能增進食慾。

① 독특한 맛을 내는 釋放出獨特味道的
② 저장하기 쉬운 容易儲藏的
③ 건강에 도움을 주는 有益健康的
❹ 발효식품을 만드는 製作發酵食品的

（　　）앞에 보면 '여러 가지 미생물의 번식'이라는 문장이 있는데, 이것이 바로 힌트가 되겠습니다. 미생물의 번식으로 인해 식품이 발효되기 때문입니다.

看（　　）前面有「여러 가지 미생물의 번식」（各種微生物的繁殖）這樣的句子，這就是提示。因為微生物的繁殖，使食品發酵。答案是④。

32.

> 장마는 6월 말부터 7월 말, 오래 가면 8월 초까지의 우기철을 말하는 것으로, 한국의 대표적인 여름 기상 기후이다. 장마로 인해 토양의 과다한 무기염류가 씻겨가거나 가뭄이 해결되어 농사에 도움이 되며, 사실상 1년치 강수량의 대부분인 만큼 물 걱정을 덜게 되고, 습도로 인해 미세먼지와 산불 걱정도 덜게 된다. 그러나 너무 지나치면 강과 바다의 높이가 높아져 홍수가 나게 되며 그로 인한 자연재해를 유발하게 된다.

> 梅雨季指的是從6月底到7月底，久一點的話到8月初的下雨期間，是韓國代表性的夏季氣候。雨季能洗刷土壤過多的無機鹽，或解決旱象幫助農作，事實上1年的降水量，可以減輕大多數的用水危機，也因為濕度，還可降低對懸浮微粒或火燒山發生的憂慮。但是過多的雨水，會使河川與海的高度上升而造成洪水，因而引起自然災害。

① 장마로 인해 생기는 폐해가 너무 많아서 문제이다.

因為梅雨季引起的災害太多，是個問題。

❷ 장마는 물 문제를 해결해주지만 자연 재해를 일으키기도 한다.

雖然梅雨季解決用水問題，卻也造成自然災害。

③ 미세먼지와 산불 문제는 장마가 오면 다 사라진다.

梅雨季來臨，懸浮微粒與火燒山問題都會消失。

④ 장마 기간에는 홍수가 나기 때문에 자연이 파괴된다.

因為在梅雨季，造成洪水而破壞自然。

> '그러나'를 경계로 앞 부분은 장마의 장점을 설명하고, 뒷 부분은 장마의 단점으로 설명하고 있습니다. 즉, 장점도 있고 단점도 있다는 뜻입니다.
>
> 以「그러나」（但是）為界線，前面說明梅雨季的優點；後面說明梅雨季的缺點。意思是說，梅雨季有優點也有缺點。答案是②。

33.

> 매미의 수컷은 배 안쪽에 특수한 기관이 있어서 소리를 내는데, 매미의 종류별로 발성기관의 구조와 소리가 다르다. 암컷은 발성 기관이 없어 소리를 내지 않는다. 수컷 매미의 소리는 거의 종족 번식을 위하여 암컷을 불러들이는 것이 목적이다. 매미는 유충이 7년간 땅속에 있으면서 나무 뿌리의 수액을 먹고 자라다가 지상으로 올라와 성충이 되는 특이한 생태로 유명한데, 무려 7년에 달하는 유충 때의 수명에 비해 성충의 수명은 매우 짧아 한달 남짓밖에 안 된다.

> 公的蟬因為肚子內側有特殊的機關所以可以發出聲音，因蟬的種類不同，發聲器官的構造與聲音也會有所不同。母的蟬因為沒有發聲器官，所以不會發出聲音。公的蟬發出聲音的目的是為了繁殖而吸引母蟬。蟬以奇特的生態而有名，幼蟲會在土中7年，吸取樹根的汁液長大後上來陸地成為成蟲，但比起長達7年的幼蟲生命，成蟲後的壽命不過才短短一個月。

① 매미가 내는 소리는 모두 똑같아 구분이 안 된다.

蟬所發出的聲音都一樣，無法分別。

② 성충 때의 수명이 유충 때의 수명보다 길다.

成蟲後的生命比幼蟲時還長。

❸ 매미는 지상으로 올라와 있을 동안에 짝짓기를 한다.

蟬上來陸地的期間交配。

④ 성충 때의 매미는 나무 뿌리를 먹고 자란다.

成蟲後的蟬吃樹根長大。

> 매미는 종류별로 그 소리가 다 다릅니다. 그런데 그 소리는 성충이 된 수컷만 낼 수 있으며, 종족 번식을 위해 암컷을 부르기 위한 것입니다.

> 每個種類的蟬，聲音都不一樣，不過其聲音只有成蟲的公蟬才會發出，目的是為了誘惑母蟬。答案是③。

34.

> 중동에서 유럽으로 이동하는 난민들의 규모가 커짐에 따라 단순히 인도주의 차원에서 받아주기에는 버거운 규모가 되었다. 난민 문제는 장기간에 걸친 유럽 경제위기로 외국인 혐오 범죄가 늘어나고, 다문화주의에 대한 반감이 늘어난 상태에서 이슬람 근본주의에 대한 공포와 맞물리며 이제 유럽인들의 가장 큰 고민거리이자 뜨거운 감자가 되었다.

> 隨著從中東前往歐洲避難的難民們劇增，人道主義上的救援變得吃力。難民問題長時間造成歐洲經濟危機，使得厭惡外國人的犯罪增加，在歐洲人對多元文化主義越加反感的情況下，又結合對伊斯蘭基本教義的恐懼，現在成為了歐洲人的燙手山芋。

❶ 난민들에 대한 유럽인들의 반감이 점점 커지고 있다.

歐洲人對難民的反感漸漸加深。

② 난민들은 모두 이슬람 근본주의자여서 위험하다.

因為所有的難民都是伊斯蘭基本教義者，所以很危險。

③ 난민 문제는 유럽의 경제 위기 때문에 더욱 늘어났다.

因為歐洲的經濟危機，難民的問題更嚴重了。

④ 난민 문제는 인도주의와 관계가 없는 민족 문제이다.

難民問題與人道主義無關，而是民族問題。

　　유럽은 장기간의 경제위기로 인한 외국인 혐오 범죄가 늘어나고 있는데, 난민들이 계속 증가함에 따라 그들에 대한 반감이 더욱 커지고 있습니다. 인도주의 정신만으로 받아들이기에는 규모가 너무 커졌다는 것입니다.

　　歐洲人因為長期的經濟危機，所以厭惡外國人的犯罪增加，難民越多，他們對難民的反感也就越大。意思是難民問題，已經超過了人道主義可接受的規模。答案是①。

※ [35~38] 다음 글의 주제로 가장 알맞은 것을 고르십시오. (각 2점)
　　　　　請選出最符合下面文章主題的選項。（各2分）

35.

> 　　나물은 한국 요리의 하나로, 식물을 데치거나 볶거나 말리거나 찌거나, 혹은 조리 과정을 거치지 않은 날것의 상태로 양념을 하여 무친 음식이다. 먹을 수 있는 식물은 거의 모두 재료로 사용된다. 외국에서는 식용 식물의 대부분은 약초로 사용되는 데 비해 한국은 채집된 식용 식물을 나물이라는 요리를 통해서 널리 사용하고 있다는 점에서 한국만의 독특한 현상이라고 할 수 있다.

> 　　素菜是韓國料理的一種，是汆燙或炒或曬乾或蒸，或是未經過料理以生食狀態加上調味料的涼拌飲食。凡是能夠吃的植物，幾乎都可以當作材料使用。比起在國外，食用植物大部分當作藥材來使用，韓國將採集的食用植物，透過素菜料理做廣泛使用，可以說是韓國獨特的現象。

① 식물은 다 나물로 만들어 먹을 수 있다.

　　所有的植物都可以當作素菜料理食用。

② 한국에서는 외국과 비교해 먹을 수 있는 식물이 많다.

　　與國外相比，韓國可以食用的植物較多。

❸ 나물은 한국만의 독특한 식생활 문화이다.

　　素菜是韓國才有的獨特飲食文化。

④ 나물로 먹는 것이 약초로 먹는 것보다 낫다.

　　當素菜吃比當藥材吃好。

> 　　먹을 수 있는 식물은 외국이나 한국이나 다 있습니다. 다만 외국에서는 대부분 약초로 사용하고, 한국에서는 그것을 나물로 만들어 먹습니다. 따라서 나물은 한국만의 독특한 식생활 문화입니다.
>
> 　　可吃的植物，不管是外國或韓國都有。只是在外國大部分拿來當藥材，而韓國拿來當素菜。因此素菜是韓國獨特的飲食文化。答案是③。

36.

> 유엔은 국제연합을 말하는데, 주권국으로 인정되는 거의 대부분의 국가를 아우르는 국제 기구이다. 제2차 세계 대전 종전 이후인 1945년 10월 24일에 출범했다. 기존의 국제연맹은 국제 사회 내 영향력을 잃어 결국 세계대전이 다시 일어나는 것을 막지 못했고, 이에 유엔이 국제법 준수, 국제적 안보 공조, 경제 개발 협력 증진, 인권 개선으로 세계 평화를 유지한다는 목적으로 국제연맹을 대체하게 되었다.
>
> 聯合國（UN；United Nations）指的是國際聯合，是聯合大部分被承認為主權國家的國際機構。它成立於第2次世界大戰終戰後的1945年10月24日。當時由於現有的國際聯盟失去對國際社會的影響力，終就無法阻擋世界大戰再次發生，因此透過聯合國，以遵守國際法、國際安全合作、促進協助經濟開發、改善人權，進而維持世界和平為目的，取代國際聯盟。

❶ 유엔은 세계 평화를 유지하기 위해 설립되었다.

　聯合國是為維持世界和平所設立。

② 국제연합은 세계대전을 예방하기 위해 만들어진 기구이다.

　國際聯盟是為防止世界大戰而成立的機構。

③ 국제연맹과 달리 국제연합은 세계 모든 국가가 회원국이다.

　國際聯合與國際聯盟不同的是，世界所有國家都是會員國。

④ 유엔이 출범한 이후 세계 평화가 줄곧 유지되고 있다.

　聯合國成立以後世界和平仍一直維持。

　유엔의 설립 목적은 국제법 준수, 국제적 안보 공조, 경제 개발 협력 증진, 인권 개선으로 세계 평화를 유지하는 것입니다. 그러나 유엔이 전쟁 자체를 막을 수는 없고, 출범한 이후에도 크고 작은 전쟁이 수없이 일어났습니다.

　聯合國設立的目的，是以遵守國際法、國際安全合作、促進協助經濟開發、改善人權為目標，進而維持世界和平。但實際上，聯合國擋不住戰爭，成立之後還是常常發生大小的戰爭。答案是①。

37.

영국의 유럽연합 탈퇴, 즉 '브렉시트'는 원래 영국의 일부 개인·정당·단체가 추진하던 정치적 목표로 영국을 뜻하는 브리튼과 탈퇴를 뜻하는 엑시트의 합성어이다. 탈퇴를 주창하는 측은 유럽연합에 속해 있으면서 생기는 배당금 부담과 규제, 그리고 이민, 난민 문제 등으로 인한 자국의 손해를 줄이고 탈퇴시 발생할 경제적 이득을 재투자함으로써 영국의 이익이 극대화 될 것이라고 주장하였다. 결국 2016년 6월 열린 영국 국민투표 개표 결과 72.2%의 투표율에 51.9%의 찬성으로 영국의 유럽연합 탈퇴가 결정되었다.

英國脫出歐洲聯盟，也就是「Brexit」，原本是英國部分個人、政黨、團體所推動的政治目標，由英國的「Britain」與退出的「Exit」合併而成。主張退出的一方表示，（若脫歐）可以減少屬於歐盟時所產生的分配款、各種制約和移民、難民問題等損失，脫歐後的再投資所產生的經濟利潤，可以讓英國的利益得到最佳化。結果於2016年6月舉行的英國公民投票開票結果，在72.2%的投票率中，以51.9%的得票率，決定了英國退出歐洲聯盟。

❶ 영국의 유럽연합 탈퇴는 국민투표에 의해 결정되었다.

英國的退出歐洲聯盟，由公投決定。

② 브렉시트는 영국이 추구하는 정치적 목표이다.

脫歐是英國追求的政治目標。

③ 유럽연합에 속해 있는 동안 영국의 이익이 극대화 되었다.

在所屬歐洲聯盟期間，英國的利益得到最佳化。

④ 영국의 위기는 모두 유럽연합 때문에 발생한 것이다.

英國的危機全都是因為歐盟所產生的。

브렉시트는 일부 영국 정치인들이 정치적 목표로, 유럽연합에 속해 있을 때보다 영국의 이익이 극대화될 것이므로 브렉시트를 해야만 영국이 당면한 여러 가지 문제를 해결할 수 있다고 주장합니다.

「브렉시트」（脫歐）是一些英國政治人物的政治目標，他們主張，與所屬於歐盟時相比，脫歐才可以讓英國的利益最佳化，唯有脫歐才能解決英國所面對的各種問題。答案是①。

38.

> 깨진 유리창처럼 어쩌면 사소해 보이는 일들을 방치해두면 나중에는 더 큰 결과로 확대되어 나타날 수 있다는 '깨진 유리창 이론'이 있다. 즉, 건물 주인이 건물의 깨진 유리창을 그대로 방치하면, 지나가는 행인들은 관리를 포기한 건물로 판단하고 장난 삼아 나머지 유리창에도 돌을 던져서 모조리 깨뜨리는 행동을 하게 되고, 이러한 건물을 중심으로 범죄가 발생할 확률도 높아진다는 것이다.

> 像破掉的玻璃窗，如果將小事情擱置在那，之後有可能會擴大成更嚴重的結果，稱之為「破掉的玻璃窗理論」。也就是說，屋主若將建築物玻璃窗原封不動地放著，路過的行人會以為是沒人管理的建築物，開玩笑地也拿石頭將剩下的玻璃窗全部打碎，這樣以建築物為中心，發生犯罪的機率也就會變高。

① '깨진 유리창 이론'은 범죄에서 느끼는 죄의식에 대한 것이다.
「破掉的玻璃窗理論」是關於從犯罪中感受到犯罪感。

❷ '깨진 유리창 이론'은 범죄가 발생하는 이유를 설명한 것이다.
「破掉的玻璃窗理論」是說明犯罪發生的原因。

③ '깨진 유리창 이론'은 범죄 현장에서 발생한 사고에 대한 것이다.
「破掉的玻璃窗理論」是關於犯罪現場發生的事故。

④ '깨진 유리창 이론'은 범죄 사건의 폭력성을 표현한 것이다.
「破掉的玻璃窗理論」是表現出犯罪事件的暴力性。

> '깨진 유리창 이론'은 일종의 범죄 이론으로, 원래는 사소한 일이지만 그것이 방치하고 무시하면 더 큰 범죄로 발전할 가능성이 크다는 것을 설명하고 있습니다.
>
> 「깨진 유리창 이론」（破掉的玻璃窗理論）是一種犯罪理論，意味著原本是芝麻小事，但如果放置、不理它，發展成更大的犯罪的可能性很高。答案是②。

※ [39 ~ 41] 다음 글에서 <보기>의 문장이 들어가기에 가장 알맞은 곳을 고르십시오. (각 2점)

請從下面文章中選出最適合填入〈範例〉的選項。（各2分）

39.

올림픽은 4년마다 각 대륙의 수천 명의 선수들이 모여서 여름과 겨울 두 차례 치르는 국제적인 스포츠 경기 대회이다. (㉠) 의사 결정 기구인 IOC는 올림픽 개최 도시를 선정하며 올림픽 종목도 IOC에서 결정한다. (㉡) 올림픽은 전세계 거의 모든 나라가 참여할 정도로 규모가 크다. (㉢) 게다가 전세계 언론에서 올림픽 경기를 중계하기 때문에 이름 없는 선수가 개인적, 국가적, 세계적으로 명성을 얻을 수 있는 기회가 된다. (㉣**특히, 금메달 수상자는 그 종목에서 세계 최고 선수라는 명예를 얻는다.**) 명예와 함께 금전적인 부도 쌓을 수가 있다.

奧運是每4年聚集各大洲數千位選手，於夏天及冬天舉辦兩次的國際級運動大會。(㉠) 決策機構的IOC選定奧運舉辦城市，奧運項目也由IOC決定。(㉡) 奧運的規模大到全世界幾乎每個國家都會參與。(㉢) 再加上全世界媒體都會轉播奧運比賽，是讓無名選手獲得個人、國家、世界名氣的機會。(㉣ **尤其是在某個項目中獲得金牌，就能得到世界最優秀選手的榮耀。**) 同時可以累積榮譽與財富。

――――――――〈 보기・範例 〉――――――――

특히, 금메달 수상자는 그 종목에서 세계 최고 선수라는 명예를 얻는다.

尤其是金牌得獎者，就能得到該項目世界最優秀選手的榮耀。

① ㉠　　　　② ㉡　　　　③ ㉢　　　　❹ ㉣

<보기> 안에 정답에 대한 힌트가 들어 있습니다. '특히'라는 부사는 앞의 내용의 어떤 내용을 특별히 강조한다는 뜻이 있습니다. 즉, 이름 없는 선수가 세계적 명성을 얻는 기회 중에 금메달 만큼 중요한 것은 없습니다.

〈範例〉裡有答案的提示。「特히」（尤其是）是特別強調前面的某個內容，也就是說，對默默無名的選手而言，在得到國際名聲的機會當中，沒有任何事情比拿到金牌還重要。答案是④。

40.

가을이 오면 산과 가로수가 오색 단풍으로 물든다. (㉠) 여기에서 말하는 단풍이란 낙엽 직전에 일어나는, 녹색이었던 식물의 잎이 빨간색이나 노란색, 갈색으로 변하는 현상을 말한다. (㉡이런 변화는 여름에서 가을로 접어드는 계절에 따른 날씨 변화로 인해 생긴다.) 각 색을 나타내는 색소가 많을수록 그 색이 더욱 도드라지는데, 여러 색이 혼합된 경우도 있다. (㉢) 붉은색을 내는 대표적 나무로는 단풍나무가 있고, 노란색을 내는 대표적인 나무는 은행나무가 있다. (㉣)

秋天來的時候，山間與林蔭道就會染上五色楓葉。（ ㉠ ）這裡所謂的楓葉就是成為落葉前，曾是綠色的植物葉子，變成紅色或黃色、褐色的現象。（㉡這樣的變化是夏天接近秋天因季節天氣變化而產生。）各種顏色所顯現的色素越多，其顏色就會越明顯，也有混合許多顏色的情況。（ ㉢ ）呈現紅色的代表樹有楓樹；呈現黃色的代表樹有銀杏。（ ㉣ ）

———— 〈보기·範例〉 ————

이런 변화는 여름에서 가을로 접어드는 계절에 따른 날씨 변화로 인해 생긴다.

這樣的變化是夏天接近秋天因季節天氣變化而產生。

① ㉠   ❷ ㉡   ③ ㉢   ④ ㉣

<보기>에 나오는 '이런 변화'가 가리키는 것을 찾으면 됩니다. '이런 변화'는 바로 '단풍'입니다. 따라서 ( ) 앞에 단풍을 설명하는 문장이 나와야 자연스럽습니다.

找出〈範例〉裡出現的「이런 변화」（這樣的變化）所指的東西就可以。「이런 변화」指的就是「단풍」（楓葉）。所以（ ）前面應該出現說明楓葉的句子才自然。答案是②。

41.

근래 들어 '혼밥', '혼밥족'이라는 신조어가 유행하고 있다. (㉠) 1인 가구가 급속도로 증가하고, 개인적인 사정이나 바쁜 스케줄로 인해 혼자 밥을 먹는 경우가 점차 늘고 있기 때문이다. (㉡) 그동안은 혼자 밥을 먹는 행위가 현대 사회가 필연적으로 가지는 경쟁 구도 안에서 개인간의 유대감이 사라진 까닭이라고 보았다. (**㉢그러나 개인주의 성향이 강해지면서 다른 사람을 의식하지 않고 혼자 살 수 있다는 의지 때문이라는 주장도 있다.**) 따라서 이러한 새로운 문화를 부정적으로만 볼 것이 아니라 변화하는 사회에 적응하는 하나의 새로운 문화 현상으로 인정하는 자세가 필요할 것이다. (㉣) 하나의 시각만을 강요하는 사회는 더 이상 건강하지 않기 때문이다.

最近「獨飯」、「獨飯族」的新造語正在流行。(㉠)1人家具急遽增加，因為個人情況或忙碌行程一個人吃飯的情況也正逐漸增加。(㉡)一直以來，一個人吃飯的行為，被視為是現代社會在必然的競爭結構中合作關係消失的原因。(**㉢但是也有人主張，個人主義傾向變得越強，就越不在乎他人，是因有了可以獨自生活的意志。**)因此，不能一味否定這樣的新文化，而適應社會變化的條件之一，就是需要擁有認同新的文化現象的態度。(㉣)因為只強調單一觀點的社會，再也不是那麼健康。

————————〈 보기・範例 〉————————

그러나 개인주의 성향이 강해지면서 다른 사람을 의식하지 않고 혼자 살 수 있다는 의지 때문이라는 주장도 있다.

但是也有人主張，個人主義傾向變得越強，就越不在乎他人，是因為有了可以獨自生活的意志。

---

① ㉠　　　　　　② ㉡　　　　　　**❸ ㉢**　　　　　　④ ㉣

　　<보기>에 나오는 '그러나'에 주목해야 합니다. '그러나'는 앞의 내용과 상반되는 내용을 이끄는 부사로써, 앞 부분에서 '혼밥'에 대한 주장을 하나 제시하였다면 '그러나' 뒷 부분에는 또 다른 주장을 소개하고 있습니다.

　　注意〈範例〉裡出現的「그러나」（但是）。「그러나」這個副詞，就表示會引起與前面相反的內容，所以在前面提出針對「혼밥」（獨飯）的一個主張，而「그러나」的後面介紹另一個主張。答案是③。

　　기차 연결 칸으로 나오니 덜컹거림은 더 심하다. 나 말고도 남자 두어 명이 밖이 보이는 출입문 창에 기대 서서 담배를 피우고 있다. 나는 네 곳의 출입문 중 하나에 기대 선다. 어느 누구도 다른 사람에게 눈길을 주지 않는다. 여기 나와 있는 사람들은 다른 사람들에게는 관심이 없고 오직 담배를 피우기 위해서만 존재한다. 나 역시도 담배를 다 피우면 입맛을 쩍쩍 다시거나 늘어지게 하품을 하고는 객실 안으로 들어가 버릴 것이다. 그러나 다시 담배가 생각이 나면 문을 열고 나와 똑 같은 장소에 기대 서서 똑 같은 자세로 똑 같은 담배를 피우다가 똑 같은 자리로 돌아가 앉겠지.

　　내뿜는 담배 연기는 갈 곳을 모르는 듯 뭉게뭉게 위로 피어 올랐다가 이내 조그만 틈새로 순식간에 빨려 들어간다. 아니, 빨려 나간다. 공중에서 방황하던 담배 연기가 그야말로 조금의 여유도 없이 일제히 몰려 나가는 광경은 정말 신기하다.

　　기차 여행을 하든 버스 여행을 하든 자기 옆자리가 비어 있을 때면 누구나 기대를 가진다. 누가 내 옆에 앉을까 하고. 물론 그 누군가는 아무나가 아니라 자기 마음에 어느 정도 호감을 가질 만한 상대를 뜻한다. 아무도 앉지 않으면 모를까 영 마음에 들지 않는 사람이 털썩 곁에 앉으면 차라리 혼자 가는 것만 못 하다. 지금껏 쭉 내 옆에 앉아 있던 아주머니는 먼저 역에서 내렸다. 내 옆자리는 지금 비어 있다.

　　來到火車連結處，顛簸得更嚴重了。除了我，還有兩三個男人，依靠在能看到外面的車門上站著抽菸。我靠我這裡的車門站著。沒有人對其他人投射目光。來到這裡的人，對其他人都沒興趣，只是為了抽菸而在這。我也是抽完菸後嘖嘖咂嘴，張大嘴打呵欠，然後回到車廂。但想再抽菸的話，開門出去，還是倚靠一樣的地方站著，一樣的姿勢，抽一樣的菸，一樣地回到位子吧。

　　吐出的菸氣不知道要去哪，一團一團地向上飄，只要稍有空隙，就瞬間被吸進去。不，是被吸出去。在空中盤旋的菸氣，可真是一點空閒都沒有，一同湧出去的情景真是神奇。

　　不管是火車旅行，公車旅行，旁邊的位子空著時，誰都會有些期待。想著誰會坐在自己旁邊。當然那個誰，不是任何人，而是心中有一定程度好感的對象。不知道會不會沒人坐，要是來個很不滿意的人一屁股坐下的話，乾脆就一個人去吧。到現在一直坐在我旁邊的大嬸，前一站下車了。我旁邊的位置是空著的。

42. 밑줄 친 부분에 나타난 나의 심정으로 알맞은 것을 고르십시오.

請選出畫下線部分符合我心情的選項。

① 우울하다 憂鬱

② 피곤하다 疲憊

③ 짜증나다 厭煩

❹ 무료하다 無聊

> '입맛을 쩍쩍 다시거나'와 '늘어지게 하품을 하다'는 일반적으로 매우 심심한 상태에서 하는 행동입니다.
>
> 「입맛을 쩍쩍 다시다」（一直咂嘴）、「입 느러지게 하품을 하다」（張大嘴打哈欠）一般來説，是很無聊時做的行為。答案是④。

43. 이 글의 내용과 같은 것을 고르십시오.

請選出與這篇文章內容一樣的選項。

① 내 옆에는 처음부터 끝까지 아무도 앉지 않았다.

　我旁邊從頭到尾都沒人坐。

❷ 나는 혼자 기차 여행을 하면서 자주 담배를 피운다.

　我獨自火車旅行時常常抽菸。

③ 나는 연결 칸에 서 있던 사람들하고 원래 아는 사이이다.

　我和站在車廂連結的人原本就認識。

④ 누가 옆자리에 앉든 혼자 가는 여행보다는 낫다.

　不管是誰坐在旁邊，都比自己一個人旅行好。

> 전체 글의 구성을 살펴보면 다음과 같습니다 : 혼자 기차여행 중인 나는 무료해서 담배를 피우러 나왔다 → 모두들 무관심하게 담배를 피운다 → 옆자리가 비어 있다 → 그 자리에 누가 앉을까 상상한다.
>
> 察看整個句子的結構如下：單獨旅行的我因很無聊而出去抽菸 → 互相都不理會只有抽菸 → 鄰座空著 → 想像誰來坐那個位子。答案是②。

請閱讀下面文章，並回答問題。（各2分）

1950년대까지만 해도 미국을 비롯한 서방자본주의 국가들은 소련을 미국에 대항할 만한 위협적인 존재로 여기지 않았다. 당시 미국은 장거리 미사일 같은 무기 체계와 과학기술 전반에 걸쳐서 당연히 자신들이 앞서 있다고 생각하고 있었다. 그런 와중에 1957년 10월 4일 소련은 스푸트니크1호 발사에 성공했다. 이 일은 미국에게 엄청난 충격을 주었다. 소련이 세계 최초로 인공위성을 쏘아 올렸다는 사실 뿐만 아니라 대륙을 넘어설 수 있는 로켓 기술을 소련이 먼저 보유하면서 핵탄두를 장착한 미사일로 선제공격을 가할 수 있다는 사실이 **(공포와 위기감을 준)** 것이다. 이것을 '스푸트니크 충격'이라고 하는데, 그 결과 미국은 우주개발이나 군비 확장과 관련한 과학·기술 분야는 물론 교육 분야에서도 다양한 변화를 보이게 된다.

到1950年為止，以美國為首的西方資本主義國家都不認為蘇聯對美國會是威脅性的存在。當時美國有長程飛彈的武器體系及科學技術，認為自己領先全球，但那時候於1957年10月4日蘇聯Sputnik1號發射成功，這件事對美國造成相當大的衝擊。蘇聯不僅是世界最早發射人工衛星，更是最先擁有跨越洲際的火箭技術，同時備有能先發制人（**帶來恐懼及危機感的**）核彈的國家。這被稱為「Sputnik衝擊」，這樣的結果，使得美國在與宇宙開發，或與軍事設備擴張相關的科學、技術領域，甚至在教育，產生多元的變化。

44. 이 글의 주제로 알맞은 것을 고르십시오.

請選出符合這篇文章主題的選項。

① 스푸트니크 발사에 성공한 소련은 미국의 과학을 앞질렀다.

　成功發射Sputnik的蘇聯，超越了美國科學。

② 스푸트니크라는 장거리 미사일은 미국을 위협하는 무기가 되었다.

　Sputnik的長距離飛彈，成為威脅美國的武器。

③ 스푸트니크 충격은 인류가 핵무기에 가지는 공포감이다.

　Sputnik衝擊就是人類對核武的恐懼感。

❹ 스푸트니크 충격은 소련의 과학 발전에 대한 미국의 위기감이다.

　Sputnik衝擊使美國對蘇聯科學發展有危機感。

주제는 중심 생각을 말합니다. '스푸트니크 충격'이 생기게 된 배경을 이해하면 정답을 쉽게 찾을 수 있습니다. 즉, 소련의 과학 발전을 무시하던 미국이 스푸트니크1호를 통해 지금의 과학·기술·교육 분야의 발전을 가져오게 되었습니다.

主題等於是文章的中心思想。若了解「스푸트니크 충격」（Sputnik衝擊）發生的背景，便很容易就能找到正確的答案。美國原本一直小看蘇聯的科學技術，透過Sputnik1號的成功發射，才讓美國擁有現在的科學、技術及教育領域等發展。答案是④。

45. (   )에 들어갈 내용으로 가장 알맞은 것을 고르십시오.

請選出適合填入（   ）的選項。

❶ 공포와 위기감을 준

　　帶來恐懼及危機感的

② 우울함과 전율을 준

　　帶來憂鬱及戰慄的

③ 당당함과 계기를 준

　　帶來理直氣壯及轉機的

④ 슬픔과 당혹감을 준

　　帶來傷心及慌亂的

스푸트니크1호의 발사 성공은 미국으로 하여금 엄청난 충격과 놀라움을 안겨 주었습니다. 충격이란 공포이고, 놀라움은 뒤쳐지면 큰일이라는 위기감과 통하는 것입니다.

Sputnik1號發射成功，讓美國受到巨大的打擊和震驚。打擊是恐懼感，震驚表示害怕落後的危機感。答案是①。

※ [46~47] 다음을 읽고 물음에 답하십시오. (각 2점)

請閱讀下面文章，並回答問題。（各2分）

> 　사람의 수면 시간은 체질이나 건강, 환경 등에 따라 다르지만 대개 하루에 4~10시간은 반드시 자야 다음날 활동할 수 있는 에너지가 생긴다. (㉠) 사람이 꼬박꼬박 잠을 자야 하는 이유가 정확히 밝혀진 바는 없으나 최근 흥미로운 이론이 등장하였다. (㉡**수면 중에는 성장호르몬 분비가 원활하게 이루어져 사람이 성장을 할 수 있게 해준다는 것이다.**) 신생아는 하루의 대부분인 20시간 정도를 잠만 자고, 한 돌이 될 때까지 하루에 평균 14~18시간 동안 잠을 잔다. (㉢) 이후 잠자는 시간은 조금씩 줄어 어른이 되면 평균 7~8시간을 잔다. (㉣) 신생아의 20시간 수면 중 절반 가까이가 렘수면인데, 사람의 경우 렘수면은 막 태어났을 때 가장 길고 5살 정도가 되면 두 시간 정도로 줄어드므로 렘수면을 취하는 이유가 성장 때문이라는 것이다.

> 　人的睡眠時間會因體質或健康、環境等而有所不同，但大部分一天需睡足4～10小時才能為隔天的活動產生能量。（ ㉠ ）人需要好睡眠的原因沒有正確地被發表，但最近有趣的理論出現了。（㉡**睡眠中能分泌較完整的成長賀爾蒙讓人能夠成長。**）新生兒大部分一天睡20個小時，過了一歲後，一天平均睡14～18小時。（ ㉢ ）以後睡眠時間會一點一點減少，到了成人平均睡7～8小時。（ ㉣ ）新生兒的20小時睡眠中，絕大部分是REM睡眠（rapid eye movement；快速動眼期），以人而言，REM睡眠在剛出生時最長，到約5歲時會縮短為兩小時，因此採取REM睡眠的理由都是成長。

46. 다음 문장이 들어가기에 가장 알맞은 곳을 고르십시오.

請選出最適合填入下面句子的選項。

──── 〈보기·範例〉 ────

> 수면 중에는 성장호르몬 분비가 원활하게 이루어져 사람이 성장을 할 수 있게 해준다는 것이다.
>
> 睡眠中能分泌較完整的成長賀爾蒙讓人能夠成長。

① ㉠　　　❷ ㉡　　　③ ㉢　　　④ ㉣

（　ⓛ　）앞에 보면 최근 흥미로운 이론이 등장하였다고 나와 있습니다. <보기>의 글이 바로 최근 등장한 그 이론의 핵심 내용이 되겠습니다. 그 뒷 부분은 이 이론을 예를 들어 설명하는 내용입니다.

看到（ⓛ）前面，有「최근 흥미로운 이론이 등장하였다」（最近出現了很有趣的理論）這句話。〈範例〉的句子就是最近出現理論的核心內容。後面則是將理論舉例說明的內容。答案是②。

47. 이 글의 내용과 같은 것을 고르십시오.

請選出與這篇文章內容一樣的選項。

① 사람의 성장 속도는 잠자는 시간과는 관계가 없다.

人的成長速度與睡眠時間沒有關係。

② 사람이 잠을 자는 이유가 명확히 밝혀졌다.

人睡眠的原因被明確地發現了。

③ 수면 시간이 길면 길수록 렘수면도 같이 길어진다.

睡眠時間越長，REM睡眠也就跟著變長。

❹ 수면이 부족하면 성장에 장애가 생길 수 있다.

睡眠不足的話就會有成長障礙。

<보기>에서 주장하는 이론의 핵심 내용은 수면은 성장호르몬 분비와 관계가 있어서 성장에 큰 도움을 준다는 것입니다. 적정 수면 시간은 나이대에 따라 다 다릅니다. 다만 수면이 뇌 성장과 관계 있다는 것은 하나의 이론이지 100% 증명된 것은 아닙니다.

在〈範例〉主張的理論，關鍵內容是睡眠和成長荷爾蒙分泌有關，所以能幫助成長。適當的睡眠時間會依年齡層而不同。但是睡眠與腦成長有關的說法只是理論，並沒有100%被證明。答案是④。

請閱讀下面文章，並回答問題。（各2分）

　　인터넷 용어에 '낚시'라는 것이 있다. 이는 그럴듯하게 다른 사람을 속여 특정한 행동을 하게 하는 것을 뜻한다. 이렇게 다른 사람으로 속이거나 속임을 당하는 데는 '낚다', '낚였다'라는 표현을 쓰고, 다른 사람을 속이기 위해 이용한 내용은 '떡밥' 또는 '미끼'라고 부른다. 처음에는 일부 누리꾼들이 장난으로 시작했으나, 최근에는 그저 우스개로 지어낸 사소한 이야기에서부터 사기에 가까울 만큼 치밀한 조작으로까지 점점 범위가 넓어지고 있다. 이들은 <u>충격적이거나 귀가 솔깃해지는 제목으로 위장하여 해당 기사를 읽게 하는 교활한 수법을 사용한다.</u> 예를 들어 "담뱃값 인상", "○○○ 결혼"과 같이 읽는 사람의 (**호기심을 자극하는**) 제목을 만들어서 내용을 열어보게 하지만, 내용은 그것과 전혀 상관없는 글 혹은 그림이 들어 있는 방식이다. 그러면 해당 기사의 하단에는 "낚였다"는 댓글이 여럿 달리게 된다. 수많은 사람들이 각자 저마다의 장난에 이런 기사를 인용하고, 따라서 이런 기사의 댓글란에는 수많은 다른 제목으로 낚여서 들어온 사람들이 댓글을 남기는데, 어떤 기사로 속아서 들어왔는지를 '어종'이라고 표현하기도 한다.

　　網路用語中有所謂的「釣魚」。如字面上所表示，意思是用某種特定行動讓其他人受騙。像這樣讓其他人受騙或被騙時，用「釣魚」、「上鉤」來表現，而為了讓其他人被騙，所使用的內容叫「麵魚餌」、「魚餌」。一開始是由一群網友開玩笑而開始，最近從編造逗人的小故事，一直到類似詐欺的縝密做假，範圍漸漸地擴大。他們使用令人衝擊或讓人感興趣的標題做偽裝，使用狡猾的手法讓人讀該報導。舉例來說，像是製造「香菸價格上漲」、「○○○結婚」等（**刺激**）讀者（**好奇心的**）標題讓人點閱內容，但置入的內容，卻是與其毫無關係的文字或圖片的方式，而該篇報導下面就會有許多個「上鉤了」的回覆留言。許多人在各自開玩笑時引用這一類的報導，因此這類報導的回覆欄有許多被其他標題騙進來的人留言，有時用「魚種」形容被被哪一種報導騙了進來。

---

48. 필자가 이 글을 쓴 목적을 고르십시오.

請選出筆者寫這篇文章的目的。

① 자기가 사기 당한 일을 고발하려고

　　要揭發自己上當的事情

② 낚시와 관련된 인터넷 용어를 설명하려고

요説明與釣魚相關的網路用語

❸ 인터넷에서 유행하는 부정적 용어를 소개하려고

要介紹網路上流行的負面用語

④ 인터넷 댓글을 남길 때 주의해야 할 점을 알려주려고

要告訴大家在網路上留言時需注意的事項

> 여기서 소개하는 모든 단어는 인터넷에서 유행하는 부정적 용어입니다.
>
> 這裡介紹的所有單字，都是網路上流行的負面用語。答案是③。

49. ( )에 들어갈 내용으로 알맞은 것을 고르십시오.

請選出適合填入（　）的選項。

❶ 호기심을 자극하는 刺激好奇心的

② 공포를 유발하는 引發恐懼的

③ 지식을 자랑하는 炫耀知識的

④ 개인 생활과 관련 있는 與各人生活有關的

> 사람들로 하여금 뉴스 기사를 열어 보게 하는 가장 중요한 요인은 바로 '호기심'입니다.
>
> 讓人家打開新聞報導的主要原因就是「호기심」（好奇心）。答案是①。

50. 밑줄 친 부분에 나타난 필자의 태도로 알맞은 것을 고르십시오.

請選出符合畫下線的部分筆者態度的選項。

① 내용상 문제가 있는 기사에 속지 말도록 경계하고 있다.

正在警告不要被內容有問題的報導騙。

② 내용과 부합하지 않는 기사는 모두 가짜라고 주의를 주고 있다.

正在提出要注意與內容不符的報導全都是假的。

❸ 내용과 맞지 않는 제목으로 누리꾼을 속이는 것을 비판하고 있다.

正在批判用與內容不符的標題騙網友。

④ 내용이 지나치게 과장되어 제목과 연관성이 없음을 나무라고 있다.

正在責備內容過度誇張與標題無關。

> 필자가 '교활한 수법'이라고 정의 내리는 이유는 과장된 제목으로 누리꾼들을 속이는 행위가 나쁘다고 생각하기 때문입니다.
>
> 作者定義為「교활한 수법」（狡猾的手法）的理由是，認為用誇張的標題來騙網友的行為很不恰當。答案是③。

附錄

1. 詞彙

2. 文法

3. 第四週模擬考試答案

附錄

1. 詞彙

例句都是教材裡面出現的句子。

◑中級

• 가뭄　旱災

가뭄이 해결되다.

解決旱災。

• 개최　召開、舉辦

IOC는 올림픽 개최 도시를 선정하다.

IOC選定奧運舉辦城市。

• 거듭되다　重複、反覆

젊은 인재들이 아이디어 하나로 세상을 바꿔 나가는 일이 거듭되다.

年輕的人才用一個創意改變世界的事情屢見不鮮。

• 경쾌하다　輕快

경쾌한 느낌을 주다.

帶來輕快的感覺。

• 관개　灌溉

관개 농업이 행해진 큰 강 유역은 토지가 비옥하다.

灌溉農業的施行，使得大江流域土地肥沃。

• 관측　觀測

대한민국 지진 관측 이래 역대 최고로 강력한 지진이다.

是大韓民國地震觀測以來，歷史上最強烈的地震。

- 꾸준히 　堅持不懈

드론의 안전성 검증에 대한 필요성이 꾸준히 제기되어 왔다.

不斷地提出檢測無人機安全的必要性。

- 끼어들다 　插入、插隊

그렇게 갑자기 끼어드시면 어떡합니까?

怎麼可以突然插隊呢？

- 남향 　朝陽（南向）

모든 방의 창을 남향 배치하다.

所有房間的窗戶朝陽配置。

- 넉넉하다 　足夠

사정이 넉넉하지 못하다.

手頭不寬裕。

- 대신 　代替

여자는 친구 택배를 대신 받아준다.

女生代替朋友收下快遞。

- 대열 　隊伍

지쳐서 대열에서 이탈하다.

因為太累，所以脫離隊伍。

- 덧붙이다 　添加、附加

작가의 상상력을 덧붙여 새로운 사실을 재창조하다.

添加作者的想像力，重新創造新的事實。

- 데치다 　燙

식물을 데치다.

汆燙食物。

- 독거노인 　獨居老人

연휴 때일수록 독거노인은 우울증을 더욱 심하게 겪을 수 있다.

越到假期，獨居老人憂鬱症就更加嚴重。

- 마감　終結、收尾、截止

  옷의 마감 처리 화학 약품도 문제이다.

  衣服收尾處理的化學藥品也是問題。

- 망설이다　猶豫

  나는 오늘 일이 많아서 시골집에 가는 것이 망설여진다.

  我今天因為事情多，所以去老家的事變猶豫了。

- 멀쩡하다　完好、正常

  1년밖에 안 입어서 멀쩡하다.

  只穿了1年所以很完好。

- 뭉치다　成團、凝聚

  촌락들이 뭉쳐 도시가 형성되다.

  村落聚集形成都市。

- 무채색　無彩色

  빳빳한 소재의 무채색 옷을 선택하는 것이 바람직하다.

  選擇硬挺材質的無彩色衣服是明智的。

- 무치다　拌

  양념을 하여 무친 음식이다.

  加上調味料涼拌的食物。

- 미끼　誘餌

  다른 사람을 속이기 위해 이용한 내용은 '미끼'라고 부른다.

  為了使別人受騙所用的內容稱為「誘餌」。

- 물려주다　流傳

  교복 물려주기 행사

  校服流傳活動

- 반려　伴侶

  '반려식물'이라는 신조어까지 생겼다.

  甚至出現了「伴侶植物」的新造語。

- 배려하다　關懷
  서로 배려하고 양보하는 따뜻한 마음이 필요하다.
  需要彼此關懷與謙讓溫暖的心。

- 병충해　病蟲害
  목화가 다른 식물보다 병충해가 많다.
  棉花比其他植物，病蟲害更多。

- 비로소　才
  나를 알았을 때 비로소 내 삶의 행복도 얻을 수 있는 것이다.
  認識了自己時，我的人生才能得到幸福。

- 살충제　殺蟲劑
  살충제를 많이 뿌린다.
  噴了很多殺蟲劑。

- 서투르다　不熟練、生疏
  제가 운전이 서툴러서요.
  我開車還不熟練。

- 숙이다　低下
  고개를 숙이다.
  低頭。

- 씩　各、每
  공연은 매년 한 번씩 열린다.
  公演每年都會各舉辦一次。

- 아우르다　結合、聯合
  유엔은 거의 대부분의 국가를 아우르는 국제 기구이다
  UN（聯合國）是將大部分國家聯合的國際機構。

- 양해하다　見諒、諒解
  양해해 주십시오.
  請見諒。

- 여가생활　休閒生活

  친구들과 여가생활을 즐기는 사람이 증가하고 있다.

  增加許多和朋友們享受休閒生活的人。

- 여진　餘震

  그저께 큰 여진이 있었다.

  前天有大餘震。

- 원기　元氣

  원기를 회복하다.

  恢復元氣。

- 유발하다　引起、誘發

  홍수는 자연 재해를 유발한다.

  洪水引起自然災害。

- 젖니　乳齒

  젖니가 튼튼해야 영구치도 튼튼하다.

  乳齒要堅固，恆齒也才會堅固。

- 장바구니　菜籃

  가을철 장바구니 물가가 큰 폭으로 올랐다.

  秋天菜籃物價暴漲。

- 재배　培育、種植

  재배 과정에 살충제를 많이 뿌린다.

  種植過程噴灑了許多殺蟲劑。

- 지저분하다　骯髒

  지저분한 건물들이 많다.

  許多髒亂的建築。

- 주시하다　注視

  눈발을 주시하다.

  注視著大雪。

- 잔유물　殘留物

  살충제의 잔유물이 다 빠지지 않을 수도 있다.

  殺蟲劑的殘留物也有可能無法全部去除。

- 탈퇴　退出

  탈퇴를 주장하다.

  主張退出。

- 택배　宅配

  택배 때문에 그 집에 오신 건가요?

  是因為宅配，所以到那一戶人家嗎？

- 튼튼하다　健康、堅固

  젖니가 튼튼해야 영구치도 튼튼하다.

  乳齒要堅固，恆齒也才會堅固

- 폭염　炎熱

  길고 혹독했던 폭염의 영향으로 가을철 장바구니 물가가 큰 폭으로 올랐다.

  長時間酷暑的影響之下，秋天菜籃物價高漲。

- 표명하다　表明

  강한 의지를 표명하다.

  表明強烈的意志。

- 풍성하다　豐盛

  작품에 대한 표현력이 풍성해질 수 있다.

  可以讓作品的表現力更豐富。

- 학대　虐待

  자녀의 학대가 의심되다.

  懷疑子女受到虐待。

- 헐렁하다　鬆

  조금 헐렁한 것이 공간적 여유가 있다.

  稍微寬鬆一點，空間上才有餘裕。

- 확충하다　擴充

  서비스 공급여건을 확충하다.

  擴充服務條件。

◐高級

- 가락　節拍、曲調

  가락에 맞추어 책을 소리 높여 읽었다.

  配合節拍大聲地朗讀書。

- 걷다　徵收

  직원들이 월급의 일부를 걷어 회사를 도왔다.

  員工們收起薪水的一部分幫助公司。

- 고무적이다　令人鼓舞的

  그런 움직임이 활발히 이루어지고 있어 고무적이다.

  那樣的活動非常活躍令人鼓舞。

- 고사하다　別說~連~也（都）

  밥은 고사하고 물도 못 마셨다.

  別說是飯，就連水都喝不上。

- 고안하다　研發

  가마는 그 후에 고안해 낸 기구이다.

  鍋子是那之後研發的器具。

- 괘씸하다　討厭、可惡

  그 아이의 행동이 아주 괘씸하다.

  那孩子的行為非常討厭。

- 그럴듯하다　有模有樣

  그럴듯하게 다른 사람을 속이다.

  有模有樣地欺騙別人。

- 급속도　迅速

　1인 가구가 급속도로 증가하다.

　1人傢俱迅速增加。

- 기름지다　肥沃（＝비옥하다）

　상류로부터 기름진 흙이 내려 오다.

　從上游開始流下肥沃的土壤。

- 기울이다　倒（杯）

　밤새껏 소주잔을 기울이다.

　徹夜喝酒（倒滿酒杯）。

- 기하다　以求、從～起

　신중을 기하고 있다.

　以求慎重。

- 꼬박꼬박　定期地、及時

　사람이 꼬박꼬박 잠을 자야 하는 이유가 정확히 밝혀진 바는 없다.

　人要按時睡覺的原因，還沒被正確地查明。

- 끼다　（衣服）緊

　몸에 꼭 끼는 옷은 안 좋다.

　緊身的衣服不好。

- 누리꾼　網友

　처음에는 일부 누리꾼들이 장난으로 시작했다.

　起初是某些網友開玩笑而開始。

- 눈발　（正在下的）雪

　눈발을 주시하다.

　注視著雪。

- 담을 쌓다　斷絕關係

　이웃과 담을 쌓고 지내다.

　與鄰居斷絕關係。

- 대처하다　做出反應、對付

  술을 마시면 주변 교통상황에 제대로 대처하기 어렵다.

  如果喝酒，便沒辦法對周邊的交通狀況做出反應。

- 동반성장　同伴成長

  대기업과 중소기업이 동반성장 하다.

  大企業與中小企業相輔相成。

- 떡밥　魚餌

  다른 사람을 속이기 위해 이용한 내용은 '떡밥' 이라고 부른다.

  為了讓其他人上當所用的內容稱為「魚餌」。

- 못을 박다　留創傷

  부모님 가슴에 못을 박다.

  在父母的心中留下創傷。

- 맞대다　對著

  책상 두 개를 맞대다.

  兩個書桌面對面。

- 맞물리다　使纏住

  이슬람 근본주의에 대한 공포와 맞물리며 이제 유럽인들의 가장 큰 고민거리가 되었다.

  伴隨著對伊斯蘭根本主義的恐懼，現在成為歐洲人最大的煩惱。

- 머리를 맞대다　頭碰頭

  머리를 맞대고 고민하다.

  頭靠著頭苦惱。

- 몰리다　湧入

  관광객들이 몰리다.

  湧入觀光客。

- 몰입하다　投入

  자기가 좋아하는 일에 몰입하다.

  投入自己喜歡的事情。

- 무궁무진하다　無限

  이 기술을 적용할 수 있는 분야가 무궁무진하다.

  適合這門技術的領域無限。

- 무위　沒事做 / 無業

  빈곤, 질병, 무위, 고독을 예방하다.

  預防貧困、疾病、無為、孤獨。

- 물들다　染

  산과 가로수가 오색 단풍으로 물든다.

  山與林蔭道染成五色丹楓。

- 미치다　達到、涉及

  경제적 여유가 행복에 미치는 영향.

  經濟上的寬裕影響幸福。

- 배틀（battle）　搏鬥

  배틀 콘셉트를 선보이겠다.

  展現決鬥概念。

- 버겁다　吃力、費勁、難接受

  인도주의 차원에서 받아주기에는 버거운 규모이다.

  從人道主義的立場接受是很難以接受的規模。

- 번번이　每次、屢次

  그동안 번번이 좌절을 겪어 왔다.

  那段期間屢次經歷挫折。

- 범퍼（bumper）　保險槓

  앞 범퍼만 약간 긁히다.

  只有車頭保險桿稍微刮到。

- 베이비부머（baby boomer）　戰後嬰兒潮

  베이비부머를 우선적인 대상으로 하다.

  以戰後嬰兒潮為優先對象。

- 병행되다　與～併行

  드론 활용 및 악용 방지 기술에 대한 투자가 병행되다.

  對無人機的充分利用與防止濫用技術的投資併行。

- 비옥하다　肥沃（＝기름지다）

  관개 농업이 행해진 큰 강 유역은 토지가 비옥하다.

  灌溉農業的施行，使得大江流域土地肥沃。

- 빳빳하다　硬的

  빳빳한 소재의 무채색 옷을 선택하는 것이 바람직하다.

  選擇硬挺材質的無彩色衣服是明智的。

- 사소하다　瑣碎、區區

  우스개로 지어낸 사소한 이야기.

  用玩笑帶過的瑣碎故事。

- 새다　漏、傳出

  짤막한 탄식이 새어 나오다.

  發出短暫的嘆息。

- 서바이벌（survival）　生存、倖存

  서바이벌의 투명함을 지키다.

  維持生存的透明度。

- 선보이다　給（人家）看

  배틀 콘셉트를 선보이겠다.

  給人家看搏鬥的概念。

- 선호하다　偏好、喜愛

  혼자 읽는 방식을 선호하다.

  比較喜歡自己讀書的方式。

- 섭취하다　攝取

  나트륨을 많이 섭취하다.

  多攝取鈉。

- 솔깃하다　感興趣

  귀가 솔깃해지는 제목으로 위장하다.

  偽裝成讓人豎耳傾聽的標題。

- 수액　樹液

  매미는 나무 뿌리의 수액을 먹는다.

  蟬吸取樹根的樹液。

- 슬쩍　偷偷地

  지나가던 사람들이 슬쩍 버리고 가다.

  路過的人偷偷地丟掉。

- 실랑이　爭執

  서로 실랑이를 하다.

  互相起爭執。

- 아울러　同時、並且

  교육 서비스를 제공하고, 아울러 노인들이 더 오래 일할 수 있는 여건 조성을 하다.

  提供教育服務，同時打造可以讓老人們長久工作的條件。

- 앗다　搶、奪

  음주 운전은 타인의 소중한 생명까지 앗아갈 수 있다.

  酒駕甚至可能會奪取他人寶貴的生命。

- 앞당기다　提前

  드론의 대중화 시기가 앞당겨질 것이다.

  將無人機普遍化的時間點提前。

- 야기시키다　引起、惹起

  폭력 사용은 혼란만 야기시키다.

  使用暴力只會引起混亂。

- 어귀　入口

  골목 어귀에 쓰레기가 쌓여 있다.

  巷子口堆積著垃圾。

- 어우러지다　融合、和諧

  이 모든 것이 한데 어우러지다.

  所有的東西融合在一起。

- 여기다　當作

  위협적인 존재로 여기지 않다.

  不當作威脅的存在。

- 우스개　玩笑

  우스개로 지어낸 사소한 이야기.

  用玩笑帶過的瑣碎故事。

- 용납되다　接受、包容

  실패가 용납될 수 있다.

  可以接受失敗。

- 우려　擔憂、憂慮

  '드론'의 대중화에 대한 우려의 목소리가 높다.

  對於「無人機」普及化擔憂的聲浪很大。

- 유대감　親近感、親密感（指人與人之間的關係）

  개인간의 유대감이 사라지다.

  人與人之間的親近感消失。

- 잇따르다　接連不斷、陸續

  광고 출연 요청이 잇따르고 있다.

  廣告邀約接連而來。

- 잠잠하다　平息、平靜

  논란이 잠잠해졌다.

  爭論平息了。

- 잡히다　「잡다」的被動。定、約（時間）

  여섯 시에는 인터뷰 약속이 잡혀 있었다.

  定好了六點採訪的約會。

- 적용하다　應用、適用

  이 기술을 적용할 수 있는 분야가 무궁무진하다.

  可以應用這門技術的領域無限。

- 접어들다　進入、臨近

  여름에서 가을로 접어드는 계절.

  從夏天進入秋天的季節。

- 지그시　輕輕地、緩緩地

  눈을 지그시 감다.

  輕輕地閉上眼睛。

- 찜찜하다　不對勁、有顧慮

  기분이 좀 찜찜하다.

  心裡覺得不對勁。

- 창출　創造、創建

  기업은 일자리 창출에 핵심적 역할을 하고 있다.

  企業扮演著創造工作機會的核心角色。

- 출범하다　建立、設立

  유엔은 1945년 10월 24일에 출범했다.

  UN（聯合國）設立於1945年10月24日。

- 치다　當作、就算是

  피곤해서 잠을 좀 잘라치면 자꾸 전화가 와서 방해한다.

  因為很累，就算想睡覺電話卻一直來。

- 치우치다　傾向於、側重

  오락성에 치우쳐 실제 역사적 팩트를 왜곡한다.

  傾向娛樂性而扭曲了實際歷史。

- 콘셉트（concept）　概念

  배틀 콘셉트를 선보이겠다.

  將展現決鬥概念。

- 테마（theme） 主題

  이번 설계 방향의 테마는 '주변 자연과의 동화'입니다.

  這次設計方向的主題是「與周邊自然的同化」。

- 톤（tone） 音調、色調

  밝은 톤의 외벽과 회색 톤의 지붕을 조합하다.

  亮色調的外牆與灰色調的屋頂結合。

- 편 原意是「邊」、「方」，例句中有「比較（好）」的意思。

  이번 일은 이렇게 하는 편이 낫겠다.

  這次的事情這樣處理比較好。

- 포커스（focus） 焦點

  다양한 무대에 포커스를 맞추다.

  聚焦於各種舞台。

- 현격하다 懸殊、明顯

  운동능력이 현격히 저하되다.

  運動能力明顯地下降。

- 혹독하다 惡劣的、苛刻的

  길고 혹독했던 폭염.

  長時間酷毒的高溫。

- 획기적 劃時代的

  독서 방식이 획기적으로 변하였다.

  讀書方式有了巨大的變化。

- 희끄무레하다 蒼白的、灰白的

  아침부터 희끄무레하던 하늘에서 눈이 쏟아지다.

  一早從灰白的天空降下了雪。

2. 文法

◐中級

- -거나　不管～、或（者）～

  외로움을 달래 주거나 정서적으로 위안을 주기도 한다.

  緩解孤獨感或在情緒上給予安慰。

- -고자　表現意圖和決心。想要～、為了～

  말을 이용하면 가고자 하는 목적지에 빨리 도달할 수 있다.

  如果利用馬，就可以快速到想要去的目的地。

- 까지　到～、連～也

  매출까지 크게 감소한 것이다.

  連銷售也大幅減少。

- (이)나　或（者）～

  사람의 수면 시간은 체질이나 건강, 환경 등에 따라 다르다.

  人的睡眠時間會因體質或健康、環境等不同。

- -느라(고)　表現原因理由（一定是負面的結果）。因為～、為了～

  머릿속은 오늘 일정들을 체크해 보느라 분주하게 움직였다.

  腦中忙著確認今天的行程。

- -는지　表現疑問、疑惑。

  여자는 무엇을 하고 있는지 고르십시오.

  請選出女生在做什麼。

- -다가　表現某一行為在進行過程中中斷，繼而轉向另一種行為。

  제가 보관했다가 잘 돌려줄게요.

  我保管後會好好歸還。

- 대로　按照

  다음을 순서대로 맞게 배열한 것을 고르십시오.

  請在下面選出按照順序正確排列的選項。

- -더니　表現前後事實內容相反。～卻～；～竟～

  어제는 비가 오더니 오늘은 눈이 온다.

  昨天下雨，今天卻下雪。

- -든지　「-든지 -든지」的形式。表示選擇、列舉。～也好～也好；要嘛～要嘛～。

  진정한 우정은 돈이 많든지 적든지 관계없다.

  真正的友情，是有錢也好沒錢也好都沒有關係。

- 따라　動詞「따르다」的變化形。隨著～

  시대에 따라 독서의 방식은 변화한다.

  讀書的方式會隨著時代變化。

- -(으)ㄹ수록　越～越～

  연휴 때일수록 독거노인 등 노년층은 우울증을 더욱 심하게 겪을 수 있다.

  越到假期，獨居老人憂鬱症就越嚴重。

- (이)라(고)　引用的語尾。為～

  아버지는 늘 그를 작은 아버지라 지칭했다.

  爸爸總稱呼他為叔叔。

- -려(고)　表示將要做某事的意志。要～；來～

  왕자가 자신을 희생하면서까지 다른 사람을 도우려 했던 마음

  王子犧牲自己來幫助他人的心。

- 만큼　表示程度。足以～

  바다의 모습은 그 동안의 수고를 말끔히 씻어줄 만큼 장관이었다.

  大海的景色非常壯觀，足以洗刷這段時間的辛苦。

- 만하다　能、可以、值得。「-(으)ㄹ 만하다」

  여자가 탈 만한 것은 나귀나 말뿐이었다.

  女人能騎的只有驢子或馬。

- 비하다　相比。「에 비해(서)」

  동물은 돌보려면 많은 시간과 비용이 드는 데 비해 식물은 키우기도 쉽다.

  與照顧動物所需要的時間及金錢相比，養育植物還比較簡單。

- 뿐만 아니라　不但~而且

  인간은 의식주를 통하여 기후와 밀접한 관계를 맺고 있을 뿐만 아니라, 다른 사회적 조건과도 결합되어 있다.

  人類不只透過衣食住與氣候有密不可分的關係，而且與其他社會條件也有結合。

- -아/어/여도　表示假設的連結語尾。雖然、就算

  형은 차가워 보여도 마음은 따뜻하다.

  哥哥雖然看起來冷淡，但心裡很溫暖。

- -아/어/여야　表示條件。應該~

  반드시 제시한 내용을 반영해야 한다

  一定要反映所提示的內容。

- -아/어/여지다　表示逐漸形成某種狀態。越~；變得~

  우리 사회에 소통부재가 심각해지다.

  我們的社會越來越缺乏溝通。

- -아/어/여 놓다　表示某一動作完成後的狀態。

  나는 직원들을 한자리에 불러 모아 놓았다.

  我把員工們聚集在一個地方。

- -(으)나　表示對立、轉折或強調。~，但是~

  이유가 정확히 밝혀진 바는 없으나 최근 흥미로운 이론이 등장하였다.

  沒有發表正確的原因，但最近出現了有趣的理論。

- -(으)러　表示行為的目的。要~

  일하러 오라는 소식을 들었다.

  聽到要來工作的消息。

- -(으)면서　表示兩個以上的動作同時存在。邊~邊~

  사체가 썩어 부패하면서 퇴적물 사이에 공간을 남긴 것이 화석으로 변하기도 한다.

  屍體腐爛的同時，在沉積物空隙間留下的東西也會變成化石。

- -(으)므로　表示原因、根據。因為~

  가마를 타려면 가마꾼이 여럿 딸려야 되므로 나들이가 번잡하다.

  要搭轎子的話需要帶好幾位轎夫，因此出門一趟很麻煩。

- 인하다　因為～。「-(으)로 인해(서) / 인하여」

  습도로 인해 미세먼지와 산불 걱정도 사라진다.

  因為濕度，懸浮微粒與森林大火的擔憂也消失了。

- -지만　但是

  활쏘기는 쉬워 보이지만 판단력과 인내심이 필요한 운동이다.

  射箭看起來簡單，但是是需要判斷力與耐心的運動。

◑高級

- -기에는　表示理由或根據的語尾。因為～；由於～。「-기에＋는」：「-기에」表根據，加上補助詞「는」有強調的意思。

  이런 일을 하기에는 내 능력이 부족하다.

  我的能力不足以做這些事。

- 나름　取決於～、要看～。「-기 나름이다 / 나름대로, 나름으로」

  경기에서 이기고 지는 것은 연습하기 나름이다.

  比賽的贏與輸取決於練習。

- -다면　表示假設條件。如果～、若～、～的話。「-ㄴ/는다고 하면」

  강한 의지를 표명해야 한다면 빳빳한 소재의 무채색 옷을 선택하는 것이 바람직하다.

  若要表現強烈的意志，選擇材質堅挺的無色彩衣服是明智的。

- -다(가) 보니(까)　表示在某行為的過程得到新的事實或狀態。因為～；因此～

  혼자 살다 보니 시간이 지날수록 가족이 그리워진다.

  因為自己住，時間久了會想念家人。

- 달리다　取決於～。「에 / 에게 달리다」

  경기에서 이기고 지는 것은 연습하기에 달려 있다.

  比賽的贏與輸取決於練習。

- -더라도　表示假設。雖然、就算、不管。

  지금은 기더라도 내일은 뛰겠다.

  就算現在爬，明天也要跑。

- **-도록** 表示達到的程度、方向、目標等。為了～、讓～。

아기가 자고 있어서 깨지 않도록 조용히 방 안으로 들어갔다.

因為孩子在睡覺，為了不吵醒，安靜地進去房間。

- **따름** 只～、只不過～。「-(으)ㄹ 따름이다」

오직 최선을 다할 따름이다.

只是盡一切努力。

- **모양** 好像～、看來～。「-ㄴ / ㄹ 모양이다」

낯빛을 보니 아픈 모양이다.

看臉色好像是生病的樣子。

- **못지않다** 不亞於～、不遜於～

전문가 못지않은 지식을 갖춘 사람이 많다.

有許多人擁有不亞於專家的知識。

- **불구하다** 不顧～、儘管～。「-에(도) 불구하고」

우려의 목소리에도 불구하고 신산업 분야에 투자하기로 결정하였다.

儘管聲音充滿憂慮，還是決定投資新產業。

- **비롯하다** 始於、出於、包括

생물의 뼈를 비롯한 신체 부위 등이 돌이 되어 남은 것을 화석이라고 한다.

生物的骨頭包含身體部位等變成石頭，所剩下的東西稱為化石。

- **십상** 十之八九、多半。「-기(가) 십상이다」

이런 문제는 틀리기 십상이다.

這種問題很十之八九會出錯。

- **-아 / 어 가다** 表示動作或狀態持續進行。

아이디어 하나로 세상을 바꿔 나가는 일이 거듭되고 있다.

用一個創意改變世界的事情屢見不鮮。

- **-어서라도** 表示做某種行為的手段。雖然～、就算～。「-어서＋-라도」

걸어서 못 가면 기어서라도 가겠다.

就算走不動爬也要爬去。

361

- -(으)ㄹ라치면　表示意圖要做某種行為，而假設條件及其規律性的結果。要～
卻～。「-ㄹ라＋치다」

　피곤해서 잠을 좀 잘라치면 자꾸 전화가 와서 방해한다.
　因為很累，就算想睡覺，電話卻一直來。

- -(으)려는　表示意志。想～。同「-려고 하는」

　기회를 잡으려는 준비를 하지 않았다.
　沒有做想抓住機會的準備。

- -(으)려면　表示條件。如果～、～的話。同「-려고 하면」

　산책을 하시려면 저쪽 공원으로 가세요.
　如果要散步，請到那邊的公園。

- -자　表示前面內容是後面事實的動機或原因。

　눈이 많이 오자 아버지는 내가 걱정돼서 전화를 하셨다.
　爸爸因為下大雪擔心而打電話給我。

- 참　剛好～。「-는 / 던 참이다」

　하늘에서 막 눈이 쏟아지는 참이었다.
　剛好天上正落下雪。

- 채　表示保持某種狀態。～著。「-ㄴ / 은 / 는 채(로)」

　수화기를 든 채로 잠시 눈발을 주시했다.
　拿著話筒注視著大雪好一會兒。

- 테다　「터＋이다」詢問有沒有做某件行為的意思。「-(으)ㄹ 테다」

　작은 아버지 한번 보고 갈 테냐?
　要看看叔叔再走嗎？

3.第四週模擬考試解答

TOPIK II 聽力

1. ④ 2. ③ 3. ③ 4. ① 5. ②   6. ④ 7. ② 8. ④ 9. ② 10. ①

11. ① 12. ③ 13. ④ 14. ② 15. ③   16. ① 17. ① 18. ④ 19. ② 20. ②

21. ③ 22. ④ 23. ① 24. ④ 25. ②   26. ② 27. ③ 28. ① 29. ④ 30. ①

31. ④ 32. ③ 33. ③ 34. ① 35. ④   36. ② 37. ② 38. ① 39. ③ 40. ①

41. ① 42. ② 43. ④ 44. ③ 45. ③   46. ④ 47. ② 48. ④ 49. ① 50. ③

TOPIK II 閱讀

1. ③ 2. ③ 3. ② 4. ④ 5. ①   6. ② 7. ② 8. ④ 9. ① 10. ②

11. ④ 12. ③ 13. ④ 14. ① 15. ①   16. ③ 17. ① 18. ③ 19. ④ 20. ③

21. ② 22. ② 23. ④ 24. ④ 25. ②   26. ② 27. ③ 28. ③ 29. ① 30. ①

31. ④ 32. ② 33. ③ 34. ① 35. ③   36. ① 37. ① 38. ② 39. ④ 40. ②

41. ③ 42. ④ 43. ② 44. ④ 45. ①   46. ② 47. ④ 48. ③ 49. ① 50. ③

國家圖書館出版品預行編目資料

新韓檢中高級 TOPIK II 4週完全征服：
聽力‧寫作‧閱讀高效拆解！/ 玄柄勳著
-- 初版 -- 臺北市：瑞蘭國際, 2019.11
368面；19×26公分 --（外語學習系列；69）
ISBN：978-957-9138-39-0
1.韓語 2.能力測驗

803.289   108015716

外語學習系列69

新韓檢中高級 TOPIK II 4週完全征服：
聽力‧寫作‧閱讀高效拆解！

作者｜玄柄勳
責任編輯｜潘治婷、王愿琦
校對｜玄柄勳、潘治婷、王愿琦

韓語錄音｜玄柄勳、朴芝英
錄音室｜采漾錄音製作有限公司
封面設計、版型設計、內文排版｜陳如琪
美術插畫｜KKDRAW

瑞蘭國際出版

董事長｜張暖彗‧社長兼總編輯｜王愿琦
編輯部
副總編輯｜葉仲芸‧副主編｜潘治婷‧文字編輯｜林珊玉、鄧元婷
設計部主任｜余佳憓‧美術編輯｜陳如琪
業務部
副理｜楊米琪‧組長｜林湲洵‧專員｜張毓庭

出版社｜瑞蘭國際有限公司‧地址｜台北市大安區安和路一段104號7樓之一
電話｜(02)2700-4625‧傳真｜(02)2700-4622‧訂購專線｜(02)2700-4625
劃撥帳號｜19914152 瑞蘭國際有限公司
瑞蘭國際網路書城｜www.genki-japan.com.tw

法律顧問｜海灣國際法律事務所　呂錦峯律師

總經銷｜聯合發行股份有限公司‧電話｜(02)2917-8022、2917-8042
傳真｜(02)2915-6275、2915-7212‧印刷｜科億印刷股份有限公司
出版日期｜2019年11月初版1刷‧定價｜480元‧ISBN｜978-957-9138-39-0